NE RÉVEILLEZ PAS LES MORTS

Américaine, née à Dallas (Texas), Deborah Crombie a longtemps vécu en Grande-Bretagne où se situe l'action de ses romans. Son premier livre, *A Share in Death,* très bien accueilli par la critique, met en place une série d'intrigues élucidées par un couple d'enquêteurs : Duncan Kincaid et Gemma James. Souvent comparée à Agatha Christie, Deborah Crombie a déjà publié plus d'une dizaine de livres. Est disponible en français : *Le passé ne meurt jamais. Une affaire très personnelle* sortira en juin 2001 chez Albin Michel. Le Livre de Poche publiera un autre inédit en novembre 2001.

DEBORAH CROMBIE

Ne réveillez pas les morts

ROMAN TRADUIT DE L'ANGLAIS PAR HUGUES DE GIORGIS

LE LIVRE DE POCHE

Titre original :

LEAVE THE GRAVE GREEN

© Deborah Darden Crombie, 1995.
© Librairie Générale Française, 2001, pour la traduction française.

À mon père dont la créativité et la joie de vivre continuent de m'inspirer.

REMERCIEMENTS

Je tiens à remercier Stephanie Wooley, de Taos (Nouveau-Mexique), dont les très belles aquarelles m'ont inspiré les portraits de Julia.

Je suis également très reconnaissante à Brian Coventry, chef modéliste de Lilian Baylis House car, en dépit de son emploi du temps déjà surchargé, il m'a initiée aux mystères de la création des costumes de scène.

Je dois aussi beaucoup de gratitude à Caroline Grummond, assistante du chef d'orchestre à l'English National Opera, qui a eu l'amabilité de me faire visiter tant la salle que les coulisses du Coliseum.

Mon agent Nancy Yost et mon éditeur Susanne Kirk m'ont, comme toujours, prodigué leurs très avisés conseils. Merci également à l'EOTNWG pour avoir lu mon manuscrit.

Enfin, un immense merci à ma fille Katie, pour avoir veillé à ce que tout continue d'aller bien dans la maison, tout comme à mon mari, Rick Wilson, tant pour son aide que pour sa patience.

PROLOGUE

— Attention, tu vas glisser !

Julia repousse les mèches qui se sont échappées de son chignon. L'anxiété lui fait froncer les sourcils. L'atmosphère est pesante, l'air aussi épais, aussi dense que de l'ouate. L'humidité perle au front de la fillette ; de larges gouttes tombent du haut des arbres, de-ci de-là, sur le tapis de feuilles détrempées où se posent ses pieds.

— On va être en retard pour le thé, Matty, et tu sais que papa ne sera pas content, tu n'as pas préparé tes gammes.

— Oh là là ! T'es rien qu'une trouillarde ! s'exclame Matthew.

Il a un an de moins que sa sœur. Aussi blond et râblé qu'elle est svelte et brune, il est devenu plus fort qu'elle en cours d'année et cette supériorité physique l'a rendu plus arrogant que jamais.

— Tu es tout le temps sur mon dos comme une mère poule : « Attention, Matty, tu vas glisser ! Attention, tu vas tomber ! »

Il la singe, avec de hideuses grimaces.

— Comme si je pouvais pas me moucher si t'es pas là.

Il étend les bras et marche en équilibre sur un tronc d'arbre tombé le long de la berge, au-dessus du cou-

11

rant furieux. Son sac à dos d'écolier traîne dans la boue, là où il l'a laissé choir.

Julia se balance sur la plante des pieds, ses livres de classe serrés contre sa poitrine gracile. *Il ne l'aura pas volé s'il se fait attraper par papa*, se dit-elle. De toute façon, même si la réprimande est sévère, elle sera sans conséquence durable et la vie de famille reprendra son cours normal, avec un seul postulat, « Matthew, c'est la huitième merveille du monde », ce que répète Plummy quand il la contrarie plus que d'habitude.

Julia serre les lèvres à la pensée de ce que dira Plummy quand elle verra le sac à dos et les chaussures de Matty crottés de boue. Sans risque grave pour lui d'ailleurs, puisqu'on lui pardonne toujours les pires incartades. En effet, il possède la plus belle qualité aux yeux de leurs parents : il sait chanter.

Il chante sans effort. Sa voix de soprano lui jaillit des lèvres aussi spontanément qu'on exhale un soupir. Le chant métamorphose ce garçon de douze ans, pataud, aux dents irrégulières ; l'intensité donne du sérieux, voire de la grâce à son visage. On se réunit au salon, après le thé, le père fignole, dans les moindres détails et avec une infinie patience, la cantate de Bach que Matthew doit interpréter avec le chœur, pour Noël. La mère intervient fréquemment à grand bruit, alternant louanges et critiques. Il semble à Julia qu'ils forment le cercle magique dont, par quelque accident de la nature ou caprice de la Providence, elle sera exclue à jamais.

Les deux enfants ont raté le bus de ramassage scolaire cet après-midi-là, à cause de Julia qui voulait parler au professeur de dessin. Cela les a mis en retard et le véhicule bondé leur est passé sous le nez en pétaradant et leur aspergeant les mollets de taches noirâtres. Force leur a été de rentrer à pied. Ils ont pris un raccourci par les champs, leurs chaussures se sont enfoncées dans la glaise, au point qu'ils devaient lever les pieds très haut, comme des extraterrestres venant d'une planète à l'atmosphère plus légère. Dans les bois, Matthew a agrippé la main de sa sœur et l'a entraînée en une folle glissade entre les arbres, sur la pente menant au ruisseau derrière la maison.

Julia frissonne et lève les yeux. Le ciel s'est assombri. Bien que la nuit survienne vite en ce mois de novembre, la fillette songe que cette obscurité prématurée ne peut signifier qu'une chose : il va encore pleuvoir. On a subi des trombes d'eau sans trêve, semaine après semaine. Les plaisanteries sur les quarante jours et quarante nuits du Déluge ont désormais perdu tout leur sel. Au contraire, les regards pointés vers les nues sont suivis de hochements de tête silencieux, résignés. Dans ce pays de coteaux crayeux au nord de Londres, les eaux sourdent des terres saturées et s'écoulent vers les affluents de la Tamise déjà près de déborder.

Matty a cessé de jouer les funambules sur son tronc d'arbre pour aller s'accroupir au bord de l'eau et trifouiller dans le courant à l'aide d'une longue baguette. Le ruisseau qui n'est qu'une maigre rigole, en temps ordinaire, s'est transformé en un torrent rapide, aussi opaque que du thé au lait.

Avec une irritation croissante, Julia s'écrie :

— Je t'en supplie, reviens...

De surcroît, elle se sent des gargouillis dans l'estomac.

— J'ai faim et aussi j'ai froid...

Elle serre ses bras autour de son corps.

— Si tu ne viens pas, tant pis, moi je m'en vais.

— Eh, Julia, regarde ça !

Sans tenir compte des remontrances de sa sœur, il montre l'eau du bout de sa badine.

— Il y a quelque chose là, devant. Un chat crevé, peut-être...

Il se retourne vers elle avec un sourire moqueur.

— Tu es vraiment trop dégoûtant, Matty.

Elle sait d'expérience qu'un ton aussi dédaigneux et autoritaire ne pourra qu'aggraver les taquineries du garçonnet, mais peu lui importe, elle en a plus qu'assez.

— Je parle pour de bon, je m'en vais.

Elle pivote, l'estomac contracté.

— Vraiment, je n'ai plus envie...

Soudain, un plouf et des éclaboussures l'atteignent aux jambes : elle fait à nouveau volte-face.

— Oh, Matty, arrête !

Le jeune garçon est tombé dans l'eau, sur le dos, et il agite bras et jambes en tous sens.

— C'est froid, mugit-il, stupéfait.

Il se démène en direction de la rive en riant et s'essuyant les paupières.

Julia constate soudain que son expression enjouée s'efface. Il écarquille les yeux, sa bouche s'arrondit en un O parfait.

— MATTY !

Le courant furibond s'est emparé de lui et l'emporte.

— Julia, je n'arrive pas à...

L'eau lui inonde la figure, lui envahit la bouche.

Elle se précipite vers le bord en hurlant le nom de son petit frère. L'averse redouble de violence, d'énormes gouttes s'écrasent sur son visage en l'aveuglant. Elle trébuche sur une pierre en saillie et s'affale. Elle se remet debout tant bien que mal et reprend sa course, vaguement consciente d'une douleur au tibia.

— Matty, oh Matty, je t'en supplie !

Ces syllabes, indéfiniment répétées, composent une sorte de litanie navrante. Elle distingue le bleu marine du blazer de l'écolier, le flottement blond de sa chevelure au ras de la surface fangeuse.

Le sol descend en pente plus raide à l'endroit où le ruisseau s'amplifie pour former un méandre. Julia dérape le long du talus. Une fois immobilisée, elle aperçoit un vieux chêne en équilibre précaire, une partie de ses racines enchevêtrées mises à nu par la cataracte. C'est là qu'est venu s'encastrer le corps de Matty, les racines le retenant comme les doigts d'une main démesurée.

— Matty, Matty, hurle-t-elle d'une voix plus forte, éperdue de chagrin.

Elle s'avance dans l'eau. Un goût tiède, métallique et saumâtre, lui emplit la bouche : elle s'est mordu la lèvre inférieure. Le liquide glacé lui engourdit les jambes, mais elle s'oblige à progresser. Les tourbillons lui enserrent les genoux et capturent les pans de sa jupe. L'eau lui monte jusqu'à la taille, puis jusqu'à la poitrine. Le froid lui paralyse les poumons, lui coupe la respiration.

Le courant la happe, tirant de plus belle sur sa jupe. Elle ne parvient pas à garder pied sur les rochers gluants de mousse. Elle se soutient en étendant les bras et lance son pied droit en avant. Aucun point d'appui. Elle vire précautionneusement sur un côté, puis sur l'autre, cherchant le fond. Toujours rien.

Elle est à bout de force, elle halète, hoquette, ahane, tandis que le courant se fait de plus en plus impétueux. Elle porte ses regards vers l'amont, puis vers l'aval sans discerner aucun moyen de passer sur l'autre rive. Ce qui d'ailleurs ne servirait à rien, puisqu'il est impossible de saisir le corps de Matthew depuis la berge en surplomb.

Elle laisse échapper un gémissement. Elle tend la main vers Matty, mais en pure perte : il est à plusieurs mètres d'elle et elle n'ose se hasarder dans les rapides. Il lui faut de l'aide. Oui, c'est ça, de l'aide !

Au moment où elle essaie de regagner le bord, elle constate que l'onde s'enfle, l'empoigne. Elle se

15

courbe, tâtonne du bout des orteils et des talons pour reprendre pied. Le flot s'apaise et elle peut enfin se hisser sur la berge boueuse. Elle y reprend souffle un instant, accablée d'une immense fatigue. Après un dernier coup d'œil au corps de Matty dont les jambes tournoient avec le courant, elle s'élance au pas de course.

La maison se profile à travers l'arche sombre des arbres ; ses murs de tuffeau luisent sinistrement dans la pénombre crépusculaire. Julia passe devant la porte principale sans y prendre garde. Elle fait le tour, se dirigeant d'instinct vers la cuisine, la chaleur, la sécurité. Encore essoufflée de sa montée au pas de course, elle s'essuie le visage ruisselant de pluie et de larmes ; elle entend ses propres halètements, le flic-flac de ses semelles à chaque pas, elle sent que la laine trempée de sa jupe lui râpe les cuisses.

Elle ouvre violemment la porte de la cuisine et se plante sur le seuil. L'eau s'égoutte autour d'elle sur le dallage. Plummy, une cuiller à la main, ses cheveux bruns dépeignés, comme toujours lorsqu'elle prépare le repas, se détourne de sa cuisinière et ronchonne :

— Julia ! Qu'est-ce qu'il y a encore ? Ta mère va crier...

Les affectueux reproches font place à un cri :

— Julia, mon enfant, tu es en sang ! Qu'est-ce qui t'est arrivé ?

Elle pose sa cuiller, l'anxiété se peint sur sa figure toute ronde.

Julia hume l'odeur de pommes et de cannelle, remarque la farine qui saupoudre le tablier de Plummy, et l'idée lui vient spontanément qu'il doit s'agir de chaussons aux pommes, comme Matty les aimait tant à l'heure du thé. Elle sent que les mains de Plummy se plaquent sur ses épaules ; à travers un voile de larmes elle voit son visage, si avenant, si familier, se rapprocher du sien.

— Julia ! Qu'est-ce qu'il y a ? Qu'est-ce qu'il y a ? Mais où est Matty ?

L'effroi altère maintenant la voix de Plummy. Pourtant, Julia ne peut tirer un seul mot du fond de sa gorge, ses lèvres restent closes.

Un doigt lui frôle la joue.

— Julia, tu t'es coupé la lèvre. Qu'est-ce qui s'est passé ?

Les sanglots éclatent alors et secouent le corps frêle de la fillette. Elle se serre les bras autour de la poitrine pour calmer ses soubresauts de douleur. Tout à coup, une pensée floue lui traverse le cerveau : elle n'a pas lâché ses livres, elle s'en souvient. *Mais Matty ? Où Matty a-t-il laissé les siens ?*

— Ma chérie, allons, parle. Qu'est-ce qui s'est passé ?

Julia s'est effondrée dans les bras de Plummy, la tête appuyée contre sa poitrine affectueuse. Les mots surgissent enfin, mêlés de sanglots :

— Matty, c'est Matty ! Il s'est noyé.

1

Par la fenêtre de son compartiment, Duncan Kincaid pouvait voir des monceaux de débris dans les jardinets et autres espaces verts des banlieues : un bric-à-brac de bouts de planches, de bois mort, de branchages, et aussi des cartons défoncés, des morceaux de meubles hétéroclites, en somme tout ce qu'on entasse en vue des feux de joie commémorant la Conspiration des Poudres. Il essuya vainement la vitre crasseuse du revers de la manche : il aurait souhaité pouvoir observer à loisir ces monuments imposants, encore que transitoires et anarchiques, de la civilisation britannique. Pas le temps, hélas ! Il se laissa aller contre le dossier de sa banquette avec un soupir de résignation.

Le train ralentissait en arrivant à High Wycombe. Kincaid se dressa sur son séant et s'étira. Il descendit son manteau et son sac du filet à bagages. Il s'était rendu directement de Scotland Yard à la gare de Saint-Marylebone, muni du fourre-tout de secours qu'il gardait toujours au bureau, en prévision de déplacements inopinés comme celui-ci, et qui contenait l'indispensable : une chemise propre, un nécessaire de toilette, un rasoir électrique. Des cas d'urgence ordinairement plus prometteurs que celui-ci. Aujourd'hui, il s'agissait d'une démarche prove-

19

nant des hautes sphères de la « Grande Maison » : le directeur-général adjoint était intervenu en faveur d'un ancien camarade d'école en difficulté. Kincaid fit la grimace : plutôt cent fois un brave macchabée non identifié découvert dans un terrain vague que ce genre d'enquête de faveur.

Il chancela quand le train freina brutalement. Il se pencha vers la vitre pour examiner l'aire de stationnement devant la gare : l'attendait-on, comme prévu ? Il découvrit la silhouette, parfaitement reconnaissable malgré la pluie croissante, d'une voiture de service garée non loin du quai, feux de position allumés, un panache de fumée blanche s'élevant du pot d'échappement.

Ainsi, les poulets du coin n'avaient pas dédaigné d'accueillir le petit monsieur de Scotland Yard.

— Je me présente : Jack Makepeace. Sergent Makepeace, appartenant au C.I.D. du Val-de-Tamise.

L'homme souriait de toutes ses dents jaunies, sous les poils roussâtres d'une moustache hirsute.

— Très heureux de faire votre connaissance, monsieur.

Il serra un instant la main de Kincaid dans son énorme patte, puis il se saisit du sac de voyage et le balança dans le coffre arrière.

— Je vous en prie, montez. On pourra bavarder en route.

À l'intérieur du véhicule, des relents de tabac refroidi et de laine mouillée. Kincaid entrouvrit une vitre. Il se plaça de biais sur son siège pour mieux dévisager son compagnon. Une frange de cheveux lustrés de la même couleur que la moustache, des taches de rousseur jusqu'en haut du front, un gros nez asymétrique de boxeur. Pas un physique très avenant donc, mais les yeux bleu pâle reflétaient une vive intelligence et la voix était étonnamment douce pour un individu de son gabarit.

Il conduisait avec dextérité sur une chaussée glissante, changeant fréquemment de direction jusqu'à l'autoroute M40 qu'ils franchirent en laissant les dernières avenues pavillonnaires derrière eux. Le sergent posa enfin les yeux sur Kincaid, tout prêt à l'arracher à la contemplation de la route.

— Bon, eh bien, mettez-moi donc au parfum, suggéra l'inspecteur principal.

— Qu'est-ce que vous savez au juste ?

— À peu près rien. Donc, il vaudrait carrément mieux que vous repreniez au début, si ça ne vous dérange pas.

Makepeace entrouvrit la bouche, comme pour poser une question. Après un nouveau regard, il y renonça.

— D'accord. Eh bien, ce matin à l'aube, l'éclusier d'Hambleden, un nommé Perry Smith, ouvre les vannes pour remplir l'écluse avant l'entrée du premier bateau de la journée et voilà qu'un cadavre dégringole dans le bief. Ça lui a foutu un coup, au pauvre vieux, comme vous pouvez imaginer. Il a tout de suite téléphoné à Marlow et on a expédié une ambulance et l'équipe médicale...

Il s'interrompit en changeant de vitesse avant un carrefour, puis s'occupa de doubler une Morris Minor vétuste qui cahotait dans la montée.

— ... Ils ont repêché le macchab et, quand ils ont compris que le type n'allait pas revenir à lui et recracher l'eau du canal, ils nous ont alertés.

Les essuie-glaces se mirent à grincer sur le pare-brise sec : Kincaid s'aperçut alors qu'il ne pleuvait plus. De chaque côté de la route étroite, des labours, au sol maigre couleur beige sur lequel les taches noires des corneilles en maraude ressemblaient à des grains de poivre sur une omelette. Une hêtraie couronnait une colline à l'horizon vers l'ouest.

— Comment l'avez-vous identifié ?

— On a trouvé un portefeuille dans la poche arrière du client. Un certain Connor Swann, trente-cinq ans, cheveux châtains, yeux bleus, un mètre quatre-vingts environ, poids soixante-quinze kilos à peu près, domicile Henley, une dizaine de kilomètres plus haut.

— À ce que je vois, vous n'aviez nullement besoin de nous, marmonna Kincaid sans même chercher à dissimuler son agacement.

Il devait se faire à l'idée de passer sa soirée de vendredi à crapahuter, trempé comme un barbet, à travers le secteur de Chiltern Hundreds, au lieu de vider une bonne pinte de bière en compagnie de Gemma, comme d'habitude, dans leur pub préféré de Wilfred Street.

— Bon, c'est un type qui a bu un coup de trop, il traverse la passerelle de l'écluse, il se casse la gueule dans la flotte. Terminé.

Makepeace secouait déjà la tête.

— Oui, mais l'ennui, c'est que ça ne n'arrête pas là. Quelqu'un lui a laissé des marques autour du cou...

Ses mains quittèrent un instant le volant en vue d'une démonstration gestuelle fort éloquente.

— ... Enfin, voilà, il y aurait eu strangulation.

Kincaid haussa les épaules.

— Une conclusion logique, à mon avis. Je ne vois quand même pas en quoi ça mérite l'attention de Scotland Yard.

— Le problème, monsieur, c'est que feu Connor Swann était le gendre de sir Gerald Asherton, le chef d'orchestre, et de Dame Caroline Stowe, une cantatrice réputée, à ce qu'on me dit.

Frappé de l'air indifférent de Kincaid, il poursuivit :

— Vous n'aimez pas l'opéra ?

— Et vous ? demanda Kincaid, surpris.

Ne savait-il pourtant pas, d'expérience, qu'on ne doit jamais présumer des goûts esthétiques d'un homme sur sa seule apparence physique ?

— Bof, j'ai quelques enregistrements à la maison et puis, je regarde parfois des opéras à la télé. Mais, je n'ai jamais assisté à une représentation.

Les amples ondulations des champs avaient cédé la place à des collines boisées et, sur la route grimpante, les arbres enserraient les talus de plus en plus près.

— Là, nous arrivons sur les hauteurs de Chiltern, annonça Makepeace. Sir Gerald et Dame Caroline habitent un peu plus loin, du côté de Fingest. La maison s'appelle « Badger's End », on se demande pourquoi, parce que, à la voir, il doit pas y avoir beaucoup de blaireaux dans le secteur.

Il dut négocier un virage en épingle à cheveux avant de redescendre le long d'un ruisseau caillouteux.

— À propos, on a réservé pour vous à l'auberge de Fingest, le *Chequers*. Il y a un joli petit jardin par-derrière, très agréable quand il fait beau. Hélas, je ne pense pas que vous en profiterez, ajouta-t-il en biglant vers le ciel charbonneux.

Ils étaient cernés par les arbres ; les frondaisons or et cuivre formaient une sorte de tunnel au-dessus de la voiture et la chaussée était jaunâtre devant le pare-brise. Quoique le ciel fût terriblement chargé en cette fin d'après-midi, un étrange jeu de lumière donnait aux feuilles un reflet féerique, presque phosphorescent. Kincaid se demandait si un phénomène de cette nature était à l'origine de l'expression « des routes pavées d'or ».

— Est-ce que vous aurez besoin de moi ? s'enquit

Makepeace, rompant ainsi l'enchantement. Je suppose que vous avez quelqu'un avec vous ?

— Oui, Gemma arrive ce soir et je me débrouillerai très bien tout seul d'ici là.

Devant l'air perplexe de l'autre, il expliqua :

— Oui, ma coéquipière, l'inspecteur Gemma James.

— Okay, parce que, sur un coup de ce genre, il vaut mieux des gens de chez vous !

Makepeace émit un bruit de bouche expressif.

— Ainsi, pas plus tard que ce matin, un de nos jeunes enquêteurs du Val-de-Tamise a fait la bêtise d'appeler Dame Caroline « lady Asherton ». Alors, la gouvernante l'a pris à part et lui a passé un savon qu'il n'est pas près d'oublier. Elle lui a seriné que le rang de « dame » lui a été attribué par la Reine à titre personnel et passe donc avant celui de « lady Gerald Asherton » auquel elle a aussi droit en tant qu'épouse de « sir Gerald Asherton ».

Kincaid sourit.

— Je vais tâcher de ne pas faire de gaffe. Ainsi, ils ont une gouvernante ?

— Une certaine Mme Plumley. Et puis, il y a aussi la veuve de la victime, Mme Julia Swann.

Avec un regard en coin, il poursuivit :

— Celle-là, je vous la laisse. Paraît qu'elle vivait à Badger's End avec ses parents et pas du tout avec son mari.

Avant que Kincaid eût le temps de formuler une question, Makepeace l'interrompit d'un geste.

— On y est presque ! annonça-t-il.

Ils s'enfoncèrent dans une allée à forte pente, encadrée de haies vives, si encaissée que les ronces et les racines affouillées raclaient les parois de la voiture. La nuit était proche et il faisait noir sous la voûte des arbres.

— Sur votre droite, vous avez la vallée de Wormsley.

Makepeace pointait l'index. Un dégagement dans la haie permit à Kincaid d'entrevoir des champs en clair-obscur descendant vers la vallée en contrebas.

— Qu'est-ce que vous dites de ça ? À soixante bornes de Londres à tout casser et on est en pleine cambrousse, vous vous rendez compte ! commenta Makepeace avec une fierté de propriétaire.

Au sommet de la côte, le sergent tourna à gauche et ils roulèrent dans l'obscurité d'un bois de hêtres. Sur le chemin pentu, l'épaisse couche de feuilles mortes étouffait le bruit des roues. Une centaine de mètres plus loin, nouveau virage et l'on vit apparaître le bâtiment dont les pierres de taille blanches contrastaient avec la pénombre environnante. Derrière les vitres dépourvues de rideaux brillaient des lampes accueillantes. Kincaid comprit alors la remarque de Makepeace sur le nom de la maison, « Badger's End », qui supposait une certaine rusticité, alors que l'édifice, avec ses murs pâles, ses fenêtres et portes cintrées, avait une élégance de bon aloi.

Makepeace stoppa, sans couper le moteur. Il farfouilla dans ses poches pour en extraire une carte de visite qu'il tendit à Kincaid.

— Bon, alors, moi, je rentre. Ça, c'est le numéro du poste d'ici. J'ai des trucs à faire. Dès que vous aurez fini, vous n'aurez qu'à appeler et on viendra vous récupérer.

Kincaid le salua de la main quand il redémarra, puis il resta sur place à contempler la maison dans le silence total des bois.

Une veuve éplorée, des beaux-parents désemparés et, en prime, l'obsession de ne pas commettre d'impair touchant les divers titres de noblesse conférés par la Reine. Réjouissante soirée en perspective. L'enquête ne serait pas facile. Il redressa les épaules et se mit en marche.

La porte s'ouvrit promptement et une chaude lumière l'accueillit.

— Enchantée, je suis Caroline Stowe. C'est aimable à vous d'être venu jusqu'ici.

Contrastant avec celle de Makepeace, la main qui étreignait la sienne était petite et délicate.

— Duncan Kincaid, de Scotland Yard.

Il exhiba sa carte d'identification. Mais son interlocutrice n'y accorda aucune attention et continua de lui serrer la main.

Dans l'esprit du policier, les termes de *Dame* et d'*opéra* suggéraient quelque chose de *majestueux*. De sorte qu'il était déconcerté : Caroline Stowe ne devait pas mesurer plus d'un mètre cinquante-deux ; sans être maigre à proprement parler, elle ne correspondait en rien à l'image traditionnelle de la diva plantureuse.

Son étonnement ne passa pas inaperçu.

— Vous savez, dit-elle gaiement, monsieur Kincaid, je ne chante pas Wagner. Et, de toute façon, la puissance de la voix n'a rien à voir avec la taille. Ce qui compte, entre autres, c'est la maîtrise de la respiration.

Elle lâcha enfin sa main.

— Je vous en prie, entrez donc ! C'est si mal élevé de vous parler sur le pas de la porte, comme au commis du plombier.

Ils entrèrent. Le policier profita de ce qu'elle refermait la porte pour embrasser la pièce du regard. Une lampe posée sur une console éclairait ce vestibule au dallage lisse de teinte grise ; les murs gris-vert étaient habillés de quelques aquarelles dans des cadres dorés, représentant des femmes aux seins voluptueux se prélassant dans des décors de ruines romantiques.

Dame Caroline ouvrit une porte sur la droite et lui céda le passage avec un geste de la main.

De l'autre côté de ce vaste salon, du charbon brûlait dans l'âtre. Au-dessus du manteau de la cheminée, un miroir richement ornementé lui renvoya sa propre image, les cheveux bruns ébouriffés après la pluie.

Par terre, le même carrelage en ardoise grise, ici atténué par quelques tapis ; des meubles recouverts d'un chintz un tant soit peu râpé ; un plateau encore encombré de tasses à thé. Tout cela écrasé par le piano demi-queue dont la surface noire luisait sous un petit abat-jour ; quelques partitions ouvertes à côté du clavier. Le tabouret avait été repoussé au petit bonheur, comme si l'on s'était brusquement interrompu de jouer.

— Gerald, monsieur est le superintendant Kincaid, de Scotland Yard, annonça Caroline en s'arrêtant devant un homme de haute taille, un peu décoiffé, qui se levait du canapé. Mon mari, sir Gerald Asherton.

— Honoré de faire votre connaissance, sir Gerald, dit Kincaid.

Il se rendait bien compte que la formule était incongrue en la circonstance, mais, puisque Caroline avait tenu à donner un caractère vaguement mondain à leur rencontre, il s'y soumettrait. Pendant quelques minutes en tout cas.

— Asseyez-vous, je vous en prie, dit sir Gerald en débarrassant une chaise d'un exemplaire du *Times* qu'il jeta sur une table basse.

— Vous voulez un peu de thé ? proposa Caroline. Nous venons tout juste de le prendre, on va remettre la bouilloire à chauffer, ce n'est rien.

En effet, Kincaid humait le parfum des toasts : il avait l'estomac creux. De l'endroit où il était assis il pouvait examiner les peintures qu'il n'avait d'abord pas remarquées en entrant dans le salon. Toujours des aquarelles, visiblement de la main du même artiste, mais cette fois les femmes, étendues dans des décors raffinés, portaient quelques vêtements d'une étoffe moirée. *Une certaine sensualité dans l'atmosphère*, pensa-t-il.

— Non, merci beaucoup, répondit-il.

— Eh bien, un verre alors ? suggéra le chef d'orchestre. Le soleil est sûrement derrière l'horizon.

— Non, merci, rien. Vraiment.

Quel couple mal assorti ils formaient côte à côte, debout devant lui — aussi attentionnés que pour une altesse royale en visite —, la femme, si petite et si nette dans son chemisier de soie bleu paon et son pantalon ajusté de teinte foncée, l'air d'une fillette bien élevée, à côté de la masse imposante et désordonnée du mari.

Sir Gerald sourit de toutes ses dents, un sourire engageant.

— Geoffrey nous a vanté vos mérites, monsieur Kincaid.

Attention ! *Geoffrey*, ce doit être Geoffrey Menzies-Saint John, le directeur-général adjoint, ancien camarade d'Asherton à l'université. À part leur âge, il ne semble pas y avoir de points communs entre les deux anciens condisciples. Toutefois le directeur-général adjoint, en dépit de son apparence de play-boy dans le vent, passe pour extrêmement intelligent et ce doit aussi être le cas de sir Gerald. Sans quoi leurs anciennes relations n'y auraient pas survécu.

Kincaid reprit son souffle, puis fit une courbette en direction de ses hôtes.

— Je vous en prie, vous n'allez pas rester debout devant moi. Et vous pourriez peut-être me raconter de quoi il s'agit ?

Ils obtempérèrent, Caroline se percha toute droite au bord du canapé, à quelque distance du bras protecteur de son mari.

— Voilà, c'est à propos de Connor, notre gendre...
Mais on a dû vous dire...

Elle fixait le policier, ses pupilles dilatées assombrissant ses iris marron.

— ... Nous n'arrivons pas à croire que quelqu'un ait pu vouloir assassiner Connor. Pour quelle raison ? Absurde, totalement absurde, monsieur le superintendant.

— Il nous faudrait des preuves solides pour établir qu'il s'agit d'un meurtre, Dame Caroline.

— Moi, je croyais que...

Elle s'interrompit, du désarroi dans le regard.

— Commençons par le commencement, si vous voulez bien. Est-ce que votre gendre avait bonne réputation ?

Kincaid avait inclus sir Gerald dans sa question, mais ce fut Dame Caroline qui répliqua :

— Absolument. Tout le monde adorait Connor. Impossible de faire *autrement*.

— Aucun changement dans son attitude ces derniers temps ? Est-ce qu'il avait l'air soucieux ou mécontent ?

Elle secoua la tête.

— Non, Connor, c'était quelqu'un qui... Enfin, c'était Connor. Il aurait fallu le connaître...

Ses yeux se remplissaient de larmes. Elle ferma le poing et l'appuya sur la bouche, avant de murmurer :

— C'est idiot de ma part. Je ne suis pas du genre hystérique, vous savez, je passe même pour assez raisonnable. Mais, le choc, vous comprenez...

Kincaid trouvait qu'elle exagérait de se juger hystérique ou déraisonnable. Il se fit apaisant.

— Ne vous tourmentez pas pour ça, Dame Caroline, c'est très naturel. Quand avez-vous vu Connor Swann pour la dernière fois ?

Elle renifla et passa sous une paupière le revers de sa main qui se macula d'un soupçon de rimmel.

— À déjeuner. Il a déjeuné ici hier. Il venait souvent.

— Vous étiez là aussi, sir Gerald ? demanda Kincaid, pensant que seule une question abrupte obtiendrait une réponse sans ambages.

Sir Gerald était assis, tête rejetée en arrière, yeux mi-clos, barbiche inculte projetée vers l'avant. Sans changer de position, il articula :

— Oui, en effet, j'étais là.

— Et votre fille ?

À ces mots, sir Gerald se redressa, mais, une fois de plus, sa femme se chargea de répondre.

— Julia était dans la maison, mais pas à table : d'habitude, elle préfère prendre ses repas dans son atelier.

De plus en plus bizarre, se dit Kincaid, *le gendre vient déjeuner avec ses beaux-parents, mais sa femme refuse de partager un repas avec lui.*

— Ainsi, vous ignorez quand votre fille a vu son mari pour la dernière fois ?

Derechef, le même échange de regards complices entre les deux époux. Sir Gerald finit par reprendre :

— Toute cette histoire a été très pénible pour elle.

Il sourit au policier, tout en passant un doigt dans un trou de son pull-over de laine marron (y aurait-il des mites ici, à défaut de blaireaux ? s'inquiéta le policier), et balbutia :

— J'espère que vous comprendrez que... qu'elle ne soit pas très sociable en ce moment.

— Est-elle visible ? Je désirerais m'entretenir avec elle. Plus tard, j'aimerais bien renouer la conversation avec vous, une fois que j'aurai pris connaissance de vos déclarations aux enquêteurs du Val-de-Tamise.

— Naturellement. Venez, je vous accompagne, fit Caroline en se levant.

Son mari se leva aussi. Leur expression perplexe amusa le superintendant : ils s'étaient probablement figuré un interrogatoire impitoyable et ils ne savaient plus s'ils devaient se sentir soulagés ou désappointés. De quoi se plaignaient-ils ? Ils se réjouiraient certainement de le voir décamper tout à l'heure. Nul doute là-dessus.

— Sir Gerald, euh, eh bien... au revoir, prononça Kincaid en serrant la main du chef d'orchestre.

En regagnant la porte derrière la cantatrice, les aquarelles aux murs attirèrent de nouveau son attention. Bien que presque toutes les femmes qui y étaient représentées fussent blondes, avec des chairs nuancées de rose, des lèvres entrouvertes sur des dents resplendissantes, il existait une vague ressemblance entre elles et Dame Caroline.

Ils arrivèrent en haut.

— Dans le temps, c'était la nursery, expliqua la maîtresse de maison, le souffle tout à fait régulier, même après trois étages. On l'a transformée en atelier pour Julia. En somme, nous avons réadapté les lieux.

Elle avait prononcé ces derniers mots avec un sourire en biais que Kincaid ne sut comment interpréter.

Ils étaient parvenus au sommet de la maison. Un couloir nu, à la carpette élimée par endroits. La soprano tourna à gauche et s'arrêta devant une porte fermée.

— Elle est au courant de votre visite, annonça-t-elle en souriant et elle disparut dans l'escalier.

Il frappa à la porte. Rien. Il frappa de nouveau et prêta l'oreille, en retenant sa respiration pour guetter le moindre bruit. L'écho des pas de Caroline s'était éteint. Quelqu'un toussotait en bas. Dans l'incertitude, il heurta une nouvelle fois le panneau, puis se décida à tourner la poignée et entrer.

Une femme était assise de dos, perchée sur un tabouret d'architecte, la tête penchée vers quelque chose qu'il ne pouvait voir.

— Bonjour.

31

Alors, elle pivota et lui fit face. Il constata qu'elle tenait un pinceau.

Julia Swann n'est pas une beauté. Pas au premier abord. Après cette pensée résolument objective, il ne put s'empêcher de la détailler. Plus élancée, plus mince, plus acérée que sa mère, elle était vêtue d'une chemise blanche par-dessus des jeans noirs moulants. Aucune rondeur ni dans la silhouette, ni dans le comportement. Ses cheveux noirs, nettement coupés au ras des mâchoires, virevoltaient dès qu'elle bougeait la tête, soulignant chacun de ses mouvements.

Le policier perçut, à l'attitude de la jeune femme, qu'il l'importunait, qu'il empiétait sur une intransigeante intimité.

— Désolé de vous déranger, madame. Je me présente : superintendant Duncan Kincaid, de Scotland Yard. J'avais frappé, mais...

— Je n'ai rien entendu. Enfin, je veux dire, j'ai dû entendre, mais j'avais la tête ailleurs. Ça m'arrive souvent quand je bosse.

Dans le timbre de sa voix, aucune trace de la sonorité veloutée si remarquable chez sa mère.

Elle descendit de son siège en s'essuyant les mains sur un chiffon.

— Julia Swann. Mais vous savez déjà ça, n'est-ce pas ?

La main qu'elle lui tendit était un tant soit peu humide au toucher, mais ferme et décidée. Il chercha où s'installer, sans rien trouver d'autre qu'un fauteuil trop rembourré, quoique passablement défraîchi, et qui l'aurait placé nettement en dessous du tabouret haut sur lequel elle était retournée se jucher. Il préféra donc s'appuyer contre un établi très encombré.

Bien que l'atelier fût vaste — *certainement la réunion de deux anciennes chambres,* estima le policier — le plus grand désordre y régnait. Les fenêtres, recouvertes de papier cristal, offraient quelque repos aux yeux dans le fouillis général, et aussi la grande planche sur tréteaux, devant laquelle se tenait la jeune femme au moment où Kincaid avait fait son entrée, une table d'architecte entièrement dégagée à l'exception d'un carré de plastique blanc barbouillé de couleurs vives et d'une tablette en aggloméré, faiblement inclinée. Le policier eut aussi le temps d'entrevoir, avant que l'artiste ne se rassît sur son tabouret, une feuille blanche collée sur la tablette avec du papier adhésif.

Julia posa enfin son pinceau sur la table derrière elle, tira un paquet de cigarettes de sa poche de chemise et le lui présenta.

— Non, merci, fit-il en secouant la tête.

Elle alluma une cigarette et expira la fumée en le fixant.

— Bien, alors, monsieur le superintendant ? Maman a été très impressionnée par ce titre, mais c'est toujours comme ça avec elle — qu'est-ce que je peux faire pour vous ?

— Permettez-moi de vous exprimer mes condoléances, madame Swann.

Il entamait la conversation avec un préambule des plus conventionnels, en escomptant que la réponse ne le serait pas.

Elle haussa les épaules dont Kincaid devina les formes sous l'étoffe trop large de la chemise. Une chemise empesée, boutonnant à droite : avait-elle appartenu à Swann ?

— Vous pouvez m'appeler Julia. « Madame Swann », je ne m'y suis jamais habituée : ça me donnait l'impression d'être devenue la *mère* de Connor.

Elle se pencha pour saisir un cendrier en faïence portant les mots *Visitez les Gorges de Cheddar*.

— Elle, elle est morte l'année dernière. Un drame dont vous n'aurez pas à vous occuper, au moins.

— Vous n'aimiez pas votre belle-mère ?

33

— Une Irlandaise de cinéma, avec des « Dame oui, ma Doué ! » en veux-tu en voilà...

Elle ajouta, d'un ton radouci :

— Je disais toujours que plus elle s'éloignait de Connemara, plus son accent augmentait.

Un sourire, pour la première fois. Le même sourire que son père, une vraie marque de fabrique qui modifiait énormément ses traits.

— Maggie Swann adorait son fils et elle aurait été bouleversée par ce qui vient de se passer. Il faut dire que le père de Connor s'était fait la malle peu après sa naissance... en admettant que ce fameux père ait jamais existé, précisa-t-elle, sa bouche s'animant encore d'une ironie secrète.

— À ce que j'ai cru comprendre, vous étiez séparée de votre époux, c'est ça ?

— Oui, depuis...

Elle ouvrit les doigts de sa main droite et compta du bout de l'index de l'autre main, en remuant les lèvres. De belles mains fines, sans aucune bague ni alliance.

— ... Oui, depuis plus d'un an.

Elle écrasa son mégot dans le cendrier. Kincaid profita du silence.

— Quelle drôle de situation, si vous permettez...

— Vous croyez, monsieur Kincaid ? Nous, ça nous convenait très bien.

— Aucun projet de divorce ?

Elle haussa de nouveau les épaules, croisa les genoux et répondit, en balançant l'une de ses longues jambes :

— Non, aucun.

Il la scruta. Jusqu'où pouvait-il aller avec elle ?

« Si la mort de son mari l'accable, elle a l'art de le dissimuler. Pourtant, se sentant observée, elle se tortille sur son perchoir et tâte la poche de sa chemise, comme pour vérifier que ses cigarettes n'ont pas disparu. Peut-être son armure n'est-elle pas aussi impénétrable que je l'avais craint. »

— Vous fumez toujours autant ? questionna-t-il, comme s'il en avait eu le droit.

Elle se contenta de sourire en reprenant le paquet dans sa poche et elle le secoua pour en extraire une autre cigarette.

Sa chemise n'était pas aussi immaculée qu'il y paraissait : il y avait une petite éclaboussure violette à hauteur des seins.

Kincaid reprit :

— Vous étiez restée en bons termes avec Swann ? Vous le voyiez de temps en temps quand même ?

— Oui, on se parlait, si vous voulez, mais je ne dirais pas que nous sympathisions beaucoup.

— L'avez-vous vu hier au déjeuner ?

— Non. Je ne viens jamais à table quand je travaille, ça me casse le rythme...

Julia écrasa la cigarette qu'elle venait d'allumer et redescendit de son tabouret.

— ... Ce que vous venez de faire, du reste : maintenant, ma journée est foutue.

Elle rassembla une poignée de pinceaux et traversa la pièce jusqu'à un lavabo à l'ancienne, avec cuvette et aiguière.

— L'ennui dans cet atelier, c'est qu'il n'y a pas d'eau courante, marmonna-t-elle par-dessus son épaule.

Comme elle était sortie du champ de vision de Kincaid, celui-ci se pencha pour examiner le papier à dessin collé à la tablette. De la taille d'une page de livre ordinaire, mais au grain très fin, on y voyait l'esquisse au crayon d'une fleur à pétales pointus, sur laquelle la jeune femme avait commencé d'appliquer quelques touches de couleurs vives, lavande et vert.

— Vesce sauvage à aigrettes, expliqua-t-elle, en

le voyant s'intéresser à son œuvre. C'est une plante grimpante qui pousse dans les haies. Ça fleurit en...

— Julia...

Il interrompit le flot de ses explications botaniques. Elle s'arrêta net, surprise du ton impérieux du policier.

— Julia, votre mari est mort hier soir et on a découvert son corps ce matin. Il n'y a pas eu là de quoi vous casser le rythme, comme vous dites ? Ou déranger votre emploi du temps ?

Elle se détourna, ses cheveux noirs lui balayant le visage. Lorsqu'elle lui fit face à nouveau, elle avait les yeux secs.

— Mieux vaut que vous le sachiez, monsieur Kincaid, le mot « salopard » pourrait avoir été inventé pour décrire Connor Swann. Et je le méprisais.

2

— Une bière-citron, s'il vous plaît, dit Gemma au barman, avec un sourire.

Si Kincaid avait été là, il aurait pour le moins froncé le sourcil à entendre une commande aussi saugrenue. Toutefois, elle était si accoutumée aux taquineries de son chef qu'elles lui manquaient. Surtout un soir comme celui-ci.

— Quel temps de cochon, hein, mademoiselle ! commenta le barman en plaçant soigneusement le liquide glacé au centre du sous-verre. Vous venez de loin ?

— Non, de Londres. Mais une circulation pas possible !

Elle avait en effet eu du mal à s'extirper des interminables banlieues ouest. Elle avait enfin quitté la A40 à Beaconsfield pour longer la Tamise. En dépit du brouillard, elle avait pu voir les façades victoriennes qui s'alignaient au bord du fleuve, vestiges d'une époque où les bourgeois londoniens aimaient à passer le week-end dans les parages.

À Marlow, elle avait pris la direction du nord et traversé des collines plantées de hêtres. Elle avait constaté qu'en quelques kilomètres à peine, elle s'était aventurée dans un monde énigmatique, ténébreux et feuillu, tellement à l'écart du grand fleuve qui coulait paisiblement non loin de là.

— Chiltern Hundreds, qu'est-ce que ça veut dire au juste ? demanda-t-elle au barman. J'en ai entendu parler toute ma vie, sans jamais savoir d'où provenait le nom.

Il reposa la bouteille qu'il était en train d'essuyer avec un torchon, et parut peser la question. Âge moyen, cheveux bruns ondulés, parfaitement entretenus, un début de bedaine. Il avait l'air ravi de bavarder un brin. La salle était à peu près vide (sans doute trop tôt pour les habitués du vendredi soir, songea Gemma), néanmoins l'ambiance était hospitalière : un feu de bois dans l'âtre, des meubles douillettement capitonnés. Un buffet garni de viandes froides, pâtés, salades variées et fromages vers lequel la voyageuse loucha avec une délectation gourmande.

Le C.I.D. du Val-de-Tamise s'était montré à la hauteur en lui réservant une chambre dans cette auberge de Fingest et en lui fournissant des indications on ne peut plus précises. En outre, dès son arrivée, elle avait trouvé une pile de documents sur sa table ; dès qu'elle les eut feuilletés, il ne lui resta plus qu'à redescendre savourer une excellente bière en attendant Kincaid.

Le barman l'arracha à sa rêverie en reprenant la parole :

— Les Chiltern Hundreds ? Eh bien, voilà. Autrefois, l'Angleterre était divisée en circonscriptions appelées *centaines*, en *hundreds,* chacune avec sa propre cour de justice. Trois de ces *centaines* du Buckinghamshire prirent le nom de Centaines de Chiltern parce qu'elles étaient situées dans les collines de Chiltern. Pour être plus précis, c'était Stoke, Burnham et Desborough : d'où *les* Hundreds.

— Maintenant, c'est clair, fit Gemma, dûment impressionnée par toute cette érudition. Dites donc, vous en connaissez un rayon !

— J'étudie un peu l'histoire locale, en amateur, quand j'ai le temps. Je me présente : Tony.

Il tendit la main par-dessus le comptoir et Gemma la lui serra.

— Moi, c'est Gemma.

— Ces *hundreds*, c'est du passé. Pourtant, *centenier* des Chiltern est encore un titre officiel, traditionnellement confié au Chancelier de l'Échiquier, ce qui lui permet de démissionner de son siège aux Communes pour assurer sa charge. En réalité, l'astuce juridique est un peu tirée par les cheveux. Mais c'est probablement la seule raison pour laquelle la fonction a été maintenue.

Son sourire révélait des dents saines et régulières, d'une blancheur éclatante.

— C'est tout. Et peut-être que je vous en ai dit plus que vous ne souhaitiez. Bon, je vous remets un verre ?

Gemma, notant qu'elle avait déjà à peu près vidé sa chope, estima avoir assez bu, si elle voulait garder les idées claires.

— Il vaudrait mieux pas, répliqua-t-elle.

— Vous êtes chez nous pour affaires ? Parce que, en général, on n'a pas beaucoup de touristes en cette saison : disons que novembre n'est pas le mois rêvé pour faire des excursions dans les collines.

— Pas faux, ça, admit Gemma, avec à l'esprit le souvenir de la bruine pénétrante et des futaies moroses qu'elle avait traversées.

Tony s'appliqua à ranger des verres sans la perdre de vue. Il était tout prêt à papoter encore, sans toutefois lui forcer la main. Il s'était montré si cordial, si disert, qu'elle le prenait pour le patron ou au moins le gérant de l'établissement. En tout cas, il représentait une source appréciable de potins concernant le pays.

— En fait, je suis là pour le type qui s'est noyé ce matin. Je suis fonctionnaire de police, avoua-t-elle.

Tony la dévisagea et détailla, avec un intérêt manifeste, sa chevelure bouclée auburn, coiffée en arrière avec un clip, son pull couleur vieux malt et son pantalon bleu marine.

— Vous, une femme-flic ? Ça alors !...

Il secoua la tête d'un air incrédule.

— J'en ai jamais vu d'aussi mignonne, si je peux me permettre.

Gemma accepta le compliment avec le sourire qu'il méritait.

— Vous le connaissiez, le monsieur qui s'est noyé ?

Tony hocha tristement la tête.

— Quel malheur ! Bien sûr que je connaissais Connor, comme tout le monde dans le coin. Même qu'il y a pas un pub entre ici et Londres où il ne soit entré un jour ou l'autre. Ou un champ de courses. Un mec super sympa !

— Et tout le monde l'aimait bien, vraiment ? s'enquit Gemma, avec son aversion instinctive pour un habitué des bistros et des hippodromes.

N'avait-elle pas découvert, peu après son mariage, que Bob considérait le flirt et le jeu comme les droits inaliénables de tout mâle britannique qui se respecte ?

— Oui, renchérit le barman, Connor était un type extra, toujours un mot gentil, toujours prêt à se marrer. Et le portefeuille facile, avec ça : dès qu'il avait bu un coup, il offrait des tournées, en veux-tu en voilà...

Il s'appuyait sur le comptoir et parlait avec animation.

— ... Un coup dur pour la famille, après ce qui leur était déjà arrivé.

— La famille de qui ? Qu'est-ce qui leur est arrivé ? demanda Gemma.

Avait-elle négligé une allusion à une autre tragédie dans les rapports qu'elle avait lus ?

— Oh ! pardon, fit Tony en souriant, c'est peut-être un peu compliqué. Voilà : la famille de Julia, la femme de Connor, les Asherton, c'est des gens qui habitent ici depuis des siècles, tandis que lui, c'était un fils d'immigrés irlandais, sorti de rien. Quoi qu'il en soit...

— Ça s'est passé quand ?

— Deux ans après la fin de mes études, j'étais revenu dans le pays après avoir essayé de trouver un job à Londres...

Ses dents blanches éclairaient son sourire.

— ... Oui, j'avais fini par piger que la grande ville, c'était pas rose comme je croyais. Enfin, ça s'est passé en automne, la pluie n'arrêtait pas des mois entiers, pire que maintenant...

Il s'interrompit pour saisir une chope vide suspendue derrière lui et la montra à Gemma.

— Ça vous dérange pas que je trinque avec vous ?

Elle secoua amicalement la tête.

— Absolument pas, je vous en prie.

Il était lancé et il fallait le laisser parler, si elle voulait connaître l'histoire en détail.

Il se tira une demi-pinte de Guinness à la pression et la goûta. Après avoir essuyé un peu de mousse sur sa lèvre supérieure, il reprit :

— Voyons, comment il s'appelait ? Je devrais me rappeler son nom, le petit frère de Julia, mais il y a pas loin de vingt ans de ça...

Il se passa la main dans les cheveux, comme si ce trou de mémoire lui rappelait soudain son âge.

— ... Matthew, oui, c'est bien ça. Matthew Asherton. Il devait avoir douze ans, déjà un musicien génial, à ce qu'il paraît. Enfin un jour, il revenait de l'école avec sa sœur et il s'est noyé. Coulé à pic. C'est tout.

L'image inopinée de son propre fils poignit Gemma : elle se représentait Toby quand il aurait douze ans, ses cheveux blonds un peu plus foncés, le corps moins potelé... Emporté par le courant ! Elle fut obligée de déglutir avant de s'exclamer :

— Quelle horreur ! Pour toute la famille, mais surtout pour cette Julia : d'abord son petit frère, puis son mari. Comment ça s'est passé ?

— Je me demande si quelqu'un le sait vraiment. Un de ces trucs incompréhensibles qui arrivent.

Il absorba une bonne moitié de sa Guinness.

— Oui, ça ne s'est pas beaucoup ébruité, à l'époque, juste des choses qu'on a entendues. Je me demande même si, au jour d'aujourd'hui, on ose en parler devant la famille.

Un courant d'air frisquet effleura la chevelure de Gemma et lui caressa les chevilles au moment où la porte sur la rue s'ouvrait. Elle se retourna et vit deux couples s'installer à une table d'angle. Les nouveaux venus saluèrent Tony, en habitués.

— Tony, dit l'un des deux hommes, on voudrait réserver pour dans une demi-heure. Tu nous sers la même chose que d'habitude, d'accord ?

— Allez, c'est parti ! lança le barman en préparant les boissons. En général, on fait le plein du restaurant le vendredi soir — ils viennent tous pour passer une soirée sympa avant le week-end. Sans les mômes, naturellement !

Gemma éclata de rire. Quand la porte s'ouvrit à nouveau et que l'air lui refroidit le dos, elle n'eut même pas la curiosité de se retourner.

Des doigts lui frôlèrent l'épaule et Kincaid se glissa sur le tabouret à côté d'elle.

— Alors, Gemma, on picole en douce, à ce que je vois ?

— Salut, patron.

Cette apparition n'avait rien d'inattendu pour Gemma. Pourtant, son pouls s'accéléra.

— Et en plus, on fraternise avec les indigènes, si je ne m'abuse ? Ils en ont de la veine !

Il eut un sourire pour Tony.

— Je prendrais bien une pinte de... Brakspear ? La bière de Henley, c'est ça ?

— Tony, voici mon chef, dit Gemma. Superintendant Duncan Kincaid. M. Tony.

— Enchanté.

Le barman serra la main du nouveau client, non sans jeter un regard perplexe à Gemma.

Celle-ci examinait son supérieur d'un œil critique. Pas vraiment le superintendant classique de Scotland Yard. Grand et mince, les cheveux bruns un peu négligés, la cravate de travers, la veste en tweed imprégnée de pluie. Pour la plupart des gens, un superintendant, c'était quelqu'un de plus âgé et de plus corpulent.

— Alors, raconte, dit Kincaid, aussitôt qu'il eut obtenu sa bière et que Tony se fut éloigné pour servir le groupe de quatre à la table d'angle.

Elle savait qu'il comptait sur elle pour s'informer et lui rapporter les éléments essentiels, sans avoir besoin de notes.

— J'ai lu tous les rapports de nos gars du Val-de-Tamise, annonça-t-elle en levant la tête en direction de sa chambre, au-dessus d'eux. Je les ai trouvés sur la table de ma chambre là-haut quand j'ai débarqué. Vachement efficaces, les gars !

Elle ferma les paupières pour rassembler ses idées.

— Voilà : ce matin à sept heures zéro cinq, ils ont eu un appel téléphonique d'un nommé Perry Smith, éclusier au barrage d'Hambleden. Il avait découvert un corps bloqué sur les vannes. Ils ont envoyé une équipe de premiers secours pour retirer le corps de l'eau et ils l'ont identifié grâce aux papiers qu'il avait sur lui. C'était un certain Connor Swann, résidant à Henley-sur-Tamise. Sur quoi, l'éclusier qui s'était

43

remis de ses émotions, a constaté qu'il s'agissait du gendre des Asherton, des gens qui habitent à trois kilomètres au-dessus d'Hambleden. Il a précisé que cette famille se promenait souvent par là.

— Vers l'écluse ? s'exclama Kincaid, un peu surpris.

— Oui. Apparemment, c'est pour le pittoresque.

Gemma fronça le sourcil avant de reprendre le cours de son récit.

— Le médecin légiste local est venu faire le premier constat. Selon lui, il y aurait des ecchymoses autour du cou et le corps était déjà froid alors que la rigidité cadavérique commençait à peine...

— Le séjour dans l'eau froide peut la retarder, non ? intervint Kincaid.

Elle secoua la tête, avec une pointe d'impatience.

— D'habitude, dans les cas d'hydrocution, la rigidité cadavérique intervient très tôt. De sorte que le toubib estime que la victime aurait peut-être été étranglée avant l'immersion.

— Tu ne crois pas que ce légiste a beaucoup d'imagination ?

— On verra bien ce que dit le rapport d'autopsie.

Kincaid attrapa un sachet de chips à l'oignon sur un présentoir.

— Tu vas bouffer ces horreurs ? s'indigna Gemma.

Kincaid riposta, la bouche pleine :

— Je crève de faim. Et les déclarations des proches ?

Elle finit son verre avant de répondre et de se concentrer à nouveau sur son récit.

— Voyons voir... Ah oui, ils ont enregistré les déclarations des beaux-parents et celle de la veuve : hier soir, sir Gerald Asherton dirigeait un opéra au Coliseum, à Londres ; Dame Caroline Stowe s'était couchée de bonne heure ; et Julia Swann assistait à un vernissage dans une galerie de Henley. Aucun d'entre eux ne se serait disputé avec Connor et ils affirment que lui-même n'avait aucune raison de s'inquiéter ou de se sentir menacé.

— Évidemment ! bougonna le commissaire en faisant une grimace. Et rien de tout ça n'a de sens aussi longtemps qu'on ignorera l'heure précise du décès.

— Tu as dû les voir cet après-midi, ces gens-là. À quoi ils ressemblent ?

— Bof ! Intéressants, si on veut. Mais j'aimerais mieux que tu te fasses ton idée par toi-même. On y retournera ensemble demain...

Il poussa un soupir et sirota sa bière.

— ... Pas que je m'attende à des révélations extraordinaires. Aucun d'eux n'imagine que quelqu'un ait pu en vouloir à Connor au point de l'assassiner. Et voilà : pas de mobile, pas de suspect, et d'ailleurs on n'est même pas certain que ce soit un meurtre.

Il leva sa chope, en un toast ironique.

— À l'affaire criminelle de l'année !

Après une bonne nuit de sommeil, Kincaid envisageait l'affaire avec moins de scepticisme.

— Bon, on commence par l'écluse, annonça-t-il pendant qu'ils déjeunaient dans la salle à manger du *Chequers*. On n'avancera pas tant qu'on n'y sera pas allé. Après, j'irai jeter un coup d'œil au corps de Connor Swann...

Il avala le reste de son café en observant Gemma.

— ... Comment fais-tu pour avoir l'air si fraîche et relax dès le matin ?

Vêtue d'un blazer feuille morte, elle avait les traits reposés et ses cheveux resplendissaient, comme animés d'une vie propre.

— Je n'y suis pour rien, ça doit être l'hérédité, parce que mes parents étaient boulangers et que c'est un métier où on se lève de bonne heure.

— M...ouais !

Il avait dormi très profondément, sans doute grâce à la bière qu'il avait absorbée la veille au soir. À telle enseigne qu'il lui avait fallu une seconde tasse de café pour retrouver son élan. Enfin, en partie.

Ils achevèrent de déjeuner dans un silence amical.

Les rues de Fingest étaient encore désertes à cette heure-là. Ils prirent la direction du sud, vers la Tamise. Ils garèrent l'Escort de Gemma à un kilomètre du fleuve et traversèrent la chaussée pour emprunter un chemin de terre. La bise leur coupa le visage quand ils abordèrent la descente. Heurtant involontairement la jeune femme de l'épaule, Kincaid crut sentir une douce chaleur, même à travers le tweed de sa veste.

Le sentier traversait la route parallèle au fleuve avant de serpenter entre divers édifices, au milieu d'une végétation envahissante. Aussi ne découvrirent-ils le fleuve qu'en débouchant d'un autre sentier bordé de hautes clôtures. L'eau reflétait le ciel plombé. Devant eux, une passerelle bétonnée cintrée enjambait la rivière.

— Tu crois que c'est ça ? marmonna Kincaid. Moi, je ne vois rien qui ressemble à une écluse.

— Attends, répondit-elle, j'aperçois des bateaux de l'autre côté de la levée, là-bas. Ça doit être le chenal.

— Bravo. Eh bien, après vous, madame, fit-il avec une courbette de courtoisie bouffonne.

Ils s'engagèrent sur la passerelle, l'un derrière l'autre : impossible de progresser côte à côte entre les deux garde-fous.

Ils atteignirent le barrage, à mi-chemin. Gemma fit halte et contempla les remous qui grondaient à leurs pieds ; elle eut un frisson et releva le col de sa veste.

— Incroyable, la force de l'eau ! Même notre

petite Tamise si calme : pour un rien, ça devient un monstre, hein ?

— Il a beaucoup plu ces derniers temps, rappela Kincaid.

Il devait hausser le ton, à cause du bruit ; on en sentait les vibrations à travers les semelles des chaussures. Il agrippa la rampe dont le métal lui glaça les paumes et se pencha au-dessus des remous.

— Bordel ! rugit-il, quelqu'un qui voudrait balancer un corps à la flotte, c'est l'endroit rêvé ici.

Il nota que Gemma devait avoir froid : elle serrait les lèvres et la pâleur de ses joues accentuait ses taches de rousseur. Il lui mit une main sur l'épaule en disant :

— Viens, on traverse, il fera moins froid sous les arbres.

Pressés de se mettre à l'abri, ils s'élancèrent, tête baissée contre le vent. La passerelle ne s'arrêtait qu'une centaine de mètres au-delà du barrage, longeant un moment la rive qui se perdait dans les bois.

Le répit fut de courte durée : on avait du mal à progresser entre les arbres. Néanmoins, ils purent reprendre haleine avant de s'avancer à découvert. L'écluse se profila enfin. Les rubans jaunes des scellés, qui avaient été tendus le long du tablier bétonné, désignaient les lieux du drame. À droite, une maisonnette trapue, en brique rouge, avec une fenêtre à petits carreaux de chaque côté de la porte ; la plus rapprochée, masquée par une plante grimpante non taillée, faisait penser à un gros œil noir à l'affût sous un sourcil broussailleux.

Au moment où Kincaid saisissait le ruban et se courbait pour passer dessous, un homme apparut sur le seuil, écartant les ramilles d'un lierre exubérant et les apostropha :

— Dites donc, vous aut', n'avez pas le droit. On passe pas : ordre de la police.

Kincaid se redressa et scruta le personnage qui venait à lui : petit, trapu, cheveux gris en brosse, polo agrémenté du nom « Régie Autonome de la Tamise ». Il tenait une tasse fumante à la main.

— Il s'appelle comment déjà, l'éclusier ? glissa Kincaid à l'oreille de Gemma.

Elle ferma les yeux un instant, puis :

— Perry Smith, sauf erreur.

— Oui, c'est ça.

Il tira la carte officielle de sa poche et la présenta à l'homme qui arrivait à sa hauteur.

— Vous ne seriez pas Perry Smith, par hasard ?

Le préposé saisit le document de sa main libre et l'étudia, sans dissimuler sa suspicion. Ensuite, il détailla les deux arrivants, comme s'il espérait prouver qu'il s'agissait d'imposteurs. Il finit par hocher la tête, d'un air bourru.

— Ce que j'sais, je l'ai dit aux autres hier.

— Madame est l'inspecteur James, reprit Kincaid, sans se départir de son ton courtois, et c'est justement vous que nous sommes venus voir.

— Monsieur le superintendant, moi, mon boulot, c'est de veiller au bon fonctionnement de l'écluse, sans être tout le temps dérangé par la police. Hier, ils m'ont empêché d'ouvrir les vannes pendant qu'ils bricolaient avec leurs pinces à épiler et leurs petits sachets. Du coup, le fleuve s'est trouvé embouteillé sur deux kilomètres...

Son mécontentement redoublait.

— ... Comme emmerdeurs, je ne vous dis que ça...

Sans même chercher à se faire pardonner les gros mots.

— Ils foutent le bordel sans s'occuper du temps qu'il va falloir pour tout remettre en marche.

Kincaid tenta de le calmer :

— Monsieur Smith, je n'ai pas l'intention de vous

gêner dans votre travail, je veux simplement vous poser quelques questions...

Il leva la main pour couper court à une interruption.

— ... même si j'ai conscience que vous avez déjà répondu. Mais, je préfère entendre ça directement de votre bouche, parce que, vous savez, je me méfie : il arrive trop souvent que les témoignages nous parviennent déformés.

Le visage de Smith se détendit. Il but une gorgée de thé. Le geste fit saillir ses puissants biceps sous les mailles du polo.

— Avec des types comme ceux que j'ai vus hier, ça m'étonnerait pas !

Bien qu'il semblât insensible à la température, il fixa Gemma comme s'il venait de s'aviser de son existence : elle se tenait recroquevillée contre Kincaid, le col de la veste serré jusqu'au menton.

— P't'êt' qu'on pourrait entrer dans le poste, vu le vent qu'y a, suggéra-t-il, moins revêche.

Gemma lui décocha un sourire.

— Merci beaucoup. C'est bête, je ne me suis pas habillée pour un temps pareil.

Smith interpella à nouveau Kincaid, tandis qu'ils prenaient le chemin du poste.

— Ce que j'aimerais bien savoir, c'est quand ils vont se décider à retirer leurs cordons jaunes.

— Pour ça, il faut que vous voyiez avec les collègues du Val-de-Tamise. En tout cas, si les constats ont été dressés, ça ne devrait plus demander bien longtemps.

Kincaid marqua une pause devant la porte et parcourut du regard les tabliers en béton encadrant l'écluse, le sentier herbu vers l'amont, sur l'autre rive.

— Ils n'ont pas dû trouver grand-chose, à mon avis.

Le plancher de l'entrée était recouvert d'une carpette en sisal. Le long du mur, des bottes en caoutchouc assez fatiguées, divers vêtements de travail, cabans et suroîts en toile cirée, imperméable jaune vif, et aussi des rouleaux de cordage. Smith les conduisit, par la porte à gauche, jusqu'à une espèce de salle de séjour aussi dépouillée que le vestibule, quoique la température y fût plus tiède.

Kincaid constata que Gemma rabattait son col et prenait son bloc-notes. Smith se tenait à côté de la fenêtre à surveiller le fleuve, sans cesser de laper son thé.

— Si vous nous disiez comment vous avez trouvé le corps, monsieur Smith ?

— Ben voilà, je rapplique, au lever du soleil, après ma première tasse, pour que tout soit en ordre pour la journée, vu que ça commence de bonne heure des fois, surtout en été, mais même maintenant. Justement, y avait un bateau qu'attendait que j'ouvre.

— Ils ne peuvent donc pas le faire tout seuls ? s'enquit Gemma.

Il s'attendait à la question, secoua la tête.

— D'accord, c'est pas trop difficile à faire, mais si on est trop pressé et qu'on vide pas bien, puis qu'on remplit pas correctement le bassin, ça fait un boxon, je vous dis pas.

— Qu'est-ce qui s'est passé alors ? intervint Kincaid.

— Je vois bien que vous n'y connaissez rien dans les écluses, riposta le préposé avec le regard apitoyé qu'on aurait pour un benêt qui n'aurait même pas appris à nouer ses lacets.

Le policier se retint de le remettre à sa place et de lui apprendre que, ayant passé son enfance dans l'Ouest-Cheshire, les écluses n'avaient pas de secret pour lui.

— Le bassin doit rester vide entre chaque passage,

50

alors la première chose que je fais, c'est d'ouvrir les vannes pour mettre au niveau. C'est ce que j'ai fait pour le premier bateau hier et v'là-t'y pas que l'autre, là, i' remonte à la surface, comme un bouchon...

Une autre gorgée et il ajouta, d'un ton écœuré :

— ... Y avait une bonne femme sur le pont de la péniche qui gueulait comme un cochon à l'abattoir, que c'était pas croyable. Moi, je viens ici et je fais le 999 au téléphone, rien que pour plus l'entendre beugler...

Ses yeux se plissèrent imperceptiblement, comme s'il allait sourire.

— ... Les secours d'urgence ont repêché ce pauvre type. Ils ont bien essayé de le ranimer, mais c'était clair comme le jour qu'il était mort depuis un bon moment.

— Quand l'avez-vous reconnu ?

— Oh, pas tout de suite. Enfin, pas quand j'ai vu le corps. Seulement, quand j'ai regardé son porte-feuille que les aut' avaient sorti de sa poche, le nom me disait quelque chose, juste un peu. Même qu'il m'a fallu une minute pour me rappeler.

Kincaid se rapprocha de la fenêtre et regarda au-dehors à son tour.

— Où l'aviez-vous entendu, ce nom ?

Smith haussa les épaules.

— Oh, sûrement au bistro. Tout le monde dans le coin a entendu causer des Asherton, de ce qu'ils font, tout ça.

— Vous pensez qu'il aurait pu tomber accidentellement depuis le haut de la vanne ? demanda encore Kincaid.

— Eh ben, la rambarde n'empêcherait pas quelqu'un qu'a bu un coup de passer par-dessus. Ou un barjo. De toute façon, en amont de la vanne, il y a une bordure en béton qui continue jusqu'à l'ancien chemin de halage et là, y a pas de rambarde du tout.

Kincaid se souvint des villas qu'il avait remarquées en amont, sur cette même rive : elles possédaient toutes de magnifiques pelouses qui descendaient jusqu'au ras de l'eau, et certaines des petits pontons.

— Et s'il était tombé plus haut ?

— Le courant ne devient vraiment fort que devant les vannes, alors...

L'homme désigna l'amont d'un mouvement de tête.

— ... je dirais qu'il fallait qu'il soit dans les pommes, pour pas pouvoir se sortir de la flotte. Dans les pommes ou... p't'êt' déjà mort.

— Mais s'il est tombé devant l'écluse, est-ce que le courant aurait suffi à le garder au fond ?

Smith jeta un long coup d'œil à l'écluse avant de répondre.

— Pas facile à dire. Vous comprenez, c'est la pression du courant qui ferme les vannes, il est vachement costaud à cet endroit, mais de là à pousser vers le fond un bonhomme qui se débat, alors là, non... enfin je crois pas.

— Une dernière question, monsieur Smith : auriez-vous entendu ou vu quelque chose d'inhabituel au cours de la nuit ?

— Je me couche de bonne heure, étant donné que je me lève à l'aube. Je n'ai pas été réveillé.

— Est-ce qu'une bagarre vous aurait réveillé ?

— Vous savez, monsieur le superintendant, j'ai un sacré sommeil, je peux rien affirmer.

— Le sommeil de l'innocence, murmura peu après Gemma, dès qu'ils eurent pris congé et que le brave homme eut solidement refermé sa porte.

Kincaid s'arrêta et examina l'écluse.

— Admettons que Connor Swann ait été inconscient ou déjà mort avant de choir, comment aurait-on pu le trimballer là-dessus ? Un sacré travail, même pour un costaud.

— Ou alors, d'un bateau en amont... ou en aval ? Je dis ça, mais pourquoi débarquer un cadavre d'un bateau en aval, le transporter le long de l'écluse et s'en débarrasser en amont ? Peu vraisemblable.

Ils s'en revenaient par le chemin qui les ramènerait de l'autre côté du barrage. Cette fois, ils avaient le vent dans le dos. Des bateaux amarrés se balançaient paisiblement dans les eaux calmes en aval. Des colverts volaient et plongeaient, alternativement, indifférents à toute activité humaine sans rapport avec des croûtons de pain.

— Était-il déjà mort ? C'est la question à mille balles, ma chère.

Il l'épia une seconde, le sourcil levé, avant d'ajouter :

— Une visite à la morgue, ça te dirait ?

3

L'odeur de désinfectant rappelait toujours ses années de jeunesse à Kincaid, l'époque où l'infirmière du collège, outre son autorité souveraine sur des genoux éraflés, disposait du pouvoir absolu d'autoriser les élèves à rentrer chez eux, si leurs malaises ou leurs bobos l'exigeaient. Autorité et pouvoir auxquels les pensionnaires d'ici seraient restés indifférents. De surcroît, l'antiseptique ne masque pas totalement de vagues remugles de putréfaction. Le policier eut soudain la chair de poule : sans doute le froid.

Une rapide communication téléphonique avec le C.I.D. du Val-de-Tamise leur avait fourni les indications nécessaires : le corps de Swann se trouvait à l'hôpital d'High Wycombe, en attente d'autopsie. Un hôpital vétuste. Dans la salle de la morgue, par exemple, carreaux de faïence et lavabos en porcelaine ; et, au lieu des rangées de tiroirs en inox, dissimulant pudiquement les macchabées, des chariots métalliques qui s'alignaient le long des murs, chargés de formes imprécises sous les draps blancs d'où surgissaient des orteils étiquetés.

— Lequel voulez-vous voir au juste ? s'informa l'employée de permanence, une jeune femme tout sourire, nommée Sherry — à en croire son badge —, aussi guillerette qu'une maîtresse d'école maternelle.

— Swann, Connor, débita Kincaid, non sans un clin d'œil amusé à Gemma.

Sherry trotta le long des chariots en distribuant des pichenettes aux fiches d'identification accrochées aux orteils.

— Et le voilà ! Le numéro quatre, triompha-t-elle.

Elle rabattit le linceul d'un geste expérimenté.

— Quelqu'un de très soigné de sa personne. Tellement plus agréable, pas vrai ?

Elle leur prodiguait des regards compréhensifs, comme à des débiles mentaux. Elle retourna au portillon à va-et-vient qu'elle poussa d'une main en hélant :

— Mickey !

Elle informa les deux policiers :

— Mickey va nous donner un coup de main pour le déplacer.

Ledit Mickey fit irruption, fonçant à travers les deux battants comme un taureau dans l'arène. Ses épaules, exagérément musclées, tendaient les fines mailles du tee-shirt dont les manches courtes enserraient à grand-peine de prodigieux biceps.

— Mickey, veux-tu aider ces personnes sur le 4 ? lui dit Sherry.

Ses manières de jardinière d'enfants se teintaient maintenant d'une nuance d'exaspération dont Mickey ne s'alarma pas outre mesure. Il se contenta d'opiner, et d'extraire des gants en latex de sa poche-revolver.

— Prenez votre temps, ajouta Sherry pour Kincaid et Gemma. Quand ce sera terminé, vous m'appelez, d'accord ? Bon, à tout de suite.

Elle bondit vers le portillon, les pans de sa blouse voltigeant comme les ailes d'une mouette, et disparut.

Ils se rapprochèrent du chariot en silence et Kincaid entendit Gemma exhaler un léger soupir. Les épaules et le cou de Connor, dénudés, étaient vigoureux, sans rondeurs superflues ; les cheveux bruns avaient des reflets acajou. De son vivant, songea Kincaid, ce devait être l'un de ces hommes au teint fleuri qui rougissent pour un rien, colère ou enthousiasme. Son corps n'avait pas le moindre défaut. En revanche, quelques meurtrissures en haut du bras gauche et à l'épaule du même côté. En y regardant de plus près, le superintendant releva de petites traces bistres de part et d'autre de la gorge.

— Des contusions, oui, fit Gemma avec un scepticisme de professionnel, mais pas les marbrures au visage et au cou caractéristiques de la strangulation.

Kincaid se pencha au-dessus du cou.

— Aucun signe de ligature non plus... Mais, dis donc, regarde Gemma, qu'est-ce que je vois là, en haut de la joue gauche ? Un hématome ?

Elle s'attarda sur une tache un peu plus foncée.

— Ça se pourrait. Pas facile à déterminer. Un choc contre la vanne quand il était dans l'eau, peut-être ?

En tout cas, la charpente était robuste, les pommettes saillantes, le nez et le menton forts, les lèvres pleines, surmontées d'une moustache roussâtre, étrangement vivante sur la peau blême.

— Un beau gosse, ce Connor, n'est-ce pas, Gemma ?

— Probablement séduisant, en effet... sauf s'il la ramenait trop. J'ai cru comprendre que c'était un dragueur invétéré. Je ne me trompe pas ?

Kincaid se demanda comment Julia Asherton Swann avait pu prendre la chose. Pas le genre de femme à rester patiemment au foyer pendant que le mari fait les quatre cents coups. Il lui vint à l'esprit que son désir d'examiner le corps tenait presque autant à une exigence professionnelle qu'au besoin inavouable d'en déduire on ne sait quoi sur la veuve.

Il interpella Mickey.

— Pourrions-nous voir le reste du corps ?

57

Le jeune employé s'exécuta sans mot dire et dégagea entièrement le drap.

— Il a dû passer des vacances au soleil il y a quelque temps, commenta Gemma...

En effet, on distinguait une fine délimitation entre cuisses et ventre brunis et l'aine, un rien plus pâle.

— ... Ou il a fait du bateau sur la Tamise, tout simplement.

Kincaid, trouvant qu'il valait mieux imiter le laconisme de l'infirmier, se borna à hocher la tête, en ébauchant un geste flou.

Cependant, Mickey avait glissé ses deux mains gantées sous le mort et l'avait retourné sans la moindre apparence d'effort, sauf peut-être un faible grognement.

De larges épaules, saupoudrées de quelques taches de rousseur ; une marge plus claire sur la nuque, prouvant qu'il venait de se faire couper les cheveux ; un grain de beauté au-dessus d'une fesse. Tout cela — en soi assez banal, se dit Kincaid — fait subitement de Connor Swann un cas unique, comme il arrive en cours d'enquête. Inévitablement. Le corps devient soudain un individu à personnalité propre, quelqu'un qui, naguère, avait peut-être adoré les sandwichs fromage-cornichons ou les vieux sketches de Benny Hill.

— Alors, chef, satisfait ? marmonna Gemma, avec moins d'entrain que d'habitude. Rien à signaler de mon côté.

Kincaid opina.

— Moi non plus. De toute façon, on ne peut rien dire tant qu'on n'en sait pas plus long sur ses dernières activités et sur l'heure approximative du décès. Ça ira comme ça, ajouta-t-il pour Mickey, dont le visage continuait à refléter une totale indifférence... Ça y est, on a fini.

Puis, devant le portillon, il murmura :

— Allons rendre visite à l'allègre Sherry.

Il jeta un dernier regard avant de quitter la pièce : le diligent Mickey avait remis le cadavre sur le dos et replacé le drap avec soin.

Ils retrouvèrent l'allègre Sherry dans un box, de l'autre côté du portillon, à gauche. Elle s'activait sur un clavier d'ordinateur.

— L'autopsie, c'est pour quand, d'après vous ?

Elle étudia un plan de travail, collé à la cloison avec du Scotch.

— Ah ! voilà... « Winnie » s'en occupe soit demain en fin d'après-midi, soit après-demain matin.

— « Winnie » ? s'enquit Kincaid, avec devant les yeux l'image absurde d'un ourson disséquant un macchabée.

— Oui, le docteur Winstead, répliqua Sherry toutes fossettes dehors. On l'appelle « Winnie l'Ourson » parce qu'il est adorable et tout rond.

La perspective d'une autopsie n'émeut plus guère Kincaid : il y a longtemps que l'excitation morbide d'un pareil spectacle s'est dissipée, remplacée par une espèce de dégoût pour cette ultime violation de l'intimité d'un être humain.

— Auriez-vous l'extrême amabilité de me prévenir dès que ce sera programmé ?

— Comptez sur moi, assura Sherry, toujours aussi primesautière, je m'en charge.

Kincaid devina à la mimique de Gemma qu'elle ne manquerait pas de railler, une fois de plus, cette manie de faire du charme au petit personnel. Il n'en susurra pas moins, avec son sourire le plus démagogique :

— Merci, Sherry, vous avez été vraiment très gentille. Ciao...

— Tu n'as pas honte, grommela Gemma dès qu'ils furent dehors, avec une gamine aussi émotive ?

— En tout cas, ça marche, c'est l'essentiel, rétorqua-t-il, avec un sourire.

59

Le dédale de rues à sens unique du centre-ville mit la perspicacité de Gemma à rude épreuve. Après bien des incertitudes et des hésitations, elle trouva la sortie d'High Wycombe et prit, sur les instructions de Kincaid, la direction du sud-ouest et des vallonnements insoupçonnés des Chiltern Hills. Gemma mourait de faim, mais ils avaient décidé de revoir les Asherton avant le déjeuner.

En conduisant, elle se remémora tous les éléments que Kincaid et Tony lui avaient communiqués concernant la famille. Maints détails piquaient sa curiosité. Avant de poser la question qu'elle avait sur les lèvres, elle lança un coup d'œil à Kincaid et comprit qu'il avait la tête ailleurs, une attitude fréquente chez lui avant tout interrogatoire. Comme s'il avait besoin de faire le point dans son for intérieur avant de cuisiner les gens en cause.

Elle se concentra entièrement sur la conduite du véhicule, non sans prendre une fois de plus conscience de la place qu'occupaient les jambes de son chef dans l'Escort, et aussi du long silence dans lequel il s'était enfermé.

Ils atteignirent enfin un embranchement. Avant même qu'elle ouvrît la bouche, Kincaid sortit de sa rêverie.

— C'est bien ici : Badger's End est un peu plus loin sur cette route.

Du bout du doigt, il indiqua un point sur la carte entre les villages de Northend et de Turville Heath.

— Oui, ce n'est pas marqué. Probablement un raccourci connu des gens du coin.

Des rigoles d'eau traversaient la chaussée devant eux, là où le lit du ruisseau, dévalant entre les arbres, coupait la piste étroite. Un triangle jaune mettait les passants en garde : PRUDENCE - INONDATION, et le souvenir de la mort du pauvre petit Matthew Asherton s'imposa soudain à l'esprit de Gemma.

— À gauche toute, fit Kincaid en tendant l'index.

Gemma obtempéra. Le sentier sur lequel ils s'aventurèrent s'enfonçait entre les remblais, à peine assez large pour l'Escort. De chaque côté, des arbres majestueux dont les ramures entrecroisées formaient une nef au-dessus d'eux. Par endroits, le talus était si haut que les racines apparaissaient au niveau des fenêtres. De temps à autre, une brèche à droite permettait à Gemma d'entrevoir la végétation jaune d'or des champs à flanc de coteau. À gauche, au contraire, les bois s'épaississaient, sombres, impénétrables ; la lueur verdâtre qui filtrait à travers la voûte des frondaisons dominant le chemin paraissait liquide.

— ... luge, marmonna soudain Gemma.

— Je te demande pardon ? fit Kincaid interdit.

— J'ai l'impression de faire de la luge. Tu sais, du bobsleigh, la luge olympique ?

Kincaid éclata de rire.

— Et c'est toi qui m'accuses de poétiser ! Fais gaffe ici, on doit tourner à gauche.

Non loin du sommet, Gemma aperçut en effet une trouée dans le remblai de gauche ; elle ralentit et s'engagea sur un tapis de feuilles mortes, puis roula mollement sur une faible inclinaison jusqu'à un virage et une clairière.

— Oh ! fit-elle, ébahie.

Elle s'était attendue à une bâtisse du même style que les confortables maisons en silex à colombages des environs. Or, le soleil qui avait réussi à percer la couche de nuages projetait brusquement une lumière mouchetée sur la façade crayeuse de Badger's End.

— Ça te plaît ?

— Je me le demande, répondit-elle en coupant le moteur et en baissant la glace de son côté.

Ils restèrent sur leur siège quelque temps à observer : on décelait un lointain ronronnement dans le silence des bois.

61

— Brrr, un peu lugubre. Pas du tout ce que j'escomptais.

— Attends plutôt de faire la connaissance de la famille, railla Kincaid en ouvrant sa portière.

Gemma présuma que la femme qui leur ouvrit était Dame Caroline Stowe. Le pantalon en flanelle d'excellente qualité, bien coupé, le corsage et le cardigan bleu marine, les cheveux bruns, courts, irréprochables, un tout dénotant un bon goût classique de la maturité. Mais le regard impassible, la façon dont elle tenait sa tasse devant elle, le ton qu'elle prit pour dire : « Qu'est-ce que c'est ? » chassèrent les certitudes de Gemma.

Kincaid se nomma, présenta Gemma puis demanda à s'entretenir avec sir Gerald et Dame Caroline.

— Oh, je suis désolée, mais ils viennent de partir. Ils sont allés voir l'entrepreneur des pompes funèbres, vous comprenez...

Elle fit passer sa tasse de café dans l'autre main avant d'annoncer :

— ... Moi, je suis Vivian Plumley.

— Vous êtes la gouvernante ? demanda Kincaid.

Gemma se douta qu'une question, posée aussi abruptement, prouvait qu'il avait été pris de court.

Vivian Plumley eut un sourire.

— Oui, si l'on veut, ça ne me vexe pas.

— Parfait, fit Kincaid.

Gemma jugea qu'il s'était ressaisi.

— Nous aurions aimé vous dire deux mots, à vous aussi, si ça ne vous dérange pas trop.

— Venez donc dans la cuisine, je vais vous faire du café.

Elle tourna les talons et les précéda le long d'un passage à carrelage d'ardoise et les fit entrer dans la cuisine.

La pièce avait échappé à la modernisation. Gemma

avait beau s'extasier sur les illustrations des magazines montrant les rutilantes cuisines du troisième millénaire, elle savait d'instinct que rien ne remplacerait le charme de décors comme celui-ci. Des nattes en alfa tressé adoucissaient le sol en ardoise, une table de réfectoire en chêne marquée de vieilles balafres et des chaises droites dominaient le centre de la pièce ; contre l'un des murs, une cuisinière traditionnelle en émail vermeil dégageait une consolante chaleur.

— Asseyez-vous, je vous en prie, dit Vivian Plumley en désignant les sièges.

Gemma tira une chaise et s'assit. Elle se libéra ainsi d'une tension dont elle n'avait pas pris conscience.

— Un petit en-cas, peut-être ? proposa encore Vivian, mais Gemma secoua énergiquement la tête, de peur que les charmes de cet intérieur ne lui fissent perdre l'initiative.

Kincaid s'exprima pour eux deux :

— Non, merci.

Il prit place au bout de la table. Gemma tira son bloc-notes de son sac et le posa discrètement sur ses genoux.

Le percolateur fonctionna aussi bien que son apparence coûteuse le laissait espérer : l'arôme du café imprégna bientôt l'atmosphère. Vivian avait disposé des tasses, un petit pot de crème et un sucrier sur un plateau, sans mot dire. Quelqu'un d'assez sûr de soi pour ne pas perdre son temps en babillages superflus. Dès que le percolateur eut accompli son cycle, elle remplit les tasses et apporta le plateau garni.

— Voilà. Je vous préviens que c'est de la crème authentique, pas de la camelote du supermarché. Nous avons un voisin qui possède quelques vaches, des jersiaises.

— Alors là, il faut profiter de l'occasion, dit Kincaid.

Et de verser une généreuse dose de crème dans sa tasse.

Gemma refréna un sourire, parce qu'elle savait qu'il ne buvait jamais que du café noir.

— Vous n'êtes pas la gouvernante, c'est ça ? poursuivit-il imperturbable. J'ai dû faire une gaffe épouvantable.

Vivian fit tinter sa cuiller contre sa tasse et exhala un soupir.

— Soit... Si vous y tenez, je peux vous raconter mon histoire. Une histoire affreusement victorienne, j'en ai bien peur. En réalité, je suis une parente de Caroline, plus précisément nous sommes cousines issues de germains. Nous avons sensiblement le même âge et nous avons été à l'école ensemble...

Elle s'interrompit pour boire une gorgée et reprit, presque embarrassée :

— Et puis mon mari est mort : rupture d'anévrisme...

Un claquement de doigt.

— ... Du jour au lendemain, je me suis donc retrouvée sans enfant, sans profession, avec à peine de quoi vivre. Tout ça se passait il y a trente ans, à une époque, rappelez-vous, où les femmes ne travaillaient pas encore.

Elle se pencha vers Gemma.

— ...Vous autres, c'est autre chose, n'est-ce pas ?

Gemma songea à sa mère qui s'était levée aux aurores, toute sa vie de femme mariée, pour aider au fournil, et ensuite tenir le magasin, de l'ouverture à la fermeture. Du reste, ni Gemma ni sa sœur n'avaient jamais imaginé ne pas avoir à gagner leur vie. La seule ambition de Gemma avait été de trouver un job qui lui plût, pas seulement de quoi s'assurer le quotidien.

— Oui, tout à fait autre chose, mentit-elle en réponse à Vivian. Alors, qu'avez-vous fait ?

— Il se trouvait que Caroline avait deux jeunes enfants et une carrière très absorbante...

Elle haussa les épaules.

— ... C'était la solution la plus logique : la maison était assez grande pour me loger, j'avais quelques économies qui me donnaient un peu d'autonomie et j'aimais ces deux enfants comme si...

Comme s'ils avaient été à vous, compléta Gemma, en éprouvant beaucoup de sympathie pour cette femme qui avait tiré le meilleur parti de son destin.

— Oui, poursuivit Vivian, les enfants étaient toujours à cette table pour les repas, car leurs parents étaient par monts et par vaux, et les dîners de famille très rares. Mais aussi pour faire leurs devoirs, pour dessiner, tout ça. C'est d'ailleurs ici que Julia a commencé à peindre, quand elle était encore au collège.

LES enfants ceci..., LES enfants cela... À croire que le temps s'était arrêté avant la mort de Matthew. Pourtant, il ne restait plus que Julia seule, toute seule.

— Ce qui vient de se passer a dû être affreux pour elle, dit Gemma, après ce qui était déjà arrivé à son frère ?

Vivian regarda ailleurs en saisissant les bords de la table, comme si elle résistait au désir de se lever. Après un silence, elle reprit :

— Nous n'en avons pas parlé, mais je suis sûre que la mort de Connor a rendu les choses encore plus pénibles pour Julia. Et pour nous tous.

Kincaid, un peu en retrait de la table et tenant sa tasse à deux mains, s'enquit :

— Vous aimiez bien Connor Swann, madame Plumley ?

— Si je l'aimais bien... ? fit-elle.

Elle plissa le front.

— ...Voilà une question que je ne me suis jamais posée. Connor... c'était Connor, une force de la nature...

L'expression parut l'amuser.

— ... Oui, un homme séduisant à bien des égards, et cependant, j'ai toujours eu un peu pitié de lui.

Kincaid leva un sourcil, sans rien dire. Gemma imita son silence.

Vivian haussa les épaules.

— Avoir pitié de quelqu'un d'aussi énergique doit vous paraître curieux mais je trouvais que Julia l'écrasait.

Les boutons dorés de son cardigan reflétèrent la lumière lorsqu'elle changea de position sur sa chaise.

— Il n'obtenait jamais ce qu'il attendait d'elle et il ne savait pas comment s'y prendre. Du coup, il ne se comportait pas toujours comme... comme il fallait...

On entendit une porte claquer quelque part dans la maison et Vivian se tut pour écouter.

Elle se leva à moitié en disant :

— Les voilà. Je vais leur...

— Une dernière chose encore, s'il vous plaît, madame Plumley ! l'interrompit Kincaid. Avez-vous vu Connor jeudi dernier ?

Elle se rassit, mais de biais, comme quelqu'un qui s'apprête à prendre congé.

— Bien sûr que je l'ai vu. C'est moi qui ai préparé le repas — simplement des salades et du fromage — et nous avons tous déjeuné dans la salle à manger.

— Tous, sauf Julia ?

— Oui, parce que, comme souvent, elle a continué de travailler à l'heure du déjeuner. Je lui ai monté une assiette.

— Et Connor, il avait l'air normal ? s'enquit Kincaid.

En dépit du ton décontracté de son chef, Gemma se doutait qu'il ne perdait pas une miette de ce que disait la gouvernante.

Vivian se laissa de nouveau aller contre le dossier

de sa chaise et parcourut du bout du doigt le motif floral de sa tasse.

— Oui, il a plaisanté, raconté des histoires, comme toujours. Mais c'était peut-être un peu forcé, je ne sais pas...

Elle fixa Kincaid, en plissant le front.

— ... Est-ce que je m'imagine ça après coup ? Je ne me rends pas compte.

Kincaid hocha la tête.

— Je vous remercie de votre franchise. A-t-il dit ce qu'il allait faire le reste de la journée ? Parce que, vous comprenez, pour nous c'est important.

— Je me souviens qu'il a regardé sa montre et parlé d'un rendez-vous, mais sans préciser ni où, ni avec qui. À la fin du repas, quand tout le monde a terminé, je reviens toujours ici faire la vaisselle. Et ensuite je monte dans ma chambre me reposer un peu. Vous devriez demander à Caro ou à Gerald, il leur en a peut-être dit davantage.

— Merci de m'y faire penser, susurra Kincaid, feignant la gratitude.

Grâce à cette courtoisie, Vivian Plumley ne réaliserait jamais qu'elle avait eu la prétention d'apprendre son métier à un officier de police. Gemma en était sûre.

Kincaid reprit, comme en s'excusant :

— Je suis obligé de vous demander — ce n'est qu'une formalité bien entendu — ce que vous avez fait jeudi soir.

— Vous me demandez un alibi ? Un alibi concernant la mort de Connor ? fit Vivian, éberluée sinon ulcérée.

— C'est parce que nous ne connaissons pas l'heure exacte du décès. Il s'agit donc pour nous de reconstituer ce qui a pu se passer, à partir de quelques points précis. Nous pourrions alors repérer les lacunes dans son emploi du temps, d'après les déplacements de tous ceux qui avaient des contacts avec lui. Je veux dire, des lacunes *logiques*.

Il souligna ces derniers mots d'un geste circulaire de la main.

— Je vois, dit Vivian, apaisée. Eh bien, c'est facile. Caro et moi avons dîné de bonne heure devant la cheminée dans le salon, comme souvent quand Gerald est retenu ailleurs.

— Et ensuite ?

— Ensuite, nous sommes restées au salon devant le feu, à lire et à regarder la télé. On a un peu bavardé aussi et vers dix heures, j'ai préparé un chocolat, nous l'avons bu, puis je suis montée me coucher...

Elle ajouta avec une pointe d'ironie :

— ... Je me rappelle même m'être dit que la soirée avait été particulièrement calme et tranquille.

— Rien d'autre ? demanda encore Kincaid en se redressant sur son siège et repoussant sa tasse.

— Non..., répliqua Vivian.

Elle s'interrompit brièvement, le regard dans le vide.

— Tout de même, il me semble me rappeler une petite chose...

Kincaid l'encouragea d'un signe de tête.

— ... Oui, je venais à peine de m'assoupir quand j'ai cru entendre la sonnerie à la porte. Je me suis assise dans mon lit pour écouter, mais silence complet dans la maison, alors je me suis dit que j'avais dû rêver. Comme Gerald et Julia ont chacun leur clef, je n'ai pas besoin de descendre leur ouvrir.

— Vous ne les avez pas entendus rentrer ?

— J'ai peut-être entendu Gerald vers minuit, mais je ne me suis pas vraiment réveillée. Et puis, d'un seul coup, il faisait jour et les corbeaux s'égosillaient dans les arbres devant ma fenêtre.

— C'est peut-être Julia que vous avez entendue ? insista Kincaid.

Elle se concentra un instant et fronça les sourcils.

— Ça se pourrait, mais, à moins de rentrer aux petites heures, elle passe toujours me voir avant de monter chez elle.

— Et pas ce soir-là ?

Vivian secoua la tête. Kincaid lui sourit en disant :

— Merci, madame Plumley, vous nous avez rendu service. Vraiment.

Avant de se relever, elle s'enquit :

— Vous voulez que je les prévienne que vous êtes là ?

Sir Gerald Asherton se tenait debout, les mains dans le dos, le dos tourné à la cheminée du salon. La parfaite image du gentleman-farmer XIXe siècle, pensa Gemma : posture détendue, jambes écartées, son imposante silhouette enveloppée d'un tweed velu — sans omettre les rapiéçages en daim sur les coudes. Il n'y manquait que la pipe de bruyère et deux retrievers couchés à ses pieds.

— Désolé de vous avoir fait attendre, déclara-t-il en s'avançant vers eux.

Il leur serra la main et les invita d'un geste à s'asseoir sur le canapé. Une politesse proprement désarmante, pensa Gemma. Peut-être à dessein.

— Merci, sir Gerald, articula Kincaid, avec la même cordiale urbanité, mais je ne vois pas Dame Caroline.

— Elle est allée se reposer un instant. Il faut dire que notre visite aux pompes funèbres l'a un peu secouée.

Il alla prendre place à son tour sur le fauteuil face à eux. Il croisa les jambes en ajustant les plis de son pantalon.

— Si je puis me permettre, sir Gerald, commença alors Kincaid, arborant toujours son sourire de circonstance, je trouve curieux que votre fille ne se soit pas occupée des formalités : après tout, Connor était son mari.

— C'est précisément pour cette raison, rétorqua sir Gerald, avec un rien d'agacement dans la voix. Mieux vaut, souvent, confier ces démarches à des gens moins proches. Et vous savez, les entrepreneurs de pompes funèbres sont très forts pour tirer parti des circonstances.

Gemma compatissait. Elle n'oubliait pas que cet homme, bien découplé et apparemment sûr de lui, parlait d'expérience après ce qui lui était arrivé autrefois.

Le policier hocha la tête et changea de sujet.

— Sir, je suis dans l'obligation de vous demander ce que vous avez fait jeudi soir...

Comme le chef d'orchestre sourcillait, Kincaid se justifia :

— Ceci n'est qu'une pure formalité, vous comprenez ?

— Je ne demande qu'à vous aider, monsieur Kincaid. De toute façon, c'est la procédure normale, n'est-ce pas ? Eh bien voilà, je me trouvais au Coliseum où j'ai dirigé *Pelléas et Mélisande*...

Il gratifia ses visiteurs d'un large sourire, dévoilant une parfaite denture...

— ... Oui, tout le monde a pu me voir, je vous assure, ce n'était pas un sosie qui tenait la baguette à ma place.

Gemma se le représentait, dominant l'orchestre, tout aussi majestueux que dans ce petit salon. D'où elle était assise, elle remarqua une photographie de lui sur le piano, dans un cadre en argent identique à plusieurs autres à proximité. Elle se leva discrètement pour les examiner. La photographie la plus proche représentait sir Gerald en habit, la baguette à la main, aussi serein qu'il se montrait ici, vêtu de tweed campagnard. Sur un autre cliché, il avait un bras autour du cou d'une petite femme brune au sourire enjôleur.

La photographie des enfants était en retrait, comme si personne ne s'en souciait plus. Un bambin qui se tient légèrement en avant, vigoureux, les cheveux blonds, un sourire espiègle, une ou deux dents de lait manquantes ; la fillette, au contraire, a quelques centimètres de plus que lui, les cheveux noirs comme ceux de sa mère, une expression grave sur son visage mince. C'était donc Julia. Julia et Matthew.

En entendant Kincaid demander à sir Gerald : « Et après ? », Gemma, s'aperçut, confuse, qu'elle s'était laissé distraire.

Sir Gerald s'ébroua :

— Il faut toujours un moment de détente, après une représentation. Je suis resté dans ma loge, je ne serais pas capable de dire combien de temps. Ensuite, j'ai pris ma voiture et je suis rentré à la maison, directement. Il devait être un peu plus de minuit...

— Il *devait* être ? s'étonna Kincaid, sceptique.

Sir Gerald tendit le poignet droit.

— Je n'ai jamais de montre sur moi. Je ne supporte pas d'en avoir. De plus, il faut toujours penser à l'ôter avant une répétition ou un concert, et ensuite à la remettre, c'est assommant. En outre, je les perdais l'une après l'autre. Quant au chrono de la voiture, il n'a jamais bien marché.

— Vous ne vous êtes arrêté nulle part ?

Asherton secoua la tête comme quelqu'un dont toutes les paroles ont force de loi.

— Non, nulle part !

— Vous n'avez parlé à personne une fois rentré ici ? risqua Gemma, qui estimait devoir mettre son grain de sel.

— C'était le silence absolu. Caro dormait et je n'ai pas voulu la réveiller. J'imagine qu'il en était de même pour Vivian. Si bien que, ma chère mademoiselle, si c'est un alibi qu'il vous faut...

Il eut une lueur d'amusement dans les prunelles.

— ... Je n'en ai malheureusement aucun.

— Et votre fille, sir Gerald ? Elle dormait aussi ?

— Là non plus, je n'ai aucune idée. Je ne me souviens pas d'avoir vu sa voiture dans l'allée, mais il se pourrait qu'elle se soit fait déposer par quelqu'un.

Kincaid se leva.

— Merci, sir Gerald. Il nous sera nécessaire de revoir Dame Caroline, dès qu'elle pourra, mais pour le moment, nous aimerions parler à Mlle Julia.

— Vous connaissez le chemin, monsieur le superintendant.

— Ça alors ! murmura Gemma en se retournant vers Kincaid qu'elle précédait dans l'escalier. Je me serais crue au théâtre, une scène dans un salon. Un tas de belles manières, mais, derrière, du vent, rien que du vent. Dis-moi, à quoi ils jouent, ces gens-là ?

Arrivés au palier du premier étage, elle s'arrêta, face à Kincaid.

— Et les deux femmes de la famille, on croirait que c'est de la porcelaine, à entendre comme sir Gerald et Mme Plumley les dorlotent. « Il ne faut pas déranger Caroline... Il ne faut pas embêter Julia », etc. !

Elle chuchota ces derniers mots, subitement consciente qu'elle parlait trop fort.

Kincaid haussa le sourcil, avec cet air flegmatique qui avait le don d'irriter la jeune femme :

— Franchement, Julia n'a pas l'air de quelqu'un qui ait besoin de se faire dorloter.

Il entama la montée vers le second étage, Gemma sur ses talons. En silence.

Kincaid avait à peine frôlé le panneau de bois que la porte s'ouvrit.

— Ah, Plummy, enfin, j'ai une faim de...

Le sourire de Julia s'évanouit brusquement quand elle identifia ses visiteurs.

— Oh, vous revoilà ! marmonna-t-elle.

— Oui, je suis du genre collant, dit Kincaid avec son sourire le plus enjôleur.

Julia se débarrassa du pinceau qu'elle tenait entre les doigts en se le fichant derrière l'oreille et s'effaça pour leur permettre d'entrer. Gemma compara, dans son esprit, la jeune femme devant elle avec l'image de la fillette mince et réservée de la photographie sur le piano. C'était bien elle, mais l'aspect gauche avait fait place à une silhouette élégante et l'innocence puérile avait disparu depuis belle lurette.

Les stores étaient relevés et l'atelier baignait dans une lumière pâle, aqueuse. Contrastant avec le désordre général, la table, au centre de la pièce, était entièrement dégagée, à l'exception d'une palette et d'une feuille de papier à dessin soigneusement scotchée sur une planchette.

— Oui, c'est l'heure où Plummy m'apporte un sandwich, vous comprenez, expliqua Julia après avoir refermé la porte.

Elle retourna vers sa table et s'y appuya en une gracieuse posture. Néanmoins, Gemma eut nettement l'impression qu'elle n'était pas vraiment à son aise.

L'aquarelle sur la table était achevée. Elle représentait une fleur. Gemma s'en approcha, en tendant instinctivement la main.

— Mon Dieu, comme c'est joli ! murmura-t-elle, se retenant au dernier moment de toucher le papier.

Le dessin en était sobre, net, les couleurs presque orientales, des verts et des cramoisis éclatants sur le fond blanc mat.

— Une commande. Bien payée, l'informa Julia, en ébauchant un sourire, comme si elle avait voulu se montrer conciliante. Des cartes postales illustrées, une série de prestige pour la Direction du Patrimoine, vous voyez le genre. J'ai pris un peu de retard.

Elle se frotta le visage et une petite tache de peinture lui macula le front. Gemma prit soudain note de la lassitude de la jeune femme : une lassitude que les cheveux élégamment coupés, le col roulé à la mode et les cuissardes dernier cri ne parvenaient pas à masquer tout à fait.

Gemma passa le bout du doigt sur la lisière effrangée de l'aquarelle.

— Je croyais, dit-elle, que les tableaux au rez-de-chaussée étaient de vous, mais là, c'est un autre style.

— Vous voulez parler des Flint ? Mon Dieu, j'espère bien ! grommela Julia.

Elle avait retrouvé ses manières tranchantes. Elle secoua un paquet de cigarettes, sur la table devant elle, pour en prendre une et frotta une allumette.

— Moi aussi, je me le suis demandé, intervint Kincaid. Les peintures en bas me rappelaient quelque chose.

— Oui, vous avez dû voir des œuvres de lui dans vos livres d'enfants. Il n'était pas aussi connu qu'Arthur Rackham[1], mais il a quand même fait de superbes illustrations...

Elle s'appuya encore sur la table à dessin et plissa les yeux, contre la fumée de sa cigarette.

— Après ça, il s'est lancé dans les « nichonnades ».

— Les « nichonnades » ! répéta Kincaid, hilare.

— Oui, c'était un bon technicien. Évidemment, rien de très original, mais ça lui a assuré une fin de vie prospère.

— Et vous trouvez ça mal ? ironisa Kincaid.

Elle haussa les épaules et reprit :

— Bon d'accord, c'est assez hypocrite de ma part. Après tout, ces commandes m'ont donné de quoi

---

1. A. Rackham (1867-1939), célèbre illustrateur, influencé à ses débuts par A. Beardsley, dont les aquarelles aux teintes brillantes et délicates ont enchanté les lecteurs anglais des *Contes* d'Andersen, de *Peter Pan*, d'*Alice au pays des merveilles*. (N.d.T.)

vivre et Connor a pu mener le genre d'existence dont il avait fini par prendre l'habitude.

À la vive surprise de Gemma, Kincaid ne se jeta pas sur l'appât qu'on lui offrait.

— Je ne comprends pas, continua-t-il. Vous n'appréciez pas les aquarelles de Flint, et les murs en bas en sont couverts ?

— Oh, mais ce n'est pas moi, si c'est ce que vous voulez insinuer. C'est mes parents : il y a quelques années, ils ont chopé le virus du collectionneur. Et comme Flint était très à la mode à l'époque, ils ont suivi le mouvement. Ils ont peut-être même pensé me faire plaisir...

Elle leur lança un petit sourire crispé.

— ... Parce que, vous savez, pour eux, une aquarelle en vaut une autre.

Kincaid lui rendit son sourire, comme pour signifier qu'il saisissait tout le sel de la plaisanterie. Julia éclata de rire, ses cheveux noirs flottant autour de sa tête.

Se sentant comme exclue de ce duo, Gemma revint à un autre sujet.

— Madame Swann, quel est donc le genre de vie auquel votre mari se serait habitué, s'il vous plaît ? questionna-t-elle, un peu trop vite, avec, presque malgré elle, une nuance accusatrice dans la voix.

Julia se campa plus fermement sur son tabouret en balançant dans le vide un pied chaussé de cuir noir. Elle éteignit dans un cendrier sa cigarette à demi fumée.

— Oh, toutes sortes de choses. Je me suis dit, et pas qu'une fois, qu'il croyait à son personnage, vous voyez ce que je veux dire : le whiskey, les femmes, et naturellement les courses de chevaux — le vrai polisson irlandais, en somme. Je ne suis même pas certaine qu'il ait tellement apprécié, autant qu'il aimait le faire croire.

— Une liaison peut-être ? demanda Kincaid, comme s'ils avaient causé de la pluie et du beau temps.

75

Elle le fixa, bouche bée.

— Mais des liaisons, il en avait tout le temps ! Les détails, je m'en fous.

Kincaid se borna à sourire, sans relever le cynisme des propos.

— Et Connor habitait votre appartement de Henley ?

Julia fit signe que oui. Elle descendit de son tabouret pour prendre une autre cigarette dans le paquet passablement froissé. Elle l'alluma et resta debout appuyée contre sa table à dessin, les bras croisés sur la poitrine. À la voir, fumant, le pinceau à l'oreille, on l'aurait prise pour une journaliste désinvolte flemmardant en pleine salle de rédaction, dans un film américain.

— Vous êtes allée à Henley jeudi soir, à ce qu'on m'a dit, poursuivit Kincaid. A un vernissage, c'est ça ?

— Vous êtes bien informé, monsieur le superintendant, répliqua-t-elle en lui décochant un sourire. Oui, à la galerie Trevor Simons, au bord de la Tamise.

— Vous n'avez pas vu votre mari ?

— Non, nous ne fréquentons pas exactement les mêmes milieux, comme vous le comprendrez facilement, marmonna Julia, d'un ton plus sarcastique encore.

Gemma observa le visage de Kincaid, comme s'attendant à une réaction de sa part. Mais il se contenta d'opiner paresseusement :

— Oui, en effet, je comprends.

Julia écrasa la cigarette qu'elle venait d'allumer. Gemma nota qu'elle se détendait, bouche moins crispée, épaules moins rigides.

— Eh bien, maintenant, si ça ne vous fait rien, j'aimerais bien me remettre au travail...

Cette fois, elle parut vouloir inclure Gemma dans son sourire, un sourire qui rappelait beaucoup celui

76

de son père, quoique plus aigu à la commissure des lèvres.

— ...Vous pourriez...

— Julia !

Toujours la bonne vieille méthode d'interrogatoire, cette façon d'interpeller brusquement le suspect par son prénom, comme un renversement des barrières sociales, une irruption dans l'intimité de quelqu'un. Pourtant, la subite familiarité de Kincaid choqua Gemma : c'était un peu comme s'il avait tout su de cette femme et que cela lui permît d'abattre, d'un mot, les fortifications derrière lesquelles elle se retranchait.

Julia s'était figée au beau milieu de sa phrase, les yeux écarquillés, comme si elle avait été seule dans cette pièce avec le policier.

— Vous vous trouviez à une centaine de mètres de l'appartement de Connor. Vous auriez très bien pu sortir fumer une cigarette sur le quai, le rencontrer par hasard et prendre rendez-vous avec lui pour plus tard.

Le silence pendant une seconde, puis deux.

L'artiste reprit enfin, en détachant les syllabes :

— En effet, j'aurais *pu,* mais il se trouve que je ne l'ai pas fait. Comme c'était mon exposition, mon quart d'heure de célébrité, je n'ai pas quitté la galerie un seul instant.

— Et après le vernissage ?

— Oh, après, ça, Trevor peut en témoigner, puisque j'ai couché avec lui.

4

— Et maintenant, répartition des tâches, annonça Kincaid à Gemma, tandis qu'ils expédiaient leur déjeuner au pub de Fingest. Toi, tu vas à Londres vérifier l'alibi de sir Gerald — tu en profiteras pour t'occuper du petit Toby un soir ou deux — et moi, pendant ce temps-là, je fouinerai du côté de Henley. Je compte voir l'appartement de Connor ; et aussi, parler avec ce... voyons, comment Julia a-t-elle dit qu'il s'appelait ? Simons, c'est ça ? Trevor Simons, l'homme de la galerie. J'aimerais en apprendre plus long sur les activités de Julia cette nuit-là, ajouta-t-il.

Gemma lui lança un regard qu'il fut incapable d'interpréter.

Dès qu'ils eurent fini leurs sandwichs sous l'œil protecteur de Tony, Gemma monta prendre ses affaires dans sa chambre. Kincaid l'attendit sur le parking en faisant tinter les pièces de monnaie dans sa poche et en traçant des traits sur le gravier, du bout du pied. Ce qu'avaient raconté les Asherton tenait debout. À première vue en tout cas. Mais plus il y pensait, plus il avait de peine à trouver un sens cohérent à leurs propos. Ils semblaient avoir été en excellents termes avec un gendre que leur fille ne supportait plus ; en même temps, ils faisaient de leur mieux pour ne pas lui causer la moindre peine. Il dessina du pied un *J* sur le gravillon, puis se hâta de l'effacer. Quels avaient été les sentiments réels de Julia pour son mari ? Julia, il la revoyait en esprit, son visage mince et serein, ses yeux sombres fixés sur lui, et se disait que son apparente rudesse ne correspondait peut-être pas à la réalité.

Gemma réapparut avec son sac. Elle se retourna pour faire un signe d'adieu à Tony. Le soleil resplendissait sur ses cheveux : c'est ainsi que Kincaid remarqua que la masse des nuages qui avait assombri le ciel toute la matinée se dissipait peu à peu.

— Prêt, chef ? demanda Gemma en plaçant ses affaires dans le coffre. Elle se glissa sur le siège de son Escort. Kincaid renonça à poursuivre ses méditations et monta à côté d'elle. Il trouvait la simplicité de son adjointe si réconfortante qu'il la remercia en lui-même ; et aussi de son entrain, de sa compétence.

Ils s'éloignèrent des collines en empruntant la route principale. Ils entreperçurent un instant la Tamise, sous le pont de Henley, puis elle disparut quand ils s'engagèrent dans le labyrinthe des sens uniques du centre-ville.

— Tu vas pouvoir te débrouiller pour retourner au pub ? s'inquiéta Gemma sur la place du marché où Kincaid devait descendre.

— Bah, les flics d'ici me raccompagneront bien. Évidemment, je pourrais user de mon autorité pour réquisitionner une bagnole, s'esclaffa-t-il, mais ça me casserait trop les pieds de chercher une place pour me garer.

Il sortit de la voiture et frappa la portière de la paume de la main, comme pour faire avancer un cheval. Gemma commença à relâcher le frein, mais juste avant de s'élancer, elle abaissa la vitre et s'écria :

— Fais gaffe, hein !

Il lui répondit d'un signe amical et suivit la voiture du regard, avant qu'elle ne disparût dans Hart Street.

La petite note inquiète dans la voix de Gemma lui parut bizarre : après tout, c'est elle qui allait courir tous les risques sur la route de Londres, alors qu'il n'avait en perspective qu'une entrevue inopinée avec un propriétaire de galerie d'art et une visite de l'appartement maintenant vide où avait vécu Connor Swann. Il haussa les épaules et sourit : n'était-il pas accoutumé aux accès de sollicitude de sa collaboratrice ?

Il vit le commissariat de police de Henley. Après un instant d'hésitation, il se dirigea vers le perron de l'hôtel de ville, de l'autre côté de la rue. Une pancarte collée au mur l'avisa que le bureau du syndicat d'initiative était situé au sous-sol. Les caractéristiques de ce genre d'endroit — lino craquelé et relents d'urine — lui firent faire la grimace.

Il se procura, pour la modique somme de cinquante pence, un plan de la ville. De retour à l'air libre, il le déplia, soulagé de se retrouver au soleil. Il constata que son itinéraire passait par Hart Street puis longeait le fleuve. Il enfouit alors le plan à l'intérieur de sa veste et, mains dans les poches, il descendit la pente d'un pas tranquille. Un clocher carré, qui semblait flotter au-dessus des coteaux aux teintes délicates, loin de l'autre côté de la Tamise, l'attira d'abord comme un aimant. « Église de la Vierge-Marie », épela-t-il à mi-voix, des syllabes à la sonorité curieusement papiste pour une église anglicane. Il se demanda alors où Connor Swann serait enseveli. Un Irlandais, forcément catholique ? Ou protestant, comme ça arrive ? Cela avait-il une quelconque importance ? Le policier n'en savait pas vraiment assez sur le défunt pour pouvoir en décider.

Il franchit le flot des voitures, puis il s'arrêta à hauteur du pont : la Tamise déroulait son onde débonnaire sous ses yeux, si différente du flot impétueux qu'ils avaient contemplé à l'écluse d'Hambleden. En fait, le fleuve obliquait vers le nord en sortant de Henley, puis vers l'est avant d'atteindre Hambleden, enfin formait un méandre vers le nord-est avant de redescendre plein sud en direction de Windsor. Se pouvait-il que Connor fût tombé à l'eau à hauteur de Henley et qu'il eût flotté en aval, jusqu'aux vannes d'Hambleden ? Hautement improbable, conclut-il. Toutefois, il faudrait se faire confirmer tout ça par les gens du Val-de-Tamise.

Il eut un rapide coup d'œil pour les parasols Pimm's, rouge et blanc, qui l'invitaient à la terrasse de l'*Angel*, un bistro non loin de là. Il avait d'autres chats à fouetter.

Il trouva ce qu'il cherchait à quelques centaines de mètres du pub : c'était à côté d'un salon de thé, une enseigne très discrète portant les simples mots GALERIE DU VAL-DE-TAMISE ; en vitrine, un seul tableau, dans un cadre doré, ouvragé. En poussant la porte, Kincaid déclencha un carillon électronique, puis un cliquetis annonça qu'elle s'était refermée d'elle-même derrière lui, étouffant les bruits en provenance du quai.

Un silence feutré. Le tapis berbère, posé sur une épaisse thibaude, étouffait le bruit des pas. Personne, apparemment. Au fond de la galerie, une porte s'ouvrait sur un jardinet enclos de murs percés d'une autre porte.

Kincaid examina la pièce avec le plus vif intérêt. Les toiles qui s'étalaient sur les cloisons étaient pour la plupart des aquarelles de la fin du XIXe siècle et du début du XXe, surtout des paysages au bord de l'eau.

Au centre, un socle soutenait un bronze représentant un chat accroupi. Kincaid caressa le métal froid et pensa à Sid : il avait pris des dispositions avec son voisin, le major Keith, pour que celui-ci s'occupât du matou pendant son absence. Bien que l'officier professât une répulsion pour les chats, il veillerait sur Sid avec la même tendresse bourrue qu'il avait manifestée à son précédent propriétaire, une amie commune des deux hommes. Kincaid songea que, tant pour le major que pour lui-même, le chat représentait un lien vivant avec l'amie disparue.

Non loin de la porte ouvrant sur le jardin, un bureau jonché de papiers, en parfait contraste avec l'ordre quasi monastique régnant partout ailleurs. Kincaid ne put s'empêcher de jeter un rapide coup d'œil aux paperasses, puis marcha vers une autre petite salle d'exposition contiguë.

Il fut estomaqué : face à lui, un rectangle d'un mètre sur une trentaine de centimètres, éclairé par un unique spot sur la cimaise. Une jeune femme occupait presque toute la toile ; vêtue d'une chemise sur des jeans, étendue dans une prairie, les yeux clos, un chapeau de guingois sur une chevelure auburn ; à côté d'elle, dans l'herbe, un panier de pommes mûres dont certaines avaient roulé sur un livre ouvert.

Une composition sans prétention donc, presque photographique par la précision dans le détail, mais il en émanait une chaleur, une consistance impossibles à saisir avec un banal appareil photo. On sentait presque la tiédeur des rayons du soleil sur le visage de la jeune femme, on partageait son bien-être, on goûtait avec elle les charmes d'une magnifique journée.

D'autres œuvres de la même veine étaient accrochées tout autour, portraits et paysages, resplendissant des mêmes couleurs, de la même intense lumière. En les contemplant, Kincaid regrettait d'être à jamais banni de cet univers de beauté parfaite, faute de pouvoir, telle Alice au pays des merveilles, traverser la toile et pénétrer dans le monde de l'artiste.

Il s'inclinait pour déchiffrer la signature presque illisible de l'auteur lorsqu'une voix s'éleva derrière lui.

— C'est beau, n'est-ce pas ?

Pris de court, Kincaid se redressa et fit volte-face. L'homme se tenait dans l'embrasure de la porte, sa silhouette découpée sur le fond ensoleillé du jardin. Il s'avança dans la pièce et Kincaid le vit plus nettement : haute taille, svelte, les traits fermes. Ses cheveux grisonnants et ses lunettes lui donnaient l'air d'un comptable, ce qui s'accordait mal avec sa tenue décontractée — pull-over et pantalon de velours.

Le carillon de la porte tinta, au moment où Kincaid s'apprêtait à parler : un jeune homme entrait, sa face blafarde tranchant sur le noir corbeau de ses habits et de ses cheveux, manifestement teints. Il portait sous le bras un carton à dessin en piètre état. Un personnage cocasse, n'eût été l'expression implorante de son visage. Kincaid fit un signe à celui qu'il supposait être Trevor Simons en disant :

— Je vous en prie, je ne suis pas pressé.

À la grande surprise du policier, le galeriste examina les œuvres qu'on lui présentait avec la plus grande attention. Il finit par les remettre dans leur carton en secouant la tête, puis Kincaid l'entendit donner au jeune homme l'adresse d'une autre galerie où il pourrait tenter sa chance.

— L'ennui, expliqua-t-il quand la porte sur la rue se fut refermée, l'ennui, c'est qu'il ne sait pas peindre du tout. C'est consternant. On n'apprend plus aux élèves à dessiner et à peindre dans les écoles d'art, depuis les années soixante. Alors, ils veulent tous devenir graphistes, seulement personne ne les a prévenus qu'il n'y avait pas de débouchés. Un beau jour, ils quittent ces écoles à la noix, comme le malheureux que nous venons de voir...

Il désigna la rue d'un mouvement du menton.

— ... Et ils font du porte-à-porte dans les galeries, tels des camelots. Vous avez vu ce que c'était ? De malheureux aérographes. Ils ne sortent pas de là, sans une once d'originalité. Avec un peu de chance, il trouvera un emploi dans un fast-food. Ou comme livreur...

— Vous avez été très gentil avec lui, je trouve, dit Kincaid.

— Bah, il faut se montrer charitable... Ce n'est pas de leur faute si on ne leur a rien appris, ni la technique, ni même les réalités de la vie...

Il s'interrompit en agitant la main.

— Mais je vous ai fait perdre assez de temps comme ça. Qu'est-ce que je peux faire pour vous ?

Kincaid tendit l'index vers les aquarelles de la seconde salle.

— Ceci...

— Oh, ça, c'est une autre histoire, affirma Simons avec un sourire. Oui, une exception à tous égards. D'abord, il s'agit d'une personne ayant appris toute seule, ce qui l'a peut-être sauvée. Et puis, elle a réussi. Pas avec ça, ajouta-t-il rapidement — même si je suis sûr que ça marchera un jour ou l'autre —, mais avec des travaux de commande. Elle en a pour deux ans à l'avance ! Très difficile pour un artiste à succès commercial de faire du créatif. C'est pour ça que cette exposition a tellement d'importance pour elle.

Kincaid se sentit idiot de poser la question, parce qu'il savait très bien de qui il s'agissait.

— Et... qui est-ce ?

Trevor Simons parut stupéfait.

— Julia Swann, je croyais que vous le saviez.

— Ma foi...

Kincaid tenta de rapprocher les fleurs, à l'exécution irréprochable, mais impersonnelles, qu'il avait vues chez Julia, avec ces compositions si vibrantes. Il existait certaines affinités dans l'approche technique, mais le résultat était fondamentalement différent. Le policier se ressaisit.

— Je crois que je ferais mieux de retourner dans la rue pour faire une deuxième entrée, parce que vous m'avez pris pour un amateur de peinture. Malheureusement, ce n'est pas le cas : mon nom est Duncan Kincaid, de Scotland Yard...

Il tendit sa carte professionnelle.

— ... Et je suis justement venu vous parler de Julia Swann.

Trevor Simons, après avoir parcouru le document, posa les yeux sur Kincaid, compara avec la photo d'identification. Il déclara enfin, d'un ton détaché :

— Ça ressemble à une carte de bibliothèque. Un truc que je me suis toujours dit, quand on en montre une dans les polars à la télé...

Il hocha la tête en grimaçant un peu.

— ... Je ne comprends pas. Je sais bien que la mort de Connor a été un choc terrible pour tout le monde, mais moi, je pensais que c'était un accident. Qu'est-ce que Scotland Yard vient faire là-dedans ? Et pourquoi venir m'en parler à moi ?

— Depuis le début, la police du Val-de-Tamise a considéré ce décès comme suspect et sir Gerald Asherton a réclamé notre intervention.

Kincaid débita cela d'un trait. Simons fit la moue.

— Ah bon, c'est tout ? se borna-t-il à dire.

— Oui, c'est tout, fit Kincaid.

Quand leurs regards se croisèrent, il pensa que, en d'autres circonstances, il aurait pu sympathiser avec cet homme.

— Mais qu'est-ce que je viens faire là-dedans ? insista Simons. Vous n'imaginez tout de même pas que Julia est pour quelque chose dans la mort de Connor ?

— Vous n'avez pas quitté Julia d'une semelle pendant toute la soirée de jeudi, c'est bien ça ? reprit le policier, un peu plus sèchement, même si l'étonnement du propriétaire de la galerie lui paraissait sincère.

Sans se départir de son calme, Simons s'accota au bureau et croisa les bras.

— Oui, enfin plus ou moins, vous savez ce que c'est, dans la bousculade...

Il désigna les deux petites salles d'exposition.

— ... Les gens étaient tassés comme des sardines. Il est possible que Julia se soit absentée un instant, pour aller aux toilettes ou fumer une cigarette dehors. En tout cas, pas longtemps.

— À quelle heure avez-vous fermé la galerie ?

— Vers les dix heures. Les gens avaient pillé le buffet, ils n'ont laissé que des décombres derrière eux. Une razzia ! Nous avons même poussé dehors les derniers fêtards.

— Nous ?

— Oui, c'est Julia qui m'a aidé à remettre de l'ordre.

— Et après ?

Pour la première fois, Trevor Simons regarda ailleurs. Il scruta le fleuve un instant, avant de considérer Kincaid avec une espèce de réticence.

— J'imagine que vous avez déjà parlé avec Julia. Elle ne vous a pas dit qu'elle a passé la nuit ici ? Elle n'a pas eu la sottise de vouloir ménager ma réputation, j'espère... ?

Une pause et, avant que Kincaid ait pu ouvrir la bouche, il ajouta :

— Oui, elle est restée avec moi jusqu'au petit jour...

Il eut un sourire morose, avant de conclure.

— ... Sa manière à elle de respecter les formes, ces départs à l'aube !

— Elle est restée tout le temps avec vous jusqu'à ce moment-là ?

— Je crois que je m'en serais aperçu, si..., rétorqua Simons, avec, cette fois, un brin d'humour qu'il réprima vite.

« ... Monsieur le superintendant, il n'est pas dans mes habitudes de me laisser aller à ce genre de choses. Je suis marié, j'ai deux filles encore jeunes, je tiens à épargner ma famille, dit-il, vivement, comme pour empêcher Kincaid de l'interrompre. Vous m'objecterez que j'aurais pu penser aux conséquences avant, mais vous savez ce que c'est...

— Non, je ne le sais pas, rétorqua Kincaid.

En bon flic, il feignait toujours de ne pas bien comprendre.

Néanmoins, il commentait en lui-même : *Y pense-t-on réellement ? Agit-on toujours en parfaite connaissance de cause ?* L'image de son ex-épouse se forma brusquement dans son esprit, ses cheveux jaune paille retombant à plat sur son visage hermétique. *Et Vic, est-ce qu'elle avait pensé aux conséquences ?*

Coupant court à ses réflexions, il poursuivit :

— Si je comprends bien, vous n'habitez pas ici ?

Il montra la porte de l'autre côté du jardinet.

— Non, à Sonning, un peu plus haut sur le fleuve. Ce petit logement faisait partie de la galerie quand j'ai acheté, il me sert surtout d'atelier. Il m'arrive d'y dormir quand je peins ou que j'ai un vernissage.

— Parce que vous peignez ?

Simons dit paisiblement :

— Mon histoire est simple. L'explication en est-elle mon bon vieux sens pratique, ou dira-t-on que je suis prêt à tous les compromis ? À vous de décider...

La question étant purement rhétorique, il reprit aussitôt :

— ... Quand j'ai quitté l'école des Beaux-Arts, j'ai compris que je n'y arriverais jamais, que je ne possédais pas le mélange de talent et de chance indispensable pour réussir. Il se trouve que j'avais fait un petit héritage, alors, j'ai acheté cet endroit, voici tout juste vingt-cinq ans... Le vernissage de Julia a coïncidé avec l'anniversaire de ma présence ici, c'est drôle, non ?

Kincaid n'allait pas le tenir quitte à si bon compte. Non sans soupçonner que sa propre curiosité touchant Julia n'était peut-être pas uniquement professionnelle.

— Vous ne m'avez pas répondu.

— Eh bien, oui, je peins. On me qualifie « peintre local », mais je préfère « artiste peignant localement », il y a là une différence subtile, si vous voyez ce que je veux dire ?...

Puis, en ricanant :

— ... Idiot, n'est-ce pas ?

— Dans quel genre peignez-vous ? demanda Kincaid en jetant un coup d'œil sur les tableaux aux murs de la seconde salle.

Simons suivit son regard et sourit.

— Il m'arrive d'exposer mes propres toiles, mais il n'y en a aucune ici en ce moment. J'ai été obligé de faire de la place pour accrocher les tableaux de Julia. Et puis, franchement, j'ai des artistes qui se vendent beaucoup mieux que moi. Même si je peins aussi des paysages, des vues de la Tamise. À l'huile, évidemment, parce que je ne suis pas encore assez bon pour l'aquarelle. Mais j'y arriverai un jour. Enfin j'espère.

— Alors, ce que fait Julia, c'est difficile ?

Kincaid s'était laissé aller à étudier plus longuement le tableau sous le spot : l'œuvre le fascinait, comme le fascinait son auteur.

— Moi, je croyais qu'on choisissait aquarelle ou huile, selon ce qu'on préférait.

— Oh, l'aquarelle, c'est autre chose, expliqua patiemment Simons. Dans la peinture à l'huile, on peut se permettre des erreurs, on retouche, un petit coup par-ci, un petit coup par-là. Plus on retouche, mieux ça vaut. Tandis que la peinture à l'eau exige une grande assurance, et même une certaine brutalité. Il faut réussir du premier coup. Pas de retouches possibles.

Kincaid contempla les peintures de Julia avec une ferveur renouvelée.

— Vous m'avez dit qu'elle avait appris toute seule ? Pourquoi ? Pas d'études artistiques ? Juste un talent inné ?

Simons haussa les épaules.

— Ses parents ne la prenaient pas du tout au sérieux, je crois. Les musiciens ne s'occupent que de leur art, point final. À cet égard, ils sont pires que les peintres. Rien d'autre n'existe pour eux : la musique, ils la mangent, ils la respirent. J'imagine que, pour sir Gerald et Dame Caroline, les peintures de Julia n'étaient que d'amusantes taches de couleur sur des bouts de papier...

Il passa dans l'autre salle et s'arrêta devant le grand tableau.

— ... En tout cas, c'est ce qui lui a permis de se développer à sa guise, d'échapper au conformisme graphique à la mode.

— Vous avez des liens très particuliers avec elle, dit alors Kincaid, en remarquant que, placé devant le tableau, Simons semblait vouloir le protéger de toute sa stature élancée. Vous l'admirez, d'accord, mais en êtes-vous un peu jaloux aussi ?

Simons mit quelque temps à répliquer, toujours de dos :

— Allez savoir ! Comment ne pas envier, peu ou prou, ceux qui ont ça dans le sang...

Il se retourna et fixa Kincaid de ses yeux bruns, brillant derrière les lunettes.

— ... Je suis quand même heureux de ma vie.

— Dans ces conditions, pourquoi avoir pris de tels

risques ? dit Kincaid, doucement. Il y a votre femme, vos enfants... et même votre travail....

— Mais je ne voulais pas...

Simons eut un haussement d'épaules.

— ... C'est ce qu'on dit toujours en pareil cas : « Ce n'était pas dans mes intentions. » Seulement voilà, Julia, c'est Julia.

— Vous avez peut-être fait autre chose qui n'était pas dans vos intentions, Trevor ? Jusqu'où iriez-vous, sans le vouloir ?

— Alors, vous vous figurez que j'aurais pu assassiner Connor ?...

Ses sourcils s'arquèrent au-dessus de ses lunettes et il éclata de rire.

— ... Je n'ai pas l'ambition de faire carrière dans le crime, monsieur Kincaid. En plus, quelle raison aurais-je eue de supprimer ce malheureux Connor ? Un type que Julia avait broyé, réduit à néant, et rejeté comme une vieille savate.

— Description appropriée, ironisa Kincaid. En fera-t-elle autant avec vous ?

— Oh moi, je ne me suis jamais fait d'illusions.

Le policier repoussa une pile de papiers et s'assit sur le rebord du bureau de Simons, en allongeant les jambes.

— Vous connaissiez Connor Swann ?

Simons enfonça les mains dans ses poches et changea de position, comme quelqu'un qui ne retrouve plus ses marques.

— Oh, à peine. Seulement parce qu'il venait de temps en temps ici avec Julia avant leur séparation.

— Il était jaloux de vous ?

— Lui ? Jaloux ? Il n'aurait plus manqué que ça. Je me demande même comment Julia a pu supporter ses fredaines pendant si longtemps.

Une passante s'arrêta devant la vitrine pour examiner le tableau qui y était exposé, comme quelques

91

autres avant elle, depuis que Kincaid était entré dans la galerie. La lumière du jour avait baissé et l'ombre des saules s'était étirée.

— Les gens regardent, mais ils n'entrent pas, observa Kincaid quand il vit disparaître la dame du côté du salon de thé mitoyen.

— Oui, en effet, rarement...

Simons engloba d'un geste les toiles alignées sur les murs.

— ... C'est un peu cher tout ça pour qu'on achète sur un coup de tête. La plupart de mes clients sont des habitués, des collectionneurs. Pourtant, il arrive qu'un promeneur entre et se prenne de passion pour un tableau ; alors, il rentre à la maison, économise sou par sou sur les dépenses du ménage ou se prive de bière pour avoir de quoi payer...

Il sourit.

— ... C'est eux que je préfère, ceux qui n'y entendent rien : ils cèdent à une impulsion parce qu'ils aiment au premier degré.

Kincaid regarda une fois de plus le tableau représentant la jeune femme étendue sur l'herbe en plein soleil, les paupières baissées, la peau parsemée de quelques taches de rousseur.

— Je comprends tout à fait ça, admit-il.

Il se redressa et contempla Trevor Simons. Assurément un homme intelligent, honnête. Malgré ses faiblesses.

— Monsieur Simons, je vais me permettre de vous donner un conseil, ce que je ne devrais pas faire normalement. Toute enquête provoque des vagues, de plus en plus larges, si elle n'est pas vite résolue. Moi, à votre place, je prendrais mes précautions et je parlerais du cas Julia à ma femme. Avant que nous ne soyons contraints de le faire nous-mêmes à un moment donné.

Dans le salon de thé, Kincaid s'assit à la table la plus proche de la fenêtre. La théière avait dégouliné quand il avait versé le liquide, formant une auréole autour de sa tasse sur la nappe, du reste déjà tachée. À la table à côté de la sienne, il reconnut la femme qui s'était arrêtée devant la galerie une ou deux minutes auparavant : grassouillette, âge moyen, cheveux grisonnants. Il faisait assez chaud à l'intérieur du salon de thé pour qu'une légère buée brouillât les vitres ; pourtant la grosse dame avait gardé le blouson imperméable qu'elle portait par-dessus un épais cardigan. Craignait-elle qu'il se mît à pleuvoir dans l'établissement ? Quand elle leva les yeux, Kincaid la gratifia d'un sourire ; mais elle tourna la tête, l'air offusqué.

Kincaid jouait rêveusement avec la clef dans la poche de son pantalon, celle de l'appartement de Connor ; Gemma se l'était procurée, avec l'adresse et une description sommaire des lieux, auprès des collègues du Val-de-Tamise, ainsi que les premiers rapports d'enquête. Julia et Connor avaient vécu jusqu'à l'année précédente dans un appartement situé sur le quai, face aux îlets plantés de saules qu'il apercevait par la fenêtre. Julia avait dû souvent entrer ici le matin, pour prendre un café, ou l'après-midi une tasse de thé. Il se la représenta tout à coup s'installant sur la banquette devant lui, en pull noir, tirant nerveusement sur sa cigarette, l'air pensif. Puis il l'imaginait se levant, sortant dans la rue, hésitant un instant devant la vitrine de la galerie voisine ; il croyait entendre le carillon au moment où elle entrait et refermait la porte.

Il secoua la tête, finit sa tasse d'un trait, se glissa hors de la banquette et présenta sa note souillée de thé à la jeune caissière. Il poursuivit le fantôme de Julia au milieu des ombres que le crépuscule allongeait.

Il marcha vers les prés au bord du fleuve, promenant alternativement son regard sur le cours d'eau tranquille à gauche et sur la rangée d'immeubles à droite. Il s'étonna qu'ils ne fussent pas plus élégants, situés comme ils l'étaient. L'un des plus vastes était de genre pseudo-géorgien, un autre faux Tudor, tous deux un peu délabrés, comme des douairières en vêtements râpés. Dans les jardins devant les maisons, des haies mal entretenues n'étaient égayées que par de rares touffes rougeâtres d'orpins desséchés et, de-ci de-là, par des asters bleu pâle. Après tout, on était déjà en novembre, songea Kincaid : il constata du reste que la cabane de location de bateaux était barricadée pour l'hiver.

La chaussée se rétrécissait et les grands immeubles cédaient la place à des maisons, moins élevées, puis à quelques pavillons de plus en plus proches de la Tamise. Le policier reconnut la grille en fer forgé noir d'après la description griffonnée sur le bout de papier ; les mains sur deux des minces barreaux de la clôture, il étudia les lieux. Une plaque commémorative en céramique, sertie sur la façade de l'immeuble voisin, lui avait appris que cet ensemble était de construction récente. Julia et Connor en avaient-ils été les premiers locataires ? L'architecte s'était visiblement inspiré du style des hangars à bateaux voisins : murs de brique rose pastel, une profusion d'ouvertures encadrées de blanc, rambardes blanches, pignons pointus et tarabiscotés. Kincaid estima qu'on en avait un peu trop fait ; l'impression n'était néanmoins pas désagréable, grâce à une bonne harmonie avec le milieu ambiant. À l'instar du prince Charles, il trouvait que l'architecture moderne portait trop souvent préjudice au paysage.

Se frayant un chemin entre des embarcations tirées au sec et des remorques à canot le long de la grille, il finit par trouver la porte. Aucun des logis, donnant sur une pelouse bien entretenue, ne ressemblait totalement au précédent. Kincaid repéra aisément celui qu'il cherchait — trois niveaux, posés sur des espèces de pilotis. « J'ai l'air d'un cambrioleur », se disait-il en introduisant la clef dans la serrure. Toutefois, personne ne le héla du haut des bordages alentour.

Il s'était attendu à un décor tout en noir et blanc.

Idée absurde du reste, si l'on se rappelait les couleurs intenses qu'utilisait Julia dans ses tableaux. Ici, elles s'adoucissaient, en des nuances presque italiennes, murs safran et sols terre de Sienne. Dans la salle de séjour, un mobilier rustique, sur le carrelage un tapis marocain à franges ; contre l'une des parois, un poêle à bois émaillé, juché sur un piédestal carrelé ; devant le sofa, une petite table en bois badigeonné s'ornait d'un échiquier. Connor y avait-il joué, s'interrogea Kincaid, ou était-ce pour la frime ?

Un blouson posé sur le dossier d'une chaise, des journaux en vrac se déversant depuis le sofa jusque sur le sol ; une paire de baskets se cachait sous la table basse. Ce laisser-aller typiquement masculin tranchait sur le décor essentiellement féminin de la pièce. Le policier caressa la table du bout de l'index ; il lui fallut essuyer la poussière sur son pantalon. Ce Connor Swann n'était décidément pas un homme d'intérieur !

Il passa dans la cuisine adjacente. Dépourvue de fenêtre, elle s'ouvrait directement sur la salle de séjour. À la différence de celle-ci, elle était impeccablement tenue. Des bidons d'huile d'olive et des bouteilles de vinaigre en verre coloré mettaient une touche plus vive sur les teintes nuancées des placards en chêne et des étagères jaune clair ; sur un rayon près du plan de travail étaient rangés des livres de gastronomie usagés. Kincaid en lut les titres : *Les Bons Plats de Julia Child, L'Art culinaire, La Cuisine italienne, La Cucina fresca*, d'autres encore, certains des volumes illustrés de photographies qui lui mirent l'eau à la bouche. Sur une autre étagère s'alignaient des bocaux en verre pleins de pâtes alimentaires.

Kincaid ouvrit le réfrigérateur et le trouva approvisionné de divers condiments, fromages, œufs et lait. Le congélateur contenait des morceaux de viande et de poulet enveloppés de papier aluminium et étiquetés, une miche de pain et des boîtes en plastique contenant vraisemblablement du bouillon maison. À côté du téléphone, un mémento avec une liste d'achats alimentaires : aubergines, concentré de tomate, laitue, poires...

Ce qu'on avait dit de Connor Swann ne laissait guère présumer qu'il aimât et sût bien cuisiner. Or, il ne s'était visiblement pas contenté de faire réchauffer des plats surgelés dans le four à micro-ondes.

Au premier étage, une chambre à coucher et une salle de bains, de la même couleur jaune pâle qu'au rez-de-chaussée, ainsi qu'une petite pièce qui, de toute évidence, servait de bureau.

Après quoi, le policier monta au second étage. Julia l'avait transformé en atelier. Les larges baies laissaient pénétrer la lumière de cette belle fin d'après-midi et, de là-haut, on distinguait le méandre de la Tamise entre les ramures des saules. Au milieu de la pièce, une table d'architecte nue ; contre l'un des murs, un vieux secrétaire où se voyaient des blocs à dessin, en partie utilisés, ainsi qu'un coffret contenant des tubes de peinture en désordre. Kincaid eut la curiosité de fouiller là-dedans ; il ne s'était jamais douté que les couleurs pour aquarellistes professionnels étaient livrées en tubes, avec des noms tels que *carmin Windsor, laque écarlate, bleu outremer,* des noms qui résonnaient dans sa tête comme des fragments de poésie. Hélas, la poudre grise qui lui salit bientôt le bout des doigts prouvait que personne ne

96

venait plus ici. Toute la pièce d'ailleurs respirait l'abandon, la vacuité, l'oubli.

Il redescendit lentement. Au premier étage, il s'arrêta à nouveau devant la porte de la chambre à coucher ; les draps du lit avaient été tirés à la hâte ; un pantalon traînait sur une chaise, ceinture pendante ; tout attestait un départ précipité, une vie soudain suspendue. Connor Swann avait dû compter faire des courses, préparer son repas, jeter les vieux journaux à la poubelle ? Et puis, après le dîner, il se serait brossé les dents, glissé sous la couette jaune et bleue. Le policier savait bien qu'aussi longtemps qu'il n'aurait pas appréhendé la personnalité de Swann, qu'il n'aurait pas reconstitué son existence, il n'aurait aucune chance de découvrir l'assassin. Or, ce qu'il avait appris de lui jusqu'à présent était passé par le filtre de Julia et de ses parents.

Toute la maison portait la marque de Julia. À l'exception de la cuisine, Connor n'avait fait qu'en effleurer la surface. Alors, pourquoi Julia l'avait-elle quittée, comme le commandant d'une citadelle inexpugnable abandonnant la place sans combattre ?

Kincaid entra dans le petit cabinet de travail. Il n'y vit, pour tout mobilier, qu'un bureau et une chaise face à la fenêtre, et une bergère équipée d'une petite lampe de lecture. Il s'assit sur la chaise, alluma une lampe à abat-jour vert et entreprit d'inspecter le fouillis sur le bureau.

Le premier objet qui lui tomba sous la main fut un agenda relié plein cuir. Il le feuilleta en débutant au mois de janvier. Ce qui sautait d'abord aux yeux, c'étaient des noms de champs de courses, Epsom, Cheltenham, Newmarket, se succédant régulièrement de mois en mois et complétés tantôt d'une indication horaire, tantôt d'un point d'exclamation.

Kincaid revint à la première page du calepin et reprit son exploration, plus attentivement. Il reconstitua, en dehors des dates de manifestations hippiques, ce qu'avait pu être l'emploi du temps de Connor : notations de rendez-vous à déjeuner, à dîner, ou simplement pour prendre un verre, fréquemment accompagnées d'un nom, d'une heure et des mots *Le Lion rouge.* Ce type n'arrêtait pas de sortir ! Quant aux pubs et hôtels appelés *Le Lion rouge,* il y en avait des kyrielles. Au fond, le plus logique eût été de commencer par le vieil hôtel cossu de ce nom, à Henley même, près de l'église.

En outre, il y avait des dates de parcours de golf et, de loin en loin, la note *Voir J.* suivie d'un tiret, des mots variés, au sens impénétrable, d'autres évoquant des entreprises, *Tuyauteries Tyler* ou *Le Paradis du Tapis.* De sorte qu'on pouvait considérer que ne figuraient pas, dans ce calepin, les seules activités sociales, mais aussi les relations d'affaires, les repas en compagnie de clients indéterminés. Kincaid avait trop hâtivement conclu que Connor était entretenu par les Asherton, et rien, dans les rapports des policiers du Val-de-Tamise, n'infirmait cette supposition. Il referma l'agenda et fureta parmi les papiers qui jonchaient le bureau. Une pensée lui traversa l'esprit et il rouvrit l'agenda pour retrouver l'annotation *Déjeuner B.E.* qui y figurait à chaque jeudi.

Le reste des paperasses n'était constitué que de banales factures, de coupons de paris hippiques, de classements de turf, en sus d'un compte rendu financier d'une société de Reading et d'un catalogue de ventes aux enchères. Le policier haussa les épaules et continua. Des quantités de trombones, un coupe-papier, une chope, revêtue des mots FESTIVAL DES ARTS DE HENLEY, contenant une poignée de stylos-feutres publicitaires.

Dans le tiroir de gauche, il trouva un carnet de chèques et un relevé bancaire. Ce dernier révéla des dépenses mensuelles ordinaires et aussi des dépôts réguliers au nom de Blackwell, Gillock & Frye. *Un cabinet d'avoués ou de notaires ?* se demanda Kincaid. Peu à peu, la vie du défunt prenait forme. Aussi le policier reprit-il le relevé depuis le début, en vérifiant chaque élément. Il en ressortait que le premier chèque émis immédiatement après le dépôt portait le nom de *K. Hicks* ; les montants, bien que variables, étaient toujours considérables.

Absorbé qu'il était dans ces vérifications, Kincaid ne prit pas tout de suite conscience d'un léger bruit au rez-de-chaussée. Il leva les yeux. La nuit était tombée pendant qu'il épluchait les papiers ; les saules, à travers la croisée, se dessinaient en noir charbonneux sur le ciel violacé.

Les bruits provenant d'en bas se précisèrent, un cliquetis plus fort, suivi de craquements. Le policier quitta son siège et se faufila sur le palier. Il resta un instant aux aguets, puis descendit à toute allure, le plus silencieusement possible. Au moment où il atteignait la dernière marche, la lumière se fit dans la salle de séjour. Il tendit encore l'oreille, avant de se risquer dans cette pièce.

Une femme se tenait près de la porte d'entrée, la main sur l'interrupteur. Les lampes des tables éclairèrent des jeans moulants, un pull-over rose en laine angora aux mailles si lâches qu'on devinait le soutien-gorge, de vertigineux hauts talons, des cheveux blonds aux mèches cordées de méduse. Kincaid pouvait distinguer la respiration haletante sous le pull.

— Salut, proféra-t-il en s'efforçant de sourire.

Elle eut une sorte de hoquet avant de glapir :

— Qu'est-ce que vous foutez là ?

5

Désorientée, Gemma tendit la main vers l'autre côté du large matelas. Elle le palpa : rien. En ouvrant les paupières, elle discerna une lueur grise provenant d'on ne sait où.

Gemma se réveilla tout à fait. Elle se trouvait bien dans son nouvel appartement, celui qu'elle avait loué après le départ de son mari. Elle se dressa sur son séant et écarta les cheveux qui lui couvraient le visage. Cela faisait des mois qu'elle n'avait plus rêvé de Rob. Au point qu'elle se demandait si le fantôme ne s'était pas dissipé à jamais.

L'eau commençait tout juste à gargouiller dans les conduites du chauffage central, obéissant au minuteur préréglé. Panique ! Pourquoi le réveil n'a-t-il pas sonné ? Du calme : aujourd'hui, c'est dimanche ! Elle referma les yeux et enfouit sa tête dans les oreillers. Quel luxe de se réveiller de bonne heure et de pouvoir flemmarder au lit, voire se rendormir.

En dépit de ses efforts, le sommeil refusa de revenir. À cause d'une pensée lancinante, celle du rendez-vous qu'elle avait réussi à prendre pour la fin de la matinée au Coliseum. Finalement, après un ultime bâillement, elle se glissa hors de la couette.

En effet, l'Opéra lui avait semblé le meilleur endroit pour commencer à vérifier les allégations de

101

sir Gerald Asherton. La perspective de cette visite lui procura un léger frisson d'allégresse.

Ses orteils se recroquevillèrent dès qu'ils touchèrent le parquet froid. Elle tâtonna du bout du pied pour trouver ses pantoufles, tout en s'entortillant dans son peignoir. Elle avait le temps de prendre une tasse de café avant le réveil de Toby et de remettre un peu d'ordre dans ses pensées.

Quelques minutes plus tard, une douce tiédeur se répandait à travers l'appartement, tandis que, assise à la table en lattis noir devant la fenêtre du jardin, elle sirotait son café brûlant. Elle avait fait la folie de vendre la maison de Leyton — mitoyenne, avec trois chambres à coucher, pelouse, le parfait symbole en brique et crépi des projets irréalistes de Rob à l'époque de leur mariage. Ensuite, au lieu de prendre le logement convenable à Wanstead auquel elle avait d'abord songé, elle avait loué ceci ! Elle parcourut la pièce du regard, perplexe.

L'agent immobilier l'avait suppliée (« Venez jeter un coup d'œil, c'est tout ce que je vous demande. Je sais bien que ce n'est pas exactement ce que vous voulez, mais il faut quand même que vous voyiez ça. »). Elle avait accepté, elle avait vu et elle avait apposé sa signature sur les pointillés. Et elle était devenue la propriétaire ébaubie d'une remise reconvertie, derrière une villa victorienne, à Islington. L'emplacement était, comme l'architecture elle-même, assez saugrenu, entre deux des plus élégantes avenues de ce quartier résidentiel de style géorgien. Mais la maison se tenait respectueusement à l'écart, comme quelqu'un de bien élevé.

Une ancienne remise donc, indépendante de la villa, en contrebas du jardin, si bien que les fenêtres, sur l'un des côtés, s'ouvraient au niveau de la pelouse. Les propriétaires, un ménage de psys, avaient décoré l'intérieur dans un style que l'agent n'avait pas craint de baptiser « japonais dépouillé ».

Gemma faillit rire aux éclats en y repensant : « dépouillé » était finalement l'adjectif idoine pour la vie qu'elle y menait. En fait, ce n'était qu'une grande pièce d'un seul tenant, pourvue d'un futon et de quelques éléments de mobilier aux lignes sobres très modernes. Des réduits encastrés dans le mur du côté opposé au lit contenaient l'un une kitchenette, l'autre la salle d'eau ; un ancien débarras avait été transformé en chambre d'enfant pour Toby. Aucune intimité, par conséquent. Mais l'intimité avec un enfant en bas âge est une notion abstraite ; en outre Gemma n'avait aucune intention de partager sa couche avec un homme dans un avenir proche.

Ses propres meubles, elle les avait entreposés chez ses parents, derrière la boulangerie de la Grand-Rue de Leyton. Sa mère avait secoué ses boucles roux fané et marmotté : « Où avais-tu la tête, ma pauvre enfant ? »

Gemma aurait pu répondre : *C'est une rue bordée d'arbres avec un parc à une extrémité. Dans le jardin, clos de murs, des tas de cachettes et de recoins tellement amusants pour un petit garçon comme Toby. Un lieu secret, magique.* Elle s'était bornée à dire : « Moi, j'aime, maman. Et, en plus, ce n'est pas très loin de Scotland Yard. » Sa mère s'y était-elle résignée ? Gemma en doutait.

Elle se sentait comme mise à nu, dépouillée du superflu, et parfaitement sereine, dans le cadre sobre de cette pièce gris et blanc.

En tout cas, jusqu'à ce matin. Elle fronça le sourcil : pourquoi ces incertitudes, aujourd'hui ? Tout à coup, imprévisiblement, l'image de Matthew Asherton surgit dans son esprit.

Elle se leva, introduisit deux tranches de pain

complet dans le grille-pain sur la table et alla réveiller Toby d'un tendre baiser.

Elle confia l'enfant à sa mère pour la journée, puis elle prit le métro pour Charing Cross. Sur le quai, arrivée à destination, le violent courant d'air de la rame s'engouffrant dans le tunnel lui cingla les genoux sous la jupe. Elle s'emmitoufla dans son anorak et sortit de la station. Elle emprunta la rue piétonne derrière Saint-Martin-des-Champs, contourna l'église et entra dans Saint-Martin Street : il n'y faisait guère plus chaud. La bise tourbillonnait par rafales dans l'étroite rue, faisant voleter des bouts de papier et des gravillons.

Gemma se frotta les yeux que la bise faisait larmoyer, puis battit des paupières pour y voir plus clair. À un angle, juste derrière le *Pub Chandos*, on lisait l'inscription COLISEUM DE LONDRES en noir sur fond blanc ; autour de cette enseigne flottaient des oriflammes bleu et noir dont le logo O.N.A. attirait les regards. La coupole blanche surchargée d'ornements se détachait crûment sur un fond de ciel azur délavé ; près du faîte, les mêmes lettres O.N.A., mais presque illisibles ; Gemma pensa qu'elles étaient éclairées quand venait la nuit.

Un lointain souvenir la sollicita tout à coup : elle était déjà venue une fois dans les parages. Rob et elle avaient vu une pièce de théâtre à l'Albury un peu plus haut dans la même rue et, après le spectacle, avaient pris un verre au *Chandos* ; c'était une nuit caniculaire et ils avaient apporté leurs consommations dehors, pour échapper à la foule et à la fumée de l'intérieur. Elle se souvenait d'avoir dégusté son Pimm's en regardant les amateurs d'opéra se déverser sur les trottoirs, visages animés, gestes enthousiastes pour commenter la représentation. « Ça serait peut-être intéressant », avait-elle dit à Rob, d'un ton mélancolique. Son habituel sourire condescendant aux lèvres, il avait répliqué : « Quoi, aller voir toutes ces grosses dondons s'époumoner ? Tu as de ces idées, ma pauvre. »

Gemma se rappela la photographie de Caroline Stowe qu'on lui avait montrée : qu'aurait dit Rob s'il avait rencontré la diva ? Elle, une grosse dondon ? Le malheureux avait une fois de plus raté l'occasion de se taire.

Elle poussa l'une des portes donnant sur le hall d'accueil. Elle ressentit une pointe d'émotion d'accéder à cet univers féerique. Elle s'approcha d'une dame à cheveux gris au contrôle :

— Alison Douglas, s'il vous plaît, l'administratrice-adjointe de l'orchestre. J'ai rendez-vous avec elle.

— Il faut faire le tour, ma petite, lui répondit la dame d'un ton plutôt rogue, avec un mouvement circulaire de l'index, c'est derrière, à côté de la manutention.

Un tantinet humiliée, Gemma quitta le cadre pelucheux et doré du vestibule et suivit ces instructions. Elle fit le tour de l'édifice, par une ruelle que bordaient des issues de service de pubs et de restaurants, jusqu'à l'entrée des artistes : petit perron, enduit écaillé, ne se distinguant guère que par le même sigle O.N.A. près du seuil. Gemma gravit les quelques marches et pénétra dans un vestibule au sol habillé de lino.

Sur sa gauche, elle aperçut un gardien dans un box vitré, veillant à la porte du sanctuaire. Elle déclina son identité et le gardien lui fit signer le registre des visiteurs. C'était un jeune homme affable au visage parsemé de taches de rousseur et aux cheveux bruns sans doute autrefois coupés à la mohawk. En poussant son investigation, Gemma discerna une petite perforation au lobe d'une oreille, qu'avait dû récemment enjoliver un anneau ou une boucle : de toute évidence, le garçon s'était appliqué à changer d'apparence pour décrocher cet emploi.

— J'appelle tout de suite Mlle Alison, annonça-t-il en lui tendant un badge.

Il décrocha le téléphone et prononça des mots incompréhensibles dans le combiné. Puis, à Gemma :

— Elle vient vous chercher tout de suite.

Gemma se demanda s'il avait été de service jeudi soir après la représentation. En tout cas, son attitude amicale faciliterait une éventuelle conversation à ce sujet. Mais mieux valait attendre le moment propice.

Des cloches se firent entendre, peu éloignées.

— Ce sont celles de Saint-Martin ? demanda-t-elle.

Il se tourna vers la pendule au mur et hocha la tête.

— Onze heures pile. On peut compter dessus pour régler sa montre.

Y avait-il un service religieux spécial à cette heure-là ou l'église ne se souciait-elle que de complaire aux touristes ? s'interrogea Gemma.

Elle avait été étonnée qu'Alison Douglas consentît à la recevoir le dimanche à cette heure matinale. Aussi demanda-t-elle au jeune gardien :

— On s'active toujours autant ici, même le dimanche matin ?

Il sourit.

— On a représentation en matinée, un gros morceau pour nous, vu que c'est *La Traviata*.

Gemma, surprise, compulsa le bloc-notes qu'elle avait tiré de son sac :

— Hum... *La Traviata* ? Je croyais que vous donniez *Pelléas et Mélisande* en ce moment ?

— Oui, le jeudi et le samedi. Les autres jours...

La porte s'ouvrit et il marqua une pause avant de reprendre, avec un clin d'œil :

— Enfin, vous verrez, je suis sûr qu'Alison vous expliquera.

La main de l'administratrice-adjointe était fraîche et ferme.

— C'est moi, Alison Douglas, ne faites pas attention à ce que raconte Danny. Que puis-je pour vous ?

Cheveux châtain clair, coupés court, chandail et jupe noirs. En dépit de ses chaussures à semelles compensées, elle n'atteignait pas la taille de Gemma. En tout cas, ce qui frappait surtout chez elle, c'est qu'elle devait se prendre très au sérieux.

— Y aurait-il un endroit où nous pourrions bavarder ? Votre bureau, peut-être ?

Alison hésita un instant, puis ouvrit la porte vers l'intérieur et fit signe de passer devant elle.

— Entrez donc. Écoutez, nous avons un lever de rideau dans moins de trois heures et j'ai mille choses à régler. Alors, si ça ne vous dérange pas, vous allez me suivre et nous continuerons à parler en même temps.

— Excellent, répondit Gemma.

Pas moyen de faire autrement ! Elles progressèrent dans un dédale souterrain de couloirs vert sombre. Gemma se serait tout de suite perdue, si elle n'avait suivi de près Alison, laquelle zigzaguait, montait, redescendait ; elle baissa involontairement la tête vers la moquette d'un vert sale où certaines taches suggéraient les miettes de pain du Petit Poucet. Parviendrait-elle au but en suivant les repères ? Les émanations du désinfectant lui donnèrent envie d'éternuer.

Alison se retourna pour lui adresser la parole. Elle sourit avant de parler : sans doute le désarroi de Gemma était-il flagrant. Pour une fois, elle n'était pas mécontente que son visage exprimât si clairement ses sensations.

— Oui, c'est le petit monde des coulisses, commenta l'administratrice d'un ton soudain radouci. Ici, rien de mirobolant, rien que du concret. Toujours

un choc pour quelqu'un qui n'est jamais venu, hein ?
N'empêche que c'est le cœur du théâtre. Sans tout ça
(elle fit un geste), rien ne se passerait de l'autre côté.

— « Le spectacle avant tout, quoi qu'il arrive »,
comme on dit ?

— Oh, c'est juste une formule consacrée.

Gemma devina que la seule façon d'inciter cette
femme à se confier était de lui parler de son travail.

— Mademoiselle Douglas, je n'ai pas très bien
compris quelles étaient vos fonctions.

Alison reprit sa marche en devisant.

— Mon patron — il s'appelle Michael Blake —
et moi, nous sommes responsables du bon fonctionnement de l'orchestre dans les moindres détails. Nous,
euh...

Elle s'interrompit, comme si elle avait hésité sur
les explications les plus accessibles à une profane.

— ... Notre mission consiste à veiller à ce que
chaque personne et chaque chose soient à leur place
à l'heure dite. Pas facile, croyez-moi. Et, en plus,
Michael est absent ces jours-ci.

— Vous êtes en contact directement avec les chefs
d'orchestre ?

Gemma voulait profiter de l'ouverture, même
minime, qui s'offrait à elle pour entrer dans le vif du
sujet, mais il y eut un nouveau tournant dans les couloirs, Alison écarta les pans d'un rideau de velours
fané qui leur barrait le chemin et s'effaça pour laisser
passer Gemma.

Celle-ci resta sur place, bouche bée. Alison, qui
l'avait rejointe, murmura :

— Impressionnant, n'est-ce pas ? Je ne le réalise
que quand je vois les réactions de quelqu'un de l'extérieur. C'est le plus grand théâtre du West End, vous
savez, et les coulisses les plus profondes de tout
Londres. Ce qui nous permet de mettre sur pied plusieurs spectacles simultanément.

L'immense caverne bruissait comme une ruche géante. Des éléments de décor appartenant à différents spectacles étaient placés côte à côte, comme en une juxtaposition surréaliste.

— Ah, s'exclama Gemma en voyant un énorme pan de mur glisser devant elle, que deux hommes en salopette poussaient sans effort, je comprends ce que voulait me dire le jeune Danny. Le jeudi et le samedi, vous donnez *Pelléas et Mélisande,* et c'est sir Gerald Asherton qui dirige. Le vendredi et le dimanche, c'est quelqu'un d'autre qui dirige... euh, voyons, qu'a-t-il dit ?

— *La Traviata.* Tenez — elle montra l'autre partie de la scène —, là-bas, c'est la salle de bal de Violetta, où Alfredo et elle chantent leur premier duo. Et puis, là...

Elle fit un geste vers le pan de muraille qu'on avait encastré à l'endroit voulu.

— ... Là, c'est un morceau du château du roi Arkel, pour *Pelléas.*

Elle eut un nouveau regard pour sa visiteuse, consulta sa montre et dit :

— J'ai une ou deux choses à faire tout de suite. Voulez-vous rester là une seconde, pendant que je m'en occupe, et après ça, je m'arrangerai pour que nous ayons un quart d'heure tranquille à la cafétéria.

Elle s'élançait déjà en prononçant ces derniers mots, dans un claquement de ses semelles vertigineuses sur le parquet.

Gemma s'approcha à l'avant-scène. Sous ses yeux, les gradins de la salle s'étageaient, d'une splendeur baroque, velours bleu nuit souligné de dorures, lustres suspendus à la voûte, luisants comme des astres givrés. Et elle se figura tous ces fauteuils vides soudain peuplés de visages aux yeux étincelant de passion musicale, attendant qu'elle ouvre la bouche et commence à chanter. Elle en eut froid dans le dos.

Toute fragile qu'elle parût, Caroline Stowe devait être douée d'une force qui faisait défaut à Gemma !

En portant les yeux sur la fosse de l'orchestre, elle s'amusa de penser qu'au pupitre, sir Gerald bénéficiait au moins d'une sorte de refuge et qu'il tournait le dos au public.

Un lointain filet de voix de femmes montait de quelque part, une mélodie au rythme obsédant. Gemma reprit la direction des coulisses en prêtant l'oreille, mais le vacarme des marteaux était trop assourdissant. Elle ne remarqua le retour d'Alison Douglas à ses côtés qu'en l'entendant dire :

— Vous avez vu la fosse ? Vous vous rendez compte, cent dix-neuf musiciens au coude à coude là-dedans...

Gemma lui effleura le bras et lui demanda :

— Ce qu'on entend là, qu'est-ce que c'est ?

Alison écouta, d'abord perplexe, puis elle sourit :

— Oh ça, c'est *Lakmé*... le duo Mallika-Lakmé dans le jardin du grand-prêtre. Il se trouve que l'une de nos chanteuses de *La Traviata* interprète Mallika à Covent Garden le mois prochain, alors j'imagine qu'elle pioche son rôle en écoutant un enregistrement...

Elle consulta encore une fois sa montre et ajouta :

— Eh bien, si vous voulez, on peut aller prendre une tasse de thé maintenant.

La musique s'évanouit. En parcourant à nouveau le lacis de couloirs sur les pas d'Alison, une étrange mélancolie s'empara de Gemma, comme après une trop brève manifestation de beauté pure.

— Est-ce que cet opéra a une fin heureuse ? questionna-t-elle, trottant toujours derrière Alison.

Alison tourna la tête, ironique :

— Bien sûr que non. Lakmé se sacrifie pour sauver son amant.

Une odeur de friture régnait dans la cafétéria. Les deux femmes s'assirent face à face et burent un thé à paralyser les papilles. Gemma eut du mal à trouver une position confortable sur sa chaise en plastique galbé. Autour d'elles, des hommes et des femmes en vêtements de tous les jours prenaient du thé et des sandwichs, mais ce qu'on distinguait de leurs conversations contenait des termes techniques aussi obscurs que ceux d'une langue exotique. Gemma tira le bloc-notes de son sac, but encore une gorgée de thé et commença, tandis qu'Alison tapotait le verre de sa montre du bout des doigts !

— Mademoiselle Douglas, je vous remercie de m'accorder quelques instants et je vais essayer d'être aussi brève que possible.

— Je dois avouer que je ne vois guère en quoi je peux vous être utile. Je sais ce qui vient d'arriver au gendre de sir Gerald. C'est affreux, n'est-ce pas ?...

Elle plissa le front, ce qui la fit paraître très jeune, aussi déconcertée qu'un enfant confronté à un événement tragique pour la première fois de son existence.

— ... Néanmoins, je me demande en quoi je peux vous être utile.

Gemma ouvrit son bloc, décapuchonna son stylo, les posa négligemment à côté de sa tasse et dit :

— Vous collaborez beaucoup avec sir Gerald ?

— Pas plus qu'avec nos autres chefs...

Alison s'interrompit en souriant.

— ... Mais je l'apprécie énormément. Il est tellement adorable. Jamais de scènes, jamais de numéros de star avec lui, comme ça arrive avec tant d'autres.

Gemma avait un peu honte de dévoiler son ignorance de ce milieu et elle tergiversa :

— Il dirige souvent ?

— Plus que tous les autres, hormis notre directeur musical, naturellement...

Alison se pencha en baissant la voix :

— ... Savez-vous qu'on lui avait proposé cette place de directeur et qu'il a refusé ? Il y a des années de ça, bien avant que je n'entre ici. Il a répondu qu'il voulait avoir la liberté de travailler avec d'autres formations, mais moi, je crois que c'était pour des raisons familiales. Après tout, Dame Caroline et lui appartiennent à notre compagnie depuis l'époque de Sadler's Wells et il était naturel qu'il se voie offrir le poste.

— Et Dame Caroline, est-ce qu'elle chante encore chez vous ? Comme elle est... enfin, je veux dire, elle a une fille qui déjà...

Alison éclata de rire :

— Vous voulez dire qu'elle est trop âgée pour ça ?...

Elle se pencha à nouveau, ses traits animés prouvant qu'elle était enchantée d'initier quelqu'un à son univers.

— ... En fait, la plupart des sopranos n'atteignent la maturité que passé trente ans ; il leur faut des années d'exercices, de répétitions, pour se façonner la voix ; si elles chantent trop, et trop tôt, ça peut occasionner des dégâts irréparables. Beaucoup de ces femmes n'arrivent au sommet de leur carrière que vers la cinquantaine et il y en a même, exceptionnellement, qui continuent encore plus longtemps. Bien que je trouve un peu ridicule de voir quelquefois des vieilles dames tenir des rôles d'ingénues.

Elle sourit à Gemma, puis reprit sur un mode plus sérieux :

— Ce n'aurait pas été le cas pour Dame Caroline Stowe : je n'imagine même pas qu'elle puisse paraître ridicule, à quelque âge que ce soit.

— Vous dites : « Ça n'aurait pas été le cas », je ne comprends pas...

— Elle s'est retirée. Il y a vingt ans, après la mort de son fils. Elle n'a plus jamais chanté en public...

112

Alison baissa la voix. Quoiqu'elle prît un air de circonstance, elle narra l'histoire avec l'espèce de délectation qu'éprouvent les gens à évoquer les malheurs d'autrui.

— ... Et Dieu sait qu'elle était admirable. Elle aurait pu devenir l'une des plus grandes sopranos de notre temps...

Elle secoua la tête, l'air sincèrement navré.

Gemma avala une dernière gorgée et repoussa sa tasse. Elle récapitulait ce qu'elle venait d'entendre.

— Alors, pourquoi cet anoblissement, si elle a cessé de chanter ?

— Mais parce que c'est l'une des plus célèbres enseignantes de chant de ce pays, voire du monde entier. Quelques-uns des artistes les plus prometteurs de l'époque ont suivi ses cours et les suivent toujours. Et elle a tellement fait pour la compagnie...

Là, une lueur de raillerie dans les prunelles :

— ... C'est une personne très influente, vous savez !

— Oui, ça, j'ai cru le comprendre.

Gemma n'oubliait pas que c'était cette influence — et celle de sir Gerald — qui avait contraint Scotland Yard à intervenir dans cette affaire. En voyant Alison se redresser sur sa chaise, Gemma entra dans le vif du sujet.

— Savez-vous à quelle heure sir Gerald a quitté le théâtre jeudi soir ?

Alison sembla réfléchir.

— Je ne peux pas vous le dire avec précision. Je lui ai parlé dans sa loge juste après la représentation, vers onze heures, mais je ne suis restée que quelques minutes, parce que j'avais un rendez-vous...

Elle prononça cela avec un sourire timide, en baissant les cils.

— ... Vous feriez mieux de demander à Danny à la réception, c'est lui qui était de service ce soir-là.

— Est-ce que sir Gerald avait l'air préoccupé...
Enfin, n'était pas le même que d'habitude ?

— Non, pas que je me souvienne...

Elle marqua une pause, la main sur l'anse de sa
tasse.

— ... Attendez ! Si, il y a eu quelque chose :
Tommy était là. C'est vrai qu'ils se connaissent
depuis toujours, ajouta-t-elle rapidement, mais on ne
voit pas souvent Tommy après le spectacle, en tout
cas pas dans la loge du chef d'orchestre.

Gemma, craignant que le sens de la conversation
ne lui échappât, intervint :

— Mais qui est ce Tommy ?

Sourire d'Alison.

— Oui, j'oubliais que vous ne le connaissez pas.
C'est Tommy Godwin, notre chef-costumier. Même
si ce n'est pas un de ces chefs-costumiers, comme on
en connaît, qui se prennent pour des vedettes...
Comme certains costumiers que je ne nommerai pas...

Elle roula des prunelles avec un effet comique.

— ... Tommy ne fait ici que de rares apparitions
et uniquement pour régler tous les ultimes problèmes
des costumes.

— Il est là aujourd'hui ?

— Pas à ma connaissance. Mais je suis sûre que
vous pourrez le voir demain à *El Bé*...

Cette fois-ci, Gemma perdait le fil. Sans attendre
la question, Alison s'expliqua :

— ... Oui, « L.B. » c'est comme ça que nous appelons la maison Lilian Baylis, à West Hampstead,
notre magasin de costumes. Tenez, fit-elle en tendant
la main vers le bloc-notes de Gemma, je vais vous
écrire l'adresse et le numéro de téléphone.

Gemma eut une inspiration pendant que l'administratrice copiait les indications de son écriture d'éco-
lière appliquée.

114

— Avez-vous déjà rencontré le gendre de sir Gerald, Connor Swann ?

Alison rougit imperceptiblement.

— Une ou deux fois. Il lui arrivait d'assister aux galas de l'O.N.A.

Repoussant le bloc et le stylo, elle passa les doigts autour du col de son chandail noir.

Gemma inclina la tête, comme pour mieux examiner la jeune femme devant elle : assez jolie, le même âge qu'elle-même et célibataire, à en juger par sa main gauche dépourvue d'alliance — et aussi par la timide allusion qu'elle avait faite à un rendez-vous l'autre soir.

— Est-ce qu'il n'aurait pas essayé de vous faire la cour ? glissa Gemma.

— Oh, rien de très sérieux de sa part, marmonna Alison, comme en s'excusant. On se rend toujours compte, n'est-ce pas ?

— Oui, je comprends, juste du cinéma, c'est ça ?

Alison haussa les épaules.

— À mon avis, c'était un homme qui aimait les femmes et vous donnait toujours l'impression que vous étiez différente des autres.

Elle leva ses yeux :

— Bien sûr, j'en ai parlé avec les filles, vous savez ce que c'est, des confidences entre femmes. Mais c'est la première fois que j'y repense vraiment...

Elle déglutit et articula :

— Oui, c'était un garçon adorable. Quelle tristesse !

La cafétéria se vidait. Alison fit une petite grimace en s'excusant, se leva et ramena Gemma à l'entrée, à travers les mêmes tunnels glauques. Les deux femmes se quittèrent à la porte du vestibule où régnait Danny. Celui-ci l'accueillit, toujours aussi cordial :

115

— Re-bonjour, mademoiselle. Alors, vous avez trouvé ce que vous vouliez ?

— Pas entièrement, répliqua la jeune femme en souriant, mais vous allez peut-être pouvoir me rendre service.

Elle sortit sa carte de son sac à main et la lui ouvrit sous le nez.

— Ben dites donc ! s'écria-t-il en écarquillant les yeux. J'y crois pas ! Vous, un poulet ?

— Ne faites pas le malin avec moi, mon petit, rétorqua-t-elle, amusée.

Puis, posant les coudes sur le rebord du guichet, elle prononça d'un ton très sérieux :

— Dites-moi un peu, Danny, savez-vous à quelle heure sir Gerald est parti d'ici jeudi soir ?

— Oh là là ! Il vous faut des alibis maintenant !

Ses mimiques rappelaient les personnages de dessins animés.

— Mais non, c'est juste une enquête de routine, pour le moment, fit Gemma en s'efforçant de garder son sérieux. On doit connaître tous les déplacements et les horaires des gens qui ont pu être en contact avec Connor Swann le jour de son décès.

Danny s'empara d'un classeur sur une pile et l'ouvrit aux dernières pages.

— Voilà, annonça-t-il en tenant le volume ouvert devant les yeux de Gemma.

— À minuit pile. J'étais sûr de me rappeler, mais j'ai compris qu'il vous fallait une preuve matérielle, c'est comme ça qu'on dit ?

La signature de sir Gerald correspondait à son personnage, un paraphe sans fioritures mais ferme.

— Et est-ce qu'il reste toujours aussi longtemps après une représentation ?

— Ça arrive, fit le jeune gardien avec un nouveau regard sur la page. Mais, jeudi, il est parti le dernier.

Je me le rappelle vu que j'étais pressé de fermer, j'avais euh ! un rancard dans les coulisses...

Une hésitation :

— ... Tout de même, ce soir-là, sir Gerald était un peu... comment dire... un peu parti.

Gemma n'en croyait pas ses oreilles.

— Comment ça « parti » ? Sir Gerald, pompette ?

Danny rentra la tête dans les épaules, gêné.

— Ça m'embête de cafter, mademoiselle, parce que sir Gerald, c'est quelqu'un qu'a toujours un mot aimable, pas comme tant d'autres.

— Ça lui arrivait de boire ?

Danny secoua la tête.

— Franchement, je crois pas et y a quand même plus d'un an que je bosse ici.

Gemma griffonna sur son calepin ce que le gardien venait de lui dire, puis elle le remit dans son sac.

— Merci, mon petit Danny, vous m'avez rendu service, réellement !

Il eut un sourire nettement plus timide en lui faisant signer le registre des visiteurs.

— Salut, dit Gemma en se dirigeant vers la porte sur la rue.

Mais Danny la héla avant qu'elle n'eût le temps d'ouvrir.

— Mademoiselle, y a encore un truc. Le gendre, vous savez, celui qui a cassé sa pipe ?...

Il montrait son classeur.

— Eh bien, lui aussi, il est venu ce jour-là.

6

Œufs au bacon, saucisse, tomates, champignons...
Et des rognons, en prime ! Kincaid écarta légèrement l'abat, du bout de sa fourchette. Flambés à la
rigueur au dîner, d'accord, mais au petit déjeuner ?
Un peu trop pour lui. À part cela, le *Chequers* était
un établissement tout à fait convenable. En voyant
le repas qu'on lui servait sur une nappe immaculée,
sans oublier la théière en porcelaine et le petit vase
garni de gueules-de-loup roses et jaunes, le policier
trouva que l'influence de sir Gerald Asherton avait
du bon. Il bénéficiait rarement d'un tel traitement
au cours de ses missions en province.

Il s'était levé assez tard. Les autres pensionnaires
de l'hôtel, plus vertueux, avaient déjà déjeuné et il
était seul dans la salle à manger. De l'autre côté des
fenêtres à petits carreaux, la matinée était grise et
venteuse, décuplant le bonheur inaccoutumé qu'il
goûtait ; des feuilles mortes voltigeaient dans la tour-
mente et se promenaient sur la pelouse devant
l'église, leurs teintes roux et or en contraste avec le
gazon d'un vert profond. Les fidèles arrivaient pour
le service dominical. En peu de temps, les voitures
s'entassèrent le long des rues à proximité, pare-chocs
contre pare-chocs.

Il s'étonna soudain que l'église d'un hameau aussi

119

modeste que Fingest pût attirer autant de monde et il résolut d'y aller voir de plus près. Il remonta dans sa chambre en mâchant un dernier morceau de toast à la confiture. Il attrapa une cravate et la noua dans l'escalier.

Il se faufila jusqu'au dernier banc tandis que les cloches se mettaient à sonner. Les annonces placardées à l'entrée lui avaient appris que cette église était celle de la paroisse tout entière, et pas seulement celle du petit village : il avait trop longtemps vécu à Londres pour pouvoir le deviner sur-le-champ. Très probablement l'église que fréquentaient les Asherton. Combien dans l'assistance étaient venus par pure curiosité, dans l'espoir de voir une famille endeuillée ?

Espoir déçu, puisque personne de Badger's End n'assistait au service. Kincaid profita du déroulement placide de la liturgie pour se remémorer ce qu'il avait appris la veille au soir.

Il lui avait fallu quelques minutes pour calmer la jeune femme et apprendre son nom : Sharon Doyle. Après quoi, elle avait saisi la carte du policier et l'avait déchiffrée avec l'intensité typique des gens peu instruits.

— J'suis venue rapport à mes affaires, avait-elle déclaré en lui rendant sa carte, comme si elle lui avait brûlé les doigts, j'y ai droit, ils ont beau dire !

Kincaid recula et s'assit au bord du canapé.

— Qui ça, « ils » ? demanda-t-il calmement.

Sharon Doyle croisa les bras, avec pour effet que ses seins tendirent davantage encore les mailles de son pull.

— Ben tiens, « elle ».

— Elle ? répéta-t-il, résigné à faire preuve de la plus grande patience.

— Mais oui, vous savez bien, elle. Sa femme, *Jul-*

i-a ! articula-t-elle, avec une netteté d'accent qui ne lui était pas naturelle.

Le dépit prenait en elle le pas sur la frayeur. Elle s'était un peu rapprochée de lui, mais toujours défiante, les pieds fermement plantés sur le sol.

— Vous avez une clef pour entrer ici, fit-il.

Une constatation plutôt qu'une question.

— C'est Connor qui m'l'a donnée.

Kincaid scruta le visage arrondi, si juvénile sous le maquillage et la volonté de bravade. Puis, le plus doucement possible :

— Comment avez-vous appris qu'il était mort ? dit-il.

Elle le fixa, les lèvres serrées. Puis, elle laissa retomber ses mains le long de ses hanches et elle parut fléchir comme un pantin désarticulé.

— Ben là-bas, au pub.

Cela si bas qu'il devina la réponse plutôt qu'il ne l'entendit.

— Vous feriez mieux de vous asseoir, l'invita-t-il.

Elle s'affaissa sur une chaise en face de lui, comme détachée de son propre corps.

— Hier au soir, murmura-t-elle, j'ai été au *George*. Vu qu'i' m'avait pas appelée comme il avait promis. Alors, je m'suis dit : « Je vais pas rester comme ça, toute seule à la maison ! » Même qu'y a un zig qui m'a payé un coup, puis qui m'a draguée, bien fait pour Connor, que je me suis dit !...

Sa voix vacilla sur ces dernières syllabes et elle dut déglutir. Elle s'humecta les lèvres avant de poursuivre :

— ... Les habitués en causaient, mais j'ai cru qu'i' voulaient me faire marcher...

Elle s'interrompit en regardant ailleurs.

— Mais ils ont fini par vous convaincre ?

Sharon hocha la tête.

— Y a un mec qu'est entré, un flic d'ici, alors les

autres m'ont dit : « Demande donc à Jimmy, i' te dira, lui ! »

Après un silence, Kincaid l'incita à reprendre.

— Et vous lui avez demandé ?

Il cherchait un moyen de lui délier la langue. Elle demeurait tassée sur son siège, de nouveau les bras croisés sur la poitrine, et il remarqua que sa bouche prenait une teinte bleutée à cause du froid. Il se souvint d'un chariot à liqueurs qu'il avait aperçu non loin du poêle, pendant son exploration des lieux. Il se leva, prit deux verres à un râtelier et y versa une bonne dose de xérès d'une bouteille qu'il trouva sur le chariot.

En y regardant de plus près, il constata que le poêle à bois était chargé et il n'eut qu'à frotter une allumette tirée de la grosse boîte sur le manteau de la cheminée carrelée. Il attendit que le feu prît en belles flammes claires et retourna auprès de la jeune femme.

— Prenez, ça vous réchauffera un peu, lui dit-il en lui tendant l'un des deux verres.

Elle leva vers lui un regard vide. Lorsqu'elle voulut saisir le verre, sa main tremblante laissa échapper un peu du liquide jaune pâle par-dessus le bord. En l'aidant à refermer les doigts sur le pied du verre, Kincaid constata qu'elle avait la peau glacée.

— Vous êtes gelée, ma pauvre, gronda-t-il, tenez, mettez ma veste.

Il ôta sa veste en tweed et la lui drapa autour des épaules. Ensuite, il fit le tour de la pièce à la recherche du thermostat du chauffage central. Sans doute, le décor méditerranéen de cette maison, tout verre et mosaïques, faisait-il de l'effet, mais il était prodigieusement inadapté au climat britannique.

— Ça va mieux ? fit-il.

Il se rassit et leva son verre. Elle avait déjà bu une gorgée du sien et ses joues reprenaient des couleurs, pensa-t-il.

— Bien. À votre santé !

Il avala quelques gouttes et reprit :

— Dur pour vous depuis hier soir, n'est-ce pas ? Vous avez pu parler de ce qui était arrivé à Connor avec le policier qui était au pub ?

Après une autre lampée, elle se passa la main sur la bouche.

— Oui, il m'a demandé pourquoi je voulais savoir, en me regardant d'un drôle d'air, comme ça j'ai compris que c'était vrai, ce qu'avaient raconté les autres.

— Vous lui avez dit pourquoi vous vouliez savoir ?

Sharon s'ébroua en faisant voleter ses petites nattes.

— Juste que c'était parce que je le connaissais. Et puis, i' s' sont tous mis à se disputer pour savoir à qui c'était de payer la tournée et moi j'en ai profité pour me casser par la porte des chiottes.

Elle avait donc gardé son sang-froid, malgré tout, songea Kincaid. La preuve que cette fille en avait vu d'autres.

— Qu'est-ce que vous avez fait alors ? Vous êtes venue ici ?

Un silence puis elle fit un signe de la tête.

— J'suis restée dehors un temps fou, même qu'i' faisait vachement froid, je me disais comme ça que peut-être, vous comprenez ?...

Elle se posa les doigts sur les lèvres, mais Kincaid eut le temps d'apercevoir un frémissement.

— Puisque vous aviez la clef, fit-il doucement, pourquoi n'êtes-vous pas venue attendre ici ?

— Quelqu'un pouvait rappliquer, non ? Quelqu'un qui m'aurait dit qu' j'avais pas le droit.

— Mais aujourd'hui, vous avez eu le courage.

— Ben tiens, j'avais besoin de mes affaires, quand même, répliqua-t-elle, en regardant dans le vide.

Il y avait une autre explication.

— Vous aviez une autre raison de venir, Sharon. N'est-ce pas ?

— Vous comprendrez pas.

— En êtes-vous sûre ?

Leurs regards se croisèrent et elle crut lire une lueur de sympathie dans celui du policier. Au bout d'un instant, elle reprit :

— Pour moi, maintenant, tout est fini, terminé. Je m'suis dit que c'était ma dernière chance de rentrer ici, pour... On a eu de bons moments ensemble ici, nous deux, vous savez... Je voulais me rappeler, une dernière fois.

— Vous n'avez pas pensé que Connor aurait pu vouloir vous laisser la jouissance de l'appartement au cas où... ?

Elle fixa son verre en remuant ce qui restait de xérès.

— ... l' pouvait pas, murmura-t-elle, si bas qu'il dut se pencher pour entendre.

— Pourquoi ?

— C'était pas à lui.

Kincaid trouva que l'alcool n'avait pas beaucoup délié la langue de la jeune femme. Dur de la faire parler. Un véritable accouchement.

— À qui appartient-il ?

— À *elle*.

— Comment ? Connor habitait l'appartement de Julia ?

Bizarre, pensa-t-il. Pourquoi ne l'avait-elle pas fichu à la porte, pour s'y installer elle-même, au lieu de retourner vivre chez ses parents ? Un drôle d'arrangement, surtout pour un couple qu'on disait en si mauvais termes qu'ils ne s'adressaient plus la parole ?

Il dévisagea la fille assise en face de lui : évidemment, il était possible qu'elle mentît. Ou alors, c'était Connor qui s'était inventé cette excuse commode.

— C'est pour cela que Connor ne vous a jamais permis d'habiter ici ?

La veste en tweed glissa des épaules de Sharon dans le geste qu'elle fit, révélant à nouveau ses seins pâles sous le pull-over rose duveteux.

— Il a dit que c'était pas convenable, vu que c'était l'appart' de Julia, tout ça.

Kincaid aurait juré que Connor Swann n'était pas quelqu'un à s'embarrasser de pareils scrupules. Ce garçon n'était-il pas plus complexe qu'il n'y paraissait de prime abord ?

Après un coup d'œil vers la cuisine, il reprit :

— Vous savez faire la cuisine ?

Elle lui lança un coup d'œil comme à un débile.

— Évidemment que je fais la cuisine. Vous me prenez pour qui ?

— Pardon, je voulais dire, est-ce que c'était vous qui faisiez la cuisine ici ?

Elle eut une moue.

— Il m'laissait toucher à rien là-dedans, pire que si ça avait été le saint-sacrement. Il disait que la friture, c'est dégueulasse, que l'eau à bouillir c'est seulement pour cuire les œufs coque et les spaghettis, des machins comme ça...

Elle rêvait, son verre toujours à la main. Tout à coup, elle se mit debout, marcha vers la grande table et passa un index sur la surface.

— ... Mais, il me faisait la cuisine. Aucun mec avait jamais fait ça pour moi. Maintenant que j'y pense, personne n'a jamais fait la cuisine pour moi, rien que maman et ma mémé...

Elle se tourna vers Kincaid et le scruta, comme si elle le voyait pour la première fois.

— ...Z'êtes marié, vous ?

Il secoua la tête.

125

— Je l'ai été, mais il y a longtemps.

— Qu'est-ce qui s'est passé ?

— Elle est partie. Avec un autre type.

Il avait prononcé cela sur le mode neutre, comme quelqu'un qui ânonne la même chose depuis des années. Néanmoins, il n'était pas certain qu'une phrase aussi banale pût résumer tout ce qu'il avait enduré.

Sharon digéra la phrase avant de hocher la tête :

— Oui, Connor me faisait à manger... pardon, dîner, parce qu'il m'avait appris qu'on disait « dîner », pas « manger ». Avec des bougies, des plats super. Il me faisait asseoir et il me servait. Il disait : « Goûte-moi ceci, goûte-moi cela ». Souvent des drôles de trucs...

Elle sourit.

— ... Même que quelquefois, ça me faisait penser à la dînette des enfants. Et vous, vous feriez ça pour une nana ?

— Ça m'est arrivé, seulement pas au même niveau que Connor. Avec moi, ça ne va pas beaucoup plus loin que des omelettes ou des croque-monsieur.

Il n'ajouta pas qu'il n'avait jamais joué les Pygmalions non plus.

La brève animation sur le visage de Sharon s'évanouit. Elle retourna à sa chaise, son verre vide entre les doigts. Elle le posa sur la table. Puis, à mi-voix :

— Jamais plus ça ne m'arrivera, jamais !

— Ne dites pas de bêtises, rétorqua-t-il.

Au fond de lui-même, il trouva que son ton encourageant sonnait faux.

— Jamais comme avec Connor, en tout cas...

Elle fixa Kincaid.

— ... Je suis pas une fille pour des mecs dans son genre, je le sais bien. Je me disais toujours que c'était trop beau pour être vrai, comme un conte de fées...

Elle se massa les joues, comme si les larmes

qu'elle n'avait pas répandues la faisaient souffrir.
Puis :

— Y avait rien sur le journal. Je veux dire, pour
l'enterrement, vous savez ?

— La famille ne vous a pas appelée ?

— M'appeler, moi ? s'exclama-t-elle, retrouvant
son agressivité du début. Qui c'est qu'aurait bien pu
vouloir m'appeler ?...

Elle renifla, puis, en détachant les syllabes :

— Ju-li-a ? Dâ-ame Caroline ?

Kincaid soupesa la question. Julia avait paru vouloir oublier que son mari avait vécu, et même qu'il
était mort. Quant à Caroline... Elle aurait pu considérer cela comme un devoir de charité. Quoi qu'il lui
en coûtât.

— Pourquoi pas ? Si elles avaient connu votre
existence. Mais est-ce qu'elles la connaissaient ?

Sharon baissa les yeux.

— Comment je pourrais savoir ce que Connor leur
a raconté ? fit-elle d'un ton maussade. Je sais seulement ce qu'il m'a dit.

Elle se dégagea le front de ses doigts un peu bou-
dinés et Kincaid constata que l'ongle d'un index était
cassé net. Elle reprit, à nouveau accablée :

— Il m'avait dit qu'i' s'occuperait de nous, ma
petite Hayley et moi.

— Hayley ? demanda-t-il abasourdi.

— C'est ma gamine, elle a quatre ans. C'était son
anniversaire la semaine dernière.

Elle sourit, pour la première fois.

Un nouvel aspect de cette histoire pour le policier.
Il demanda :

— C'est la fille de Connor ?

Elle secoua violemment la tête.

— Son papa a décanillé dès qu'il a su que j'étais
enceinte. Un enfoiré, je vous dis que ça. J'en ai plus
entendu causer.

127

— Et Connor savait tout ça ?

— Bien sûr. Vous me prenez pour une pute ou quoi ?

— Jamais de la vie, dit-il d'un ton apaisant.

Remarquant qu'elle n'avait plus rien dans son verre, il alla discrètement chercher la bouteille. Et, en partageant ce qui restait de xérès, il ajouta :

— Ainsi, Connor aimait bien votre petite Hayley ?

Elle ne répondit pas tout de suite. Peut-être la ruse du xérès avait-elle été un peu grosse ?

Finalement pas, puisqu'elle recommença à parler :

— Quelquefois, je me demande... oui, je me demande s'il ne tenait pas à elle plus qu'à moi. Regardez...

Elle fouilla dans son sac à main et en tira un portefeuille en cuir défraîchi.

— ... Regardez, ma petite Hayley. Elle est trop mignonne, non ?

C'était un photo de studio bon marché, mais la pose artificielle et les accessoires de pacotille ne parvenaient pas à gâter la beauté de l'enfant. Blonde comme avait dû être sa mère à son âge, de ravissantes fossettes et un visage angélique, d'un ovale parfait.

— Est-elle aussi gentille qu'elle en a l'air ? s'enquit Kincaid, en fronçant comiquement les sourcils.

Sharon éclata de rire.

— Pas vraiment, mais on la prendrait pour un ange à la voir, hein ? Connor l'appelait toujours son « petit ange » d'ailleurs. Il la taquinait, il lui disait des trucs, avec son jargon irlandais à la con, des trucs comme « mon p'tit thrreshôr »... (elle rendait très convenablement la prononciation dublinoise), vous savez comme ils sont...

Ses yeux s'étaient remplis de larmes. Pour la première fois. Elle renifla, s'essuya le nez du revers de la main.

— ... Julia voulait pas de mômes. C'est pour ça

qu'il demandait le divorce, mais elle, paraît qu'elle voulait pas.

— Julia lui refusait le divorce ? s'étonna Kincaid.

Il avait retiré l'impression contraire de son entretien avec la famille Asherton. Même si personne n'avait rien dit de précis.

— Au bout de deux ans — vous savez, c'est le temps qu'il faut si l'autre est pas d'accord — il l'aurait quand même obtenu.

Elle avait proféré la phrase comme apprise par cœur. Comme répétant ce que Connor lui avait révélé pour la réconforter ?

— Et vous auriez attendu ? Encore un an, c'est ça ?

— Normal, non ? répliqua-t-elle, plus fort. J'avais pas de raison de croire que Connor aurait pas fait comme il avait dit.

Oui, normal, en effet ! songea Kincaid, *où aurait-elle trouvé mieux ?* Il la scruta : légèrement redressée sur son siège, la lèvre inférieure avancée en une expression belliqueuse, les doigts serrant le pied de son verre. Avait-elle vraiment aimé Connor ou n'y avait-elle vu qu'un excellent moyen de changer d'existence ? Et d'abord, comment cette invraisemblable liaison avait-elle débuté ? Kincaid ne les imaginait pas évoluant dans les mêmes milieux.

— Sharon, questionna-t-il prudemment, dites-moi, comment avez-vous fait connaissance, Connor et vous ?

— Au parc, répondit-elle en indiquant la direction du fleuve. « La Prairie », qu'on appelle ça. On le voit de la route. C'était au printemps. Je poussais Hayley sur une balançoire quand elle est tombée et elle s'est écorché le genou. Connor a rappliqué, il lui a causé et tout de suite elle a arrêté de brailler et elle a rigolé avec lui...

Elle souriait en se remémorant l'épisode.

129

— ... Toujours la même chose avec les Irlandais, le bagout, vous savez. Il nous a ramenées ici pour lui soigner le bobo à Hayley...

Kincaid eut l'air perplexe et elle s'empressa d'expliquer :

— ... Je sais ce que vous pensez. Au début, j'ai eu un peu peur que ce soit un type pas normal, vous pigez ?... Mais non, c'était pas comme ça, mais alors pas du tout !

Sharon était moins contractée. Elle devait avoir plus chaud : assise, les pieds posés devant elle, dans d'invraisemblables chaussures à semelles surélevées, le verre tenu à hauteur des genoux.

— C'était comment, alors ? l'encouragea Kincaid avec douceur.

Elle prit son temps. Elle étudiait son verre, ses cils noircis au rimmel projetant une ombre sous ses paupières.

— On se marrait avec lui. Grâce à son boulot, il connaissait tout le monde. Et des déjeuners, et des dîners en veux-tu en voilà, et puis des verres à droite à gauche, des parties de golf. Il était toujours sur un coup...

Elle fixa Kincaid.

— ... Moi, je crois que d'habitude il se sentait seul, à part le bizness.

Kincaid se souvint de l'agenda qu'il avait feuilleté en haut, avec la liste interminable des rendez-vous.

— Son boulot, c'était quoi au juste ?

— Dans la pub...

Elle plissa le front.

— ... Ça s'appelait Blakely, Gill... quelque chose, je me rappelle jamais. C'était à Reading.

Cela expliquait l'agenda et aussi les versements sur son compte.

— Blakely, Gillock & Frye.

— Absolument, s'écria-t-elle, pleine d'admiration pour sa perspicacité..

Il repassa dans sa tête les éléments du relevé de compte : si Connor avait accordé une aide financière à Sharon, il l'avait fait en liquide, puisque aucun chèque n'avait été enregistré au nom de la jeune femme. À moins que les sommes n'aient transité par un intermédiaire. À tout hasard, il demanda encore :

— Vous connaîtriez un nommé Hicks ?

— Quoi, Kenneth ? rugit-elle. Celui-là alors, quelle pourriture ! Même que tout à l'heure, je croyais que c'était lui qu'était venu quand j'ai entendu du bruit au-dessus. Pour ramasser ce qu'i' pouvait, comme un vautour.

Ce qui expliquait la frayeur de la jeune femme.

— Qui est-ce ? Quels étaient ses rapports avec Connor ?

Elle eut l'air gênée.

— Connor, c'est un type qu'aimait les courses, vous comprenez ? bredouilla-t-elle. Kenneth bossait pour un book et il prenait les paris pour Connor. Il traînait toujours ici, il me traitait comme une moins que rien.

La passion hippique de Connor l'avait mené loin, apparemment.

— Et vous savez qui était le book en question ?

Elle haussa les épaules.

— Sûrement un mec d'ici. Parce que, comme je vous ai dit, ce Kenneth Hicks rôdait toujours dans le coin.

Le nom du *Lion rouge* était souvent mentionné dans l'agenda de Connor et Kincaid se demanda si c'était là qu'il rencontrait Kenneth.

— Est-ce que Connor allait souvent à l'hôtel du *Lion rouge* ? Celui qui est à côté de l'égl... ?

Elle l'interrompit.

— Non, ça, c'est un piège à touristes. Comme

131

disait Connor, « un rade pour putes de luxe ». Une boîte snob où on peut même pas trouver de la bonne bière.

La jeune femme était une imitatrice-née et elle avait une bonne mémoire des dialogues. Quand elle citait les expressions de Connor, Kincaid entendait une cadence particulière, avec une pointe d'accent irlandais.

— Non, corrigea-t-elle, c'est au *Lion rouge* de Wargrave qu'il aimait bien aller. Un vrai pub, avec de la bonne bouffe et pas trop chère...

Elle sourit avec les mêmes fossettes que sur le visage de sa petite fille.

— ... Parce que la bouffe, c'était son truc à Connor, jamais il serait allé où qu'il aurait pas aimé la cuisine...

Elle porta le verre à ses lèvres et avala les dernières gouttes du breuvage.

— ... Il m'y a amenée une fois ou deux, mais, avec moi, il préférait rester ici.

C'était drôle, ça, se dit Kincaid : un type qui avait mené la vie à grandes brides, l'alcool, la noce, et pourtant, il aimait mieux passer les soirées à la maison avec sa maîtresse et l'enfant de celle-ci. Mais il y avait autre chose à tirer au clair : selon l'agenda, Connor déjeunait chez ses beaux-parents tous les mardis depuis un an.

Le policier se rappela alors son propre cas, après le départ de Victoria. Ses beaux-parents l'avaient fait passer pour le salaud de l'histoire ; ensuite, plus rien, pas même une carte de vœux pour Noël ou pour son anniversaire.

— Savez-vous ce que Connor faisait le mardi à déjeuner ? demanda-t-il.

Elle fit une grimace.

— Pourquoi que je saurais ? Il faisait ce qu'i' faisait d'habitude, tiens.

Ainsi, elle avait ignoré qu'il déjeunait régulièrement chez ses beaux-parents ce jour-là. Que lui avait-il caché d'autre ?

— Et jeudi dernier, le jour de sa mort ? Vous étiez avec lui ?

— Non, il a été à Londres, mais je crois pas que c'était prévu. Dès que j'ai fait à manger à la petite, je suis venue ici et le v'là qui rapplique, tout excité, il allait et venait.

— Est-ce qu'il a dit ce qu'il avait fait ?

Elle secoua lentement la tête.

— Non, et pis il m'a dit qu'i' devait ressortir un moment, « voir un type, c'est pour un chien aux courses de demain » qu'il m'a dit, mais i' baratinait tout le temps.

— Il ne vous a pas dit où il allait ?

— Non. Il m'a dit de rester calmos, qu'il allait revenir tout de suite.

Elle se débarrassa de ses sandales à hauts talons, posa les pieds sur le fauteuil devant elle et se massa les orteils, soudain plus concentrée. Elle leva des yeux élargis et voilés de larmes.

— Mais moi, je pouvais pas rester, c'était le soir où ma mémé va jouer au bridge avec ses copines, fallait que je garde Hayley, je pouvais pas...

Elle entoura ses mollets de ses bras et enfouit son visage entre ses genoux.

— Je n'ai pas... balbutia-t-elle, le son de sa voix étouffé par l'étoffe de ses jeans... je ne l'ai même pas embrassé quand il est parti.

C'était donc cela, pensa Kincaid : elle avait eu un bref accès de mauvaise humeur, trois fois rien, comme cela arrive entre amants, une vétille dont on rit après, au milieu des étreintes. Hélas, cette fois-ci, aucune réconciliation possible. Le genre de bêtise dont on traîne le remords toute sa vie. Ce qu'elle attendait de Kincaid, c'était une espèce d'absolution.

133

Il la lui accorderait, pour autant qu'il en avait la faculté.

— Sharon, regardez-moi, fit-il en se penchant sur sa chaise pour lui tapoter les mains, vous ne pouviez pas savoir. Je ne connais personne qui ait la force de vivre chaque moment de sa vie comme si ce devait être le dernier. Connor vous aimait et il savait que vous l'aimiez : c'est la seule chose qui compte.

Elle eut un mouvement convulsif des épaules. Le policier s'appuya à nouveau contre le dossier de son siège et attendit en silence qu'elle se décontractât. Quand il constata qu'elle s'apaisait, il reprit :

— Il ne vous a rien dit d'autre sur le rendez-vous qu'il avait, ni où, ni avec qui ?

Elle secoua la tête sans se redresser.

— J'y ai pensé sans arrêt, j'ai pensé à tout ce qu'il a dit et à tout ce que j'ai dit, mais rien.

— Vous ne l'avez pas revu ce soir-là ?

— Je vous l'ai dit et répété ! lança-t-elle en relevant son visage où les pleurs avaient laissé des marbrures.

Elle renifla et s'essuya les yeux du revers de la main.

— Mais enfin, pourquoi vous voulez savoir tout ça ? marmonna-t-elle.

Au début, elle avait cédé au besoin de se soulager de son chagrin en se confiant. Maintenant, elle se ressaisissait et sa circonspection naturelle reprenait le dessus.

— Est-ce que Connor avait bu ? poursuivit Kincaid.

Sharon se recula sur sa chaise, l'air étonné.

— Je ne crois pas, enfin il en avait pas l'air, mais avec lui quelquefois, on s'en apercevait pas tout de suite.

— Il tenait bien le coup, donc ?

Elle haussa les épaules.

— Oh, il aimait bien boire un coup, mais ça ne le rendait jamais méchant comme d'autres...

— Est-ce que vous avez idée de ce qui lui est arrivé ?

— Ce qui lui est arrivé ? Ce con est allé se balader du côté de l'écluse, il est tombé à la flotte et i' s'est noyé. Qu'est-ce que vous voulez que je sache d'autre, moi ?

Elle criait presque et ses pommettes rougissaient.

Kincaid constatait qu'elle faisait retomber sur lui toute la colère qu'elle ne pouvait plus manifester à Connor parce qu'il était mort et qu'il l'avait laissée seule.

— Un homme ne tombe pas à l'eau comme ça, reprit-il, à moins d'une crise cardiaque ou parce qu'il a trop bu. Ça, nous ne le saurons qu'après l'autopsie, mais à mon avis, on découvrira qu'il n'était ni malade, ni ivre...

Pendant qu'il prononçait ces mots, Sharon écarquillait les yeux et se rencognait contre son dossier, comme pour éviter d'entendre, mais le policier continuait, impitoyable :

— ... Et il avait des meurtrissures au cou. Moi, je crois que quelqu'un l'a étranglé et s'est arrangé pour le pousser dans l'eau. Qui aurait pu faire ça, à votre avis ?

— La salope, tiens ! rugit-elle d'une traite.

Elle avait affreusement pâli sous son fard.

— Quoi ?...

Elle bondit sous l'effet de la colère. Elle trébucha et s'abattit sur les genoux devant Kincaid.

— Oui, la salope !

Elle postillonnait et l'odeur du xérès flottait dans son haleine.

— Qui ?

— Elle a déjà tout fait contre lui et puis elle l'a tué.

135

— Mais qui, Sharon, qui ?
— Ben l'autre, Julia.

La dame assise sur le banc à côté de lui le poussa du coude : les fidèles se levaient, prenaient les livres de cantiques et les ouvraient. Il n'avait écouté que quelques bribes du sermon que le pasteur déplumé avait prononcé d'une voix douce et cultivée. Kincaid se hâta de se mettre debout, d'attraper le psautier devant lui et de lorgner par-dessus l'épaule de sa voisine le numéro de la page.

Il chanta distraitement. Il repassait dans sa tête l'entretien qu'il avait eu avec la maîtresse de Connor Swann. En dépit des accusations que celle-ci avait portées contre Julia Swann, il ne croyait pas que cette dernière eût la force physique d'étrangler son mari et de le jeter dans le canal. Elle n'en aurait du reste pas eu le temps, à moins que Trevor Simons n'eût menti pour la protéger. Aucune logique dans tout cela. Il se demanda alors ce que Gemma avait fait à Londres, si sa visite à l'opéra avait été utile à l'enquête.

Le service religieux s'achevait. Les fidèles se saluaient et bavardaient en se pressant vers la sortie, sans que Kincaid entendît le nom de Connor Swann ou celui des Asherton dans leurs propos. Ils lui lançaient de petits regards intimidés, mais aucun d'eux ne lui adressa la parole. Il piétina ainsi jusqu'au cimetière devant l'église. Mais, au lieu de rentrer tout droit à son hôtel, il releva le col de sa veste, mit les mains dans les poches et se promena entre les tombes. On entendait à peine les portières claquer et les moteurs démarrer, car le vent dominait tous les sons ; les feuilles mortes couraient sur l'herbe drue comme des petites souris brunes.

Ce qu'il avait plus ou moins cherché, il le trouva près du clocher, sous un grand chêne.

— Oui, dit alors une voix derrière lui, c'est une

famille qui a eu plus que sa part de joies et de malheurs.

Kincaid se retourna, stupéfait. C'était le pasteur qui, les mains croisées devant lui, fixait la stèle. Le vent fouettait sa soutane contre les jambes et dispersait les mèches grises clairsemées sur son crâne.

L'inscription était fort simple : MATTHEW ASHERTON, FILS CHÉRI DE GERALD ET CAROLINE, FRÈRE DE JULIA.

— Vous l'avez connu, monsieur le pasteur ? questionna Kincaid.

L'ecclésiastique hocha la tête.

— Oui, c'était un garçon comme les autres, mais dès qu'il ouvrait la bouche pour chanter, on était subjugué...

Quand il leva les yeux, Kincaid vit qu'ils étaient d'un gris pâle et délicat.

— ... Bien sûr que je l'ai connu. Il appartenait à notre chorale et puis je lui ai enseigné le catéchisme.

— Et Julia ? Vous la connaissiez aussi ?

Le pasteur examina le policier et reprit :

— Je vous avais remarqué, tout à l'heure, un visage inconnu dans l'assistance. Et maintenant, le même étranger qui se promène parmi nos tombes. Pourtant je ne vous ai pas pris pour un simple curieux. Vous êtes un ami de la famille ?

Pour toute réponse, Kincaid tira son porte-cartes et montra sa plaque.

— Superintendant Duncan Kincaid. Je suis venu enquêter sur la mort de Connor Swann.

En prononçant ces mots, il s'interrogeait : n'y avait-il pas autre chose de plus qu'une banale enquête ?

Le pasteur ferma un instant les yeux, comme pour une communication secrète. En les rouvrant, il cligna des paupières avant de braquer à nouveau son regard pénétrant sur le policier.

— Venez donc chez moi, prendre une tasse de thé à l'abri de ce maudit vent.

— Le génie est un fardeau même pour un adulte, alors un enfant... Comment prévoir ce que serait devenu Matthew Asherton s'il avait vécu ?

Ils étaient assis dans le bureau du pasteur. Ils buvaient du thé dans des tasses dépareillées. Le pasteur s'était présenté comme le révérend William Mead et, tout en branchant la bouilloire et plaçant tasses et sucrier sur un plateau, il avait dit avoir perdu sa femme l'année précédente.

— Oui, d'un cancer, la pauvre chère femme..., avait-il précisé en saisissant le plateau et faisant signe à Kincaid de le suivre.

— ... Elle disait toujours que je ne m'en tirerais jamais seul, poursuivit-il en ouvrant la porte de son bureau, cependant j'y arrive, tant bien que mal. Mais j'avoue que je ne suis pas du tout un homme d'intérieur.

Son bureau illustrait ses propos à merveille. Les livres entassés sur les rayons paraissaient sur le point de culbuter les uns sur les autres ; ils occupaient tout l'espace disponible, semblables à une armée alliée omniprésente ; sur les murs des cartes géographiques juxtaposées.

Kincaid posa sa tasse sur un petit coin de la table basse que le pasteur avait dégagé pour lui et s'approcha de l'une de ces cartes, un modèle très ancien sous verre.

— La carte des Chilterns publiée par Saxton, datant de 1574. C'est l'un des rares spécimens qui montre les Chilterns dans leur intégralité...

Le pasteur toussota derrière sa main et ajouta, mû par le besoin absolu de toujours dire la vérité :

— ... Seulement une reproduction, bien sûr, mais j'y tiens. C'est mon hobby, l'histoire des Chilterns, de leurs paysages, poursuivit-il avec l'air d'avouer une faute. J'avoue que cela me prend beaucoup trop de temps. Mais, que voulez-vous ? Quand on a passé près de cinquante ans de sa vie à composer le sermon de la semaine, la chose perd beaucoup de sa nouveauté à la longue. Et puis, de nos jours, même dans une paroisse de campagne comme celle-ci, le plus clair de notre tâche consiste à sauver les corps et non les âmes. Je ne me rappelle même pas la dernière fois qu'on m'a posé une question d'ordre métaphysique.

Il but un peu de thé avec un sourire attristé.

Se figurait-il que Kincaid avait besoin du secours de la religion ? Le policier sourit aussi et retourna à sa place.

— Alors, vous devez bien connaître la région, monsieur le pasteur ?

— Le moindre sentier, tous les champs, ou peu s'en faut...

Mead étendit ses jambes, montrant ainsi les baskets qu'il avait enfilés en rentrant chez lui.

— ... J'ai dû parcourir autant de kilomètres que saint Paul depuis Damas. C'est un vieux pays, vous savez, monsieur Kincaid — vieux, dans le sens où on l'entend en histoire topographique, c'est-à-dire non planifié. Bien que ces collines appartiennent au même bouclier calcaire que la plus grande partie de l'Angleterre du Sud, elles sont beaucoup plus boisées que les reliefs crayeux tout autour. En plus, la couche argileuse mêlée de silex a empêché le développement d'une forte agriculture.

Kincaid dorlotait sa tasse, commodément installé, les jambes tendues vers les barres rougies du radiateur. Il était disposé à écouter toute dissertation sur le sujet favori de l'ecclésiastique.

— Voilà pourquoi, commenta-t-il, en se souvenant des murailles lisses et pâles de Badger's End, aux reflets saugrenus dans la lumière crépusculaire, voilà pourquoi tant de maisons sont construites en silex par ici. Je l'avais remarqué sans y réfléchir, puis je n'y ai plus pensé.

— Tout à fait. Vous aurez également remarqué la structure des champs et des haies dans les vallons. Bon nombre remontent à l'époque romaine, c'est « Le Pays d'Emmanuel », dont parle John Bunyan dans son *Voyage du Pèlerin*, voyons : « ... L'amène pays des collines, si belles de leurs forêts, de leurs vignes, de toutes sortes de fruits. Et aussi de fleurs, de sources et de fontaines, si délicieuses à voir... »

Le révérend Mead continua, les yeux brillants :

— En résumé, monsieur Kincaid, car je ne voudrais surtout pas vous ennuyer, le pays est merveilleux, un paradis terrestre, mais un pays où les changements sont très lents et où l'on n'oublie rien. Par exemple, Badger's End est un lieu constamment habité depuis le Moyen Âge. La façade actuelle date de l'époque victorienne. Pourtant, on ne le dirait pas, mais certaines parties moins visibles sont beaucoup plus anciennes...

— Et les Asherton ? demanda Kincaid, intrigué.

— Oh, ils habitent là depuis plusieurs générations et ce qui leur est arrivé appartient à notre histoire. Personne dans le pays n'a oublié le jour de novembre où Matthew Asherton s'est noyé. C'est gravé dans la mémoire collective, comme on dit. Et maintenant, ce drame...

Il secoua la tête. Son apitoiement était exempt de ce malin plaisir que les gens prennent trop souvent à épiloguer sur les malheurs d'autrui.

— Vous pourriez me raconter ce qui s'est passé ce jour-là ?

— Il pleuvait...

Le pasteur but encore un peu de thé et s'essuya délicatement les lèvres avec un mouchoir blanc froissé qu'il avait tiré de sa poche.

— ... Il pleuvait sans arrêt, et je me demandais même si je n'allais pas parler de Noé et du Déluge dans mes sermons. Mais les esprits étaient au plus bas, au fur et à mesure que l'eau montait, et je me suis dit que mes ouailles ne trouveraient pas le thème très encourageant. Vous ne connaissez pas bien la géographie de la région, n'est-ce pas ?

Comme le révérend Mead s'était mis à farfouiller dans les paperasses qui jonchaient son bureau sans même attendre la réponse, Kincaid jugea la question purement rhétorique. Il y répondit tout de même :

— En effet, monsieur le pasteur, je la connais à peine.

L'objet des recherches était une vieille carte d'état-major que l'ecclésiastique finit par exhumer de sous une pile de livres, avec une évidente satisfaction. Il l'ouvrit avec soin et la déploya sous les yeux du policier.

— Voilà, les hauteurs de Chiltern datent de la fin de l'ère glaciaire. Elles forment un arc du nord-est au sud-ouest, vous voyez ?...

Et, du bout de l'index, il souligna une forme oblongue d'un vert plus foncé.

— ... le côté nord est un escarpement, le côté sud une déclivité avec des vallonnements qui en descendent comme autant de doigts. Certains de ces vallonnements accueillent des rivières telles que la Lea, la Bulbourne, la Chess, la Wye, et d'autres, toutes affluents de la Tamise ; ailleurs, les sources et les ruissellements n'apparaissent que lorsque la nappe phréatique affleure à la surface, en hiver ou en cas d'exceptionnelle pluviosité...

Il frappa la carte de l'index en soupirant.

— ... On les appelle « griffons d'hiver », un joli nom, vous ne trouvez pas ? Très évocateur. Malheureusement, ils peuvent aussi devenir très dangereux

141

en période de grosse crue. D'où l'accident du pauvre petit Matthew.

— Qu'est-il arrivé au juste ? s'enquit Kincaid. Je n'ai entendu que des récits de seconde main.

— La seule personne qui sache *exactement* ce qui s'est passé c'est Julia, parce qu'elle était avec lui, mais je vais quand même essayer de reconstituer ce qui s'est passé..., dit le pasteur.

Il débita son histoire avec un souci des détails digne d'un policier.

— ... Les deux enfants revenaient de l'école en prenant un raccourci qu'ils connaissaient par cœur ; la pluie s'était un peu calmée, après des jours et des jours. Matthew a voulu jouer à je ne sais quoi sur la berge, il est tombé et le courant l'a emporté. Julia a essayé de le secourir en avançant dans l'eau aussi loin qu'elle pouvait ; faute d'y arriver, elle a couru à la maison pour chercher de l'aide, mais il était naturellement trop tard. À mon avis, Matthew était déjà mort quand Julia est partie.

— C'est Julia qui vous a raconté tout ça ?

Le révérend Mead opina. Il but un peu de thé, reposa sa tasse et reprit :

— Par bribes, et ce n'était pas toujours très intelligible. Parce qu'il faut vous dire qu'elle est tombée malade tout de suite après, la commotion, vous comprenez, et aussi le froid. Personne ne s'est soucié d'elle pendant des heures et elle était trempée jusqu'à la moelle. Du reste c'est Mme Plumley qui s'en est occupée, parce que les parents étaient trop bouleversés. Julia a attrapé une pneumonie, elle est même restée quelque temps entre la vie et la mort...

Il secoua la tête et tendit les mains vers le radiateur, comme soudain transi par ses réminiscences.

— ... J'y suis allé tous les jours, pour relayer Mme Plumley à son chevet aux moments les plus critiques.

— Et ses parents ? demanda Kincaid, indigné.

La consternation se peignit sur les traits du pasteur.

— Le chagrin les avait submergés, il n'y avait de place pour rien d'autre dans leur esprit, que la mort de Matthew.

— Pas même leur fille ?

Mead murmura, presque comme pour lui-même.

— Je crois qu'ils ne supportaient pas de la voir vivante, alors que son frère était mort...

Il croisa le regard du policier et ajouta, d'un ton plus brusque :

— ... Mais j'en ai déjà trop dit. Il y avait longtemps que je n'y pensais plus et c'est l'accident de Connor qui m'a rappelé tout ça.

— Il y a autre chose, n'est-ce pas ? insista Kincaid en se penchant en avant.

Il ne voulait pas en rester là.

— Ce n'est pas à moi de porter un jugement, énonça le pasteur. Tout cela a été abominable, pour ceux qui s'y sont trouvés mêlés.

Déduction de Kincaid : le révérend Mead estimait que les parents Asherton s'étaient mal comportés, mais ne voulait pas donner ses raisons.

— En tout cas, sir Gerald et Dame Caroline semblent bien s'occuper de leur fille maintenant.

— Oui, comme je vous le disais, il s'est passé beaucoup de temps et je suis navré de ce nouveau malheur pour Julia.

Une agitation derrière la fenêtre attira l'attention de Kincaid : le vent soulevait un petit maëlstrom sur la pelouse du pasteur ; quelques feuilles mortes frôlèrent les vitres avant que le calme ne se rétablît.

— Vous me disiez que vous connaissiez bien Matthew, mais vous avez dû finir par bien connaître Julia aussi ?

Le pasteur remua le reste de thé au fond de sa tasse.

— Je ne suis pas sûr que personne la connaisse bien. C'était une petite fille réfléchie, toujours à observer et à écouter son frère en silence. Quand elle s'intéressait à quelque chose, ce n'était jamais une lubie puérile. Ce qui la rendait d'autant plus intéressante.

— Et par la suite ?

— Oh, elle ne m'a jamais parlé que pendant sa maladie, mais c'était un méli-mélo, un délire d'enfant. Une fois rétablie, elle s'est repliée sur elle-même. La seule fois où j'ai retrouvé l'image de la fillette que j'avais connue, c'est quand j'ai célébré ses noces. L'éclat de la jeune mariée arrondissait les angles.

Le timbre affectueux de l'ecclésiastique, son sourire invitaient Kincaid à la compréhension.

— Oui, je vois...

Kincaid se souvenait du sourire de Julia lorsqu'elle avait ouvert la porte en le prenant pour Mme Plumley.

— ...Vous dites que vous avez célébré son mariage, mais je croyais que...

— En effet, Connor était catholique, mais pas pratiquant, alors Julia a voulu se marier chez nous, à Saint-Barthélemy...

D'un mouvement de tête, il désigna l'église dont on apercevait les deux tours de l'autre côté de la venelle.

— ... J'ai instruit Connor et aussi Julia avant la cérémonie. Je dois dire que j'avais quelques doutes sur ce mariage, dès ce moment-là.

— Pourquoi donc ?

Le policier avait acquis un grand respect pour les dons de perspicacité du pasteur.

— Connor me rappelait étrangement Matthew par certains côtés, ou plutôt ce que Matthew aurait pu devenir s'il avait vécu. Je ne sais pas si je me fais comprendre... Il était un peu trop fanfaron à mon goût, le genre d'enjôleur dont on ne sait pas très bien ce qu'il cache par-dessous. En tout cas, cette union me semblait mal assortie.

— Oui, certes, commenta Kincaid non sans ironie. Encore que je n'aie pas très bien compris lequel des deux refusait le divorce. Apparemment, Julia en était arrivée à détester Connor...

Il marqua une pause, comme pour peser ses mots.

— ... Estimez-vous qu'elle aurait pu en venir à l'assassiner, monsieur le pasteur ? Est-ce qu'elle en serait capable ?

— Il existe une graine de violence en chacun de nous. Ce qui m'a toujours fasciné, c'est l'équation subtile qui fait qu'untel y cède et un autre pas.

Les yeux du révérend Mead exprimaient toute la science accumulée au cours des années d'observation de la nature humaine. Dans ce qu'elle a de meilleur comme de plus fâcheux. Une fois de plus, Kincaid songea aux similarités entre leurs deux vocations.

Le pasteur cligna des paupières et poursuivit :

— Enfin, pour répondre à votre question, non, Julia ne serait pas capable de tuer qui que ce fût. Quelles que soient les circonstances.

— Pourquoi dites-vous « qui que ce fût », monsieur le pasteur ? s'étonna Kincaid.

— Parce que, au moment de la mort de Matthew, des rumeurs avaient circulé, le genre de ragots que vous finirez par entendre si vous fouinez un tant soit peu. Des accusations nettes, on peut toujours les réfuter, mais les on-dit, c'est une autre paire de manches.

— Et c'était quoi, ces on-dit ? demanda Kincaid, pour la forme, car il connaissait la réponse.

Mead soupira.

— Ce que vous pouvez imaginer, les gens étant ce qu'ils sont. En plus, Julia s'était souvent montrée jalouse de son frère. Du coup, on a insinué qu'elle

145

n'avait pas essayé de le sauver... voire qu'elle l'avait poussé.

— Ah, elle était jalouse de lui ?

Le pasteur se redressa sur son siège. Un peu contrarié, pour la première fois depuis le début de leur entretien.

— Mais bien sûr qu'elle en était jalouse ! Comme l'aurait été tout enfant, en l'occurrence...

Ses yeux gris pâle restaient braqués sur son interlocuteur.

— ... Mais elle l'aimait aussi et jamais elle ne l'aurait volontairement mis en danger. Julia a fait, pour sauver son frère, tout ce qu'on peut attendre d'une fillette de treize ans épouvantée... peut-être même plus...

Il se leva et posa sa tasse sur le plateau.

— ... Je n'irai pas jusqu'à parler de la volonté d'En-Haut dans des tragédies de ce genre. Et, vous le savez, bien des accidents demeurent inexplicables.

Kincaid posa à son tour, soigneusement, sa tasse sur le plateau.

— Merci, monsieur le pasteur, conclut-il, vous avez été très aimable.

Mead s'était immobilisé, le plateau dans les mains, et contemplait son petit cimetière paroissial.

— Je n'ai pas la prétention de sonder les desseins de la Divine Providence, et cela vaut souvent mieux dans ma profession, dit-il avec un humour retrouvé. Pourtant, je me suis souvent interrogé dans ce cas précis : les deux enfants prenaient toujours le bus pour rentrer à la maison, mais ils l'ont raté ce jour-là. Pourquoi ?

7

Kincaid réarrangea les dossiers sur son bureau. Il se passa la main dans les cheveux au point qu'ils se hérissèrent comme une crête de coq. L'accalmie habituelle du dimanche après-midi à Scotland Yard était une excellente occasion pour mettre ses dossiers à jour. Mais, aujourd'hui, il n'arrivait pas à se concentrer. Il s'étira et consulta sa montre : l'heure du thé était passée. Un creux à l'estomac lui rappela qu'il n'avait même pas déjeuné. Il flanqua dans la corbeille « Départ » ceux des rapports qu'il avait bouclés, se leva et décrocha sa veste.

Il avait l'intention de rentrer chez lui, de s'occuper du chat Sid, de remplacer sa litière, éventuellement d'acheter un plat préparé chez le traiteur chinois. D'ordinaire, de telles perspectives ne lui auraient pas déplu. Il n'en allait pas de même ce jour-là. La nervosité qu'il ressentait, depuis qu'il avait quitté le presbytère et repris le train de Londres, ne s'était guère apaisée. L'image de Julia surgissait sans cesse dans son esprit. Mais avec un visage de fillette malade : plus lisse, très pâle en contraste avec ses cheveux plaqués par des sueurs de fièvre. Son corps s'agitait dans le lit aux draps blancs. Et personne pour veiller sur elle.

Quelle influence politique ces Asherton possédaient-ils réellement ? se demandait Kincaid. Fallait-il faire preuve de la plus grande prudence ?

Ce n'est qu'en sortant du garage du Yard par Caxton Street qu'il pensa à rappeler Gemma. Il lui avait téléphoné à plusieurs reprises au cours de l'après-midi. Sans succès. Elle devait en avoir terminé depuis des heures avec ses démarches à l'Opéra National. Il avait son portable devant lui, mais il ne l'utilisa pas. Après avoir longé Saint-James Park, il prit involontairement la direction d'Islington au lieu de celle d'Hampstead et de son propre domicile. Il y avait des semaines que Gemma avait emménagé dans son nouveau logement. Or, chaque fois qu'elle en avait parlé, c'était avec une sorte de ravissement gêné, ce qui n'avait pas manqué de titiller sa curiosité. Il irait jusque chez elle, à tout hasard.

Il se rappelait bien qu'elle s'était obstinée à ne jamais l'inviter dans son ancienne résidence de Leyton, mais n'en tint pas compte.

Il s'arrêta devant l'adresse que lui avait donnée Gemma. Il étudia d'abord le bâtiment, un pavillon victorien en pierre de taille couleur miel. Tout autour, un pot-pourri de constructions, d'autant plus cocasses qu'elles étaient situées entre deux places en demi-cercle du plus harmonieux style géorgien. Sur la façade, les deux bow-windows reflètaient le soleil de fin d'après-midi. Une grille en fer forgé protégeait un jardin bien tenu. En haut du perron, deux chiens noirs de race indéterminée surveillaient attentivement la rue, prêts à intervenir s'il avait l'outrecuidance de franchir la grille. Par bonheur, il n'avait pas oublié les instructions détaillées de Gemma. Il gara donc la voiture au premier endroit disponible et longea le mur du jardin.

Les portes de la remise avaient été peintes d'une réconfortante couleur jonquille, de même qu'une autre plus petite sur la gauche, au-dessus de laquelle on distinguait un « 2 » noir, sans prétention. Exactement ce qu'elle avait décrit. Il frappa à la porte. N'obtenant pas de réponse, il s'assit sur le degré qui menait au jardin. Il adopta, pour attendre, la position la plus confortable possible en s'appuyant contre les montants du portillon.

Il entendit la voiture avant de voir Gemma.

— Inspecteur, tu vas récolter une contredanse, c'est un « Stationnement réservé », lui cria-t-il dès qu'elle ouvrit la portière.

— Sûrement pas puisque je suis devant mon propre garage. Qu'est-ce que tu fous là, patron ?

Elle déboucla la ceinture de sécurité de Toby et l'enfant précéda sa mère en piaillant de joie.

— Heureusement que quelqu'un m'aime bien ici !... s'exclama Kincaid en frappant de sa paume celle de Toby.

Il le souleva de terre, ébouriffant ses cheveux blonds.

Puis, à Gemma, tandis qu'elle refermait sa voiture :

— ... Ton moteur cogne un peu ou je me trompe ?

Elle grimaça :

— Ne m'en parle pas ! Du moins, pas tout de suite !

Ils demeurèrent immobiles, comme embarrassés. Un bouquet de roses contre sa poitrine, elle ne soufflait mot. Kincaid se sentait de plus en plus gêné.

S'était-il figuré qu'il allait pouvoir violer impunément une intimité si âprement défendue ? Était-elle contente de le voir ? Rien n'était moins sûr.

— Je suis navré, lança-t-il à tout hasard, je ne voulais pas te déranger. C'est seulement que je n'arrivais pas à te joindre et il faudrait qu'on se parle...

Dans son désarroi, il ajouta :

— ... Si je vous invitais à dîner, Toby et toi ?

— Ne dis pas de bêtises !...

149

Elle fouillait dans son sac pour trouver ses clefs.

— ... Entre donc, je t'en prie...

Elle ouvrit sa porte en souriant et s'effaça. Toby se faufila entre eux et trottina à l'intérieur.

— ... Voilà mon chez-moi, dit Gemma en entrant.

Des vêtements de la jeune femme étaient suspendus à un portemanteau près de l'entrée. En frôlant l'une des robes, il reconnut le parfum frais auquel elle était fidèle. Il prit tout son temps pour examiner les lieux, enchanté de ce qu'il découvrait. La simplicité ambiante l'avait étonné un instant, puis il l'avait appréciée.

— Ce décor te va bien, décréta-t-il enfin, j'aime beaucoup.

Gemma parut soulagée. Elle traversa la pièce jusqu'au coin cuisine. Elle remplit un vase d'eau pour ses roses.

— Moi aussi. Et Toby adore, je crois... dit-elle en montrant le petit garçon.

Celui-ci était occupé à ouvrir successivement tous les tiroirs sous la banquette de la fenêtre côté jardin.

— ... Seulement voilà, je viens de me faire passer un savon par ma mère cet après-midi. Elle trouve que ce n'est pas le genre d'endroit pour élever un enfant.

— Moi, je dirais le contraire, fit Kincaid en parcourant la pièce. Il y a ici quelque chose d'enfantin, comme une maison de poupée. Ou une cabine de bateau, avec une place pour chaque chose.

Gemma éclata de rire.

— C'est drôle, j'ai justement dit à ma mère que ça aurait beaucoup plu à mon grand-père, un ancien de la Royale.

Elle plaça le vase sur une table basse, les roses constituant la seule tache de couleur dans cet environnement gris et noir.

— D'habitude, des maisons comme ça, c'est peint en rouge, dit Kincaid en souriant.

150

— Le rouge, c'est la barbe !

Deux culottes en coton, légèrement déteintes, à l'élastique détendu, avaient été mises à sécher devant le radiateur. Gemma, gênée, s'empressa de les enfouir dans un tiroir au pied du lit. Elle alluma des lampes, ferma les rideaux sur le jardin qui s'enténébrait.

— Je vais me changer...

— Écoute, permets-moi de vous emmener dîner quelque part, Toby et toi...

Il tenait encore à se faire pardonner son irruption comme s'il avait quelque chose à se faire pardonner.

— ... À moins que tu n'aies d'autres projets, corrigea-t-il, histoire de lui fournir une excuse facile. Ou alors, on peut faire le point en prenant un verre, et puis je me casserai.

Elle ne répliqua pas et, sa veste dans une main, un cintre dans l'autre, parut jauger les possibilités qu'offrait la pièce pour un cas de ce genre.

— Non, décida-t-elle enfin. Il y a une supérette au coin de la rue, on achète deux, trois trucs, et on se fait un peu de tambouille.

Elle accrocha sa veste d'un geste décidé, puis elle tira des jeans et un chandail d'un coffre au pied du portant.

— Ici ? rétorqua-t-il incrédule, dans le coin cuisine ?

— Dégonflé ! C'est pas difficile si on sait s'adapter, tu verras.

— Je sais qu'il y a mieux comme installation, avoua-t-elle tandis qu'ils rapprochaient des chaises de la table en demi-lune, mais il faut se débrouiller. Et en plus, je n'ai pas le temps de faire vraiment de la cuisine.

Elle prononça cela avec un regard éloquent à Kincaid.

— La vie d'un flic, je connais, alors ne crois pas que je vais te plaindre, dit-il ironiquement.

En vérité, il admirait son énergie : Scotland Yard, avec ses horaires imprévisibles et l'accumulation des missions, n'était pas un emploi de tout repos pour une mère célibataire. Il trouvait qu'elle s'en était remarquablement bien sortie. Néanmoins, pas question de montrer de la compassion : il savait d'expérience qu'elle se raidissait contre tout ce qui pouvait ressembler à de la pitié.

— Skol ! fit-il en levant son verre. Je bois à ta facilité d'adaptation. Dont je n'ai jamais douté, d'ailleurs.

Ils avaient fait cuire des spaghettis sur le gaz et ils les avaient servis avec une sauce en conserve ; ils avaient aussi préparé une salade verte ; tout cela accompagné d'une baguette de pain frais et d'une bouteille de vin rouge tout à fait convenable. Pas mal pour une kitchenette de la taille d'un placard à balais !

— Oh, une seconde, j'allais oublier ! s'écria Gemma avant qu'ils n'entament le repas.

Elle bondit de son siège, fouilla dans son fourretout et en tira une cassette qu'elle engagea dans le lecteur sur une étagère surplombant le lit. Elle rapporta l'étui.

— Caroline Stowe interprétant Violetta dans *La Traviata*, le dernier enregistrement qu'elle ait fait.

Kincaid écouta les accords suaves, presque mélancoliques de l'ouverture.

Pendant qu'ils faisaient leurs emplettes, il avait relaté sa rencontre avec Sharon Doyle, sa visite à Trevor Simons et son entretien avec le révérend Mead. De son côté, Gemma avait rapporté ses conversations au Coliseum. Elle s'était montrée aussi précise qu'à l'accoutumée. Mais un nouvel élément s'ajoutait à son récit, une sorte d'intérêt bien au-delà des limites de l'affaire.

— Ah, maintenant, la chanson à boire, annonça-t-elle au moment où l'air changeait. Alfredo parle de sa vie insouciante avant de connaître Violetta.

Toby manifesta son enthousiasme en frappant sur la table avec sa timbale, selon le rythme de la musique.

— Écoute, maintenant, c'est Violetta, dit Gemma à mi-voix.

La voix était plus profonde, plus riche que n'avait imaginé Kincaid. Dès les premières mesures, il en saisit toute la charge émotionnelle. Le visage de Gemma était transfiguré.

— Tu as l'air en extase !

Elle avala un peu de vin.

— Oui, probablement, articula-t-elle. Je ne l'aurais jamais cru. Il y a quand même quelque chose, euh, je veux dire...

Elle détourna les yeux et coupa les pâtes de Toby en petits morceaux.

— C'est bien la première fois que tu ne trouves pas tes mots, bébé, dit Kincaid amusé. Généralement, chez toi, ce serait plutôt l'excès contraire. Qu'est-ce qui t'arrive ?

Elle le regarda, en écartant de sa joue une mèche de cheveux cuivrés.

— Je ne sais pas. Je ne me l'explique pas.

Elle posa une main sur sa poitrine, un geste qui en disait long.

— Tu as acheté ça aujourd'hui ? demanda Kincaid en désignant l'étui de la cassette.

On y voyait Caroline Stowe plus jeune. Son émouvante beauté était soulignée par la robe XIXe siècle qu'elle portait.

— Oui, à la boutique de l'O.N.A.

Il lui décocha un sourire.

153

— Convertie ? Une espèce de prosélyte, c'est ça ? Alors : demain, c'est toi qui iras interroger Dame Caroline. Parce qu'il nous faut plus de détails sur ses activités de jeudi soir. Et en même temps, tu pourras satisfaire ta curiosité.

— Et l'autopsie ? demanda-t-elle en essuyant les mains de Toby avec sa serviette. Je n'y vais pas avec toi ?

Elle fit descendre Toby de sa chaise, lui donna une petite tape sur les fesses et chuchota :

— Va, trésor, c'est l'heure de faire dodo.

Kincaid rétorqua :

— Bah, pour une fois, j'irai seul. Toi, tu resteras à Londres pour voir ce Tommy Godwin et, quand ce sera fini, tu iras directement à Badger's End t'occuper de Dame Caroline Stowe.

Elle allait protester, mais se ravisa et piqua une feuille de salade du bout de sa fourchette. Elle avait toujours fait de sa présence aux autopsies une affaire d'amour-propre et Kincaid s'étonna qu'elle n'insistât pas davantage pour y assister.

— J'ai chargé les gars du Val-de-Tamise d'alpaguer le nommé Kenneth Hicks, annonça-t-il en se versant un peu de vin.

— L'encaisseur du book, c'est ça ? Pourquoi aurait-il supprimé une pareille source de revenus ? Parce que les paris de Connor Swann, terminé pour lui !

Il haussa les épaules.

— Et s'ils avaient voulu faire un exemple, et que ça se sache dans le milieu des turfistes : « Ou vous casquez ou voilà ce qui vous arrivera, les mecs » ?

Gemma acheva ses spaghetti et repoussa son assiette. Elle prit un petit morceau de pain et le beurra distraitement, en marmonnant :

— Oui, mais justement, Connor payait toujours, le rêve pour un book, non ?

— Il y a peut-être eu une dispute sur le montant d'une dette. Ou alors Swann se sera aperçu que Kenneth grattait sur ses gains et aura menacé de le dénoncer à son patron.

— Simple hypothèse, n'est-ce pas ?...

Elle se leva et entreprit de desservir.

— ... D'ailleurs, que savons-nous au juste ?...

Elle posa à nouveau la pile d'assiettes pour compter sur ses doigts.

— ... Nous devrions connaître l'emploi du temps de Connor Swann ce jour-là, or nous ne savons qu'une chose, c'est qu'il a déjeuné à Badger's End, et aussi qu'il avait rendez-vous avec quelqu'un, mais qui ? Pourquoi a-t-il fait le voyage de Londres ? Qui a-t-il rencontré au Coliseum ? Où est-il allé le soir après son retour de Londres ? Qui a-t-il vu ?

Kincaid sourit.

— Eh bien, au moins nous savons par où commencer.

Il était soulagé qu'elle eût retrouvé sa combativité coutumière.

Une fois que Gemma eut couché Toby, Kincaid voulut l'aider à faire la vaisselle, mais la kitchenette était bien trop exiguë.

— On est serré comme des sardines là-dedans, plaisanta-t-il en se coulant contre la jeune femme pour ranger le pain.

Elle avait ainsi la tête au niveau de son menton et il prit soudain conscience de ses formes. Il aurait été si facile de la saisir aux épaules et de l'enlacer. Mais les cheveux de la jeune femme lui chatouillèrent le nez et il se recula pour éternuer.

Elle se retourna et lui lança une œillade qu'il ne parvint pas à interpréter.

— Si tu allais t'asseoir dans ce fauteuil, suggéra-t-elle, pendant que je finis de ranger ?

Après un coup d'œil sceptique à l'assemblage

tubulaire de chrome et de cuir noir dudit meuble, Kincaid ironisa :

— Tu es sûre que ce n'est pas un instrument de torture moyenâgeux ? Ou au contraire une sculpture d'avant-garde ?

Mais, une fois installé, il s'y trouva parfaitement à son aise. Son expression dut trahir sa surprise, car Gemma éclata de rire.

— Tu vois, tu ne me croyais pas.

Elle tira une chaise de cuisine près de lui et ils bavardèrent en terminant la bouteille de vin. Tout à fait détendu, libéré du tumulte intérieur qu'il avait éprouvé peu auparavant, la perspective d'abandonner le fauteuil et de rentrer répugnait à Kincaid. Mais, quand il la vit étouffer un nouveau bâillement, il déclara :

— Demain il y a école ! Faut que j'y aille.

Elle ne le retint pas.

Ce n'est que sur le chemin du retour qu'il se rappela : il avait omis de faire part à sa collaboratrice des accusations de Sharon Doyle contre Julia Swann. Bah, ce n'était qu'un accès d'hystérie qu'il ne convenait pas de prendre au sérieux !

Il lui revint aussi qu'il n'avait pas évoqué la maladie de Julia consécutive à la mort de son frère. Mais, là, il eut une excuse toute prête : répéter les confidences du pasteur aurait eu un arrière-goût de trahison. Qu'il ne s'expliquait pas le moins du monde.

Ce qu'elle avait vu des coulisses du Coliseum aurait dû préparer Gemma au spectacle de la maison Lilian Baylis. D'un autre côté, la description qu'en avait faite Alison Douglas ne correspondait guère à la réalité :

— Vous verrez, c'est une grande baraque pas très facile à repérer, un ancien studio d'enregistrement des disques Decca...

Alors, Gemma s'était figuré un bâtiment vétuste et plein de charme, au milieu d'un jardin improvisé, hanté par les fantômes d'anciennes stars du rock.

Le magasin de costumes était réellement « pas très facile à repérer », en se référant aux termes de l'énergique directrice-adjointe de l'O.N.A. Son vieux et fidèle guide, *Londres de A à Z,* ne l'empêcha pas de se perdre dix fois et d'arriver avec une bonne demi-heure de retard à son rendez-vous avec Thomas Godwin, toute rouge, la chevelure en désordre, le souffle court — n'avait-elle pas piqué un sprint de deux ou trois cents mètres depuis le seul espace de stationnement disponible ? — et avec en plus une ampoule à l'endroit où le talon frottait sa chaussure trop neuve.

Heureusement, un grand panneau bleu foncé portant les lettres blanches O.N.A. suffisait à identifier les lieux. En effet, l'édifice ne ressemblait en rien à ce que Gemma avait imaginé : ce n'était qu'une énorme bâtisse en briques noires de suie, coincée entre une teinturerie industrielle et un entrepôt de pièces détachées d'automobiles, dans une rue commerçante très active, derrière Finchley Road.

Elle rejeta la pensée agaçante qu'elle aurait plus facilement trouvé son chemin si elle ne s'était laissé distraire par le souvenir de Kincaid la veille au soir. Elle rajusta ses cheveux dans leur clip et tira la porte d'entrée.

À l'intérieur, un homme, appuyé au montant du box de réception, conversait avec une jeune femme en jeans.

— Ah, proféra-t-il en se redressant et en tendant la main, j'avais peur de devoir prier vos services de vous retrouver, inspecteur. Vous êtes bien l'inspecteur James ?...

Il baissa le nez, qu'il avait long et fin, vers Gemma, comme pour s'assurer qu'il ne pouvait s'agir que d'elle.

157

— ... À vous voir, vous avez eu du mal à trouver notre tanière...

La jeune femme en jeans présenta une tablette à pinces, identique à celle du Coliseum pour faire signer la feuille des visiteurs, et l'homme reprit :

— ... Sheila, tu aurais dû la prévenir, parce que les meilleurs limiers de Londres eux-mêmes ne peuvent pas s'y retrouver dans cette cambrousse.

— Oui, ç'a été l'horreur, franchement, acquiesça Gemma. Je savais où vous étiez situés sur le plan, mais pas comment y arriver. Je ne suis même pas sûre de le savoir maintenant.

— Je suppose que vous aimeriez vous rafraîchir avant de me mettre sur le gril. Au fait, je m'appelle Tommy Godwin, si c'est moi que vous cherchez.

— Je l'avais deviné, lui dit Gemma.

Elle ne refusa pas l'invitation qui lui avait été faite et fila aux toilettes. Une fois derrière la porte close, elle examina son image dans le miroir moucheté. Horreur ! Son ensemble bleu marine, ce qu'offrait de mieux Marks & Spencer, avait l'air de sortir de chez le fripier, comparé au chic désinvolte de Godwin. Chez cet homme-là, tout, depuis la veste en soie grège jusqu'aux mocassins lustrés, évoquait le bon goût et l'argent facile. Sa haute taille contribuait à mettre en valeur ce qu'il portait. Sans omettre ses cheveux blonds grisonnants, parfaitement coupés et coiffés. Gemma fit de son mieux pour se rendre présentable à l'aide d'un peu de rouge à lèvres et d'un coup de peigne. Elle ressortit d'un air décidé. Avant tout, reprendre l'initiative !

Elle retrouva Godwin dans la même posture nonchalante.

— Eh bien, inspecteur, ça va mieux ?

— Bien mieux, merci. Où pourrions-nous parler un peu ?

— On pourrait avoir cinq minutes de tranquillité

dans mon bureau. Il faut monter l'escalier, si ça ne vous ennuie pas.

Il lui posa la main sur l'épaule. Elle eut à nouveau l'impression de se laisser dominer.

— En principe, expliqua-t-il en poussant une porte en haut des marches, ceci est le bureau des acquisitions, le domaine réservé de la coordination des costumes, mais tout le monde s'en sert. Que ça ne vous étonne pas !

Il n'y avait pas le plus petit espace libre dans cette pièce de proportions modestes. Divers papiers et ébauches de costumes débordaient des tables à dessin, des rouleaux d'étoffe en vrac dans les coins, comme des pochards après une nuit de beuverie, d'épais volumes reliés en moleskine noire alignés sur des rayonnages fixés aux murs.

Godwin suivit le regard de Gemma :

— Nos *bibles*, dit-il.

Comme Gemma semblait interloquée, il précisa :

— C'est réellement comme ça que nous les appelons. Regardez...

Il passa le doigt sur les reliures, tira un volume, le posa sur une table et l'ouvrit.

— ... *Scène de rue*, de Kurt Weill. Chaque spectacle en chantier a sa « bible » et on s'y conforme pendant toute la durée de la production, jusque dans les moindres détails.

Il tourna les pages sous les yeux médusés de Gemma : descriptions minutieuses des décors et des costumes, accompagnées d'esquisses aux couleurs éclatantes, et, pour chaque costume, d'échantillons des étoffes correspondantes. Elle palpa un morceau de satin rouge annexé au dessin d'une robe longue.

— Mais moi, bredouilla-t-elle, je croyais que... que chaque fois que vous montiez une production, c'était une création.

— Que non, chère amie ! Certains de nos spectacles s'étendent sur dix, quinze ans et, en plus, il arrive qu'ils soient loués à d'autres troupes. Celui-ci, par exemple, dit-il en tapotant sur une page, dure depuis plusieurs années déjà, mais il se pourrait qu'il soit repris un de ces jours à la Scala ou à Santa Fe, Nouveau-Mexique, que sais-je ? Et leurs services de costumes auraient par contrat l'obligation de se conformer aux mêmes étoffes et aux mêmes teintes, dans la mesure du possible...

Il referma précautionneusement le volume puis se jucha sur un tabouret. Il croisa les jambes, exhibant ainsi les plis irréprochables de son pantalon.

— ... Certains des metteurs en scène les plus en vue exigent de diriger tout spectacle qu'ils ont monté, où que ce soit dans le monde. Des stars, ces gens-là !

Gemma dut faire un effort pour revenir à son propos.

— Monsieur Godwin, si je comprends bien, vous étiez présent au Coliseum pendant la représentation de jeudi soir ?

— Ah, la récréation est finie, c'est ça, inspecteur ?...

Il feignit une déception amusée.

— ... Tant pis, puisqu'il le faut. Oui, en effet, j'ai fait une apparition. Comme c'est une production récente, j'aime à surveiller un peu ce qui se passe, si jamais l'un des principaux rôles a besoin d'un ajustement de dernière minute, ici ou là.

— Est-ce qu'il vous arrive souvent d'entrer dans la loge de sir Gerald Asherton après la représentation ?

— Ah ah, bravo, je vois que vous ne laissez rien au hasard ! fit Godwin épanoui, comme s'il était pour quelque chose dans cette manifestation de perspicacité. Le fait est que Gerald avait été si épatant ce soir-là au pupitre que j'ai cru devoir le féliciter.

160

De plus en plus agacée par l'attitude de Godwin, Gemma dit :

— Écoutez, j'enquête sur la mort du gendre de sir Gerald, comme vous le savez. Vous connaissez la famille depuis longtemps. Alors, n'ayez pas l'air de prendre ça par-dessous la jambe, je vous en prie.

Un dixième de seconde, le visage du costumier se durcit. Puis il redevint aussi sémillant qu'auparavant.

— Je réalise que j'aurais dû me montrer plus contrit de ce drame que je ne l'ai fait, inspecteur, déclara-t-il. Oui, je connais Gerald et Caroline depuis l'enfance...

L'expression d'incrédulité de Gemma l'obligea à préciser.

— ... Dans le cas de Julia au moins, on peut parler d'enfance, au sens propre. J'en étais à mes débuts, à l'époque, énième assistant à l'atelier des costumes féminins. De nos jours, un pareil poste exige trois ans de formation dans une école technique, mais dans ce temps-là, on y accédait comme ça, presque par hasard. Ma mère était couturière, dès l'âge de dix ans, les machines à coudre n'avaient plus de secrets pour moi.

S'il disait vrai sur ses origines modestes, son adaptation aux manières de la classe dirigeante était sidérante. Comme s'il avait déchiffré les pensées de son interlocutrice, l'homme ajouta, amusé :

— Oui, je suis un imitateur-né, inspecteur, et j'ai fait bon usage de ce don. Pour en revenir à ce que je disais, les assistants du coupeur ne participent normalement pas aux essayages sur les vedettes. En revanche, on les autorise parfois à s'occuper de personnages de moindre envergure, vedettes sur le retour ou débutants. Caro faisait alors ses premiers pas, encore trop jeune pour maîtriser son prodigieux talent, mais riche de possibilités. Gerald l'avait remarquée dans le chœur et elle était devenue sa préférée. Il a treize ans de plus qu'elle, au cas où vous ne le sauriez pas, inspecteur...

Il pencha la tête, comme pour s'assurer qu'elle restait attentive.

— ... Il avait sa réputation à défendre et, mon Dieu, les commérages sont allés bon train quand il l'a épousée.

— Moi qui croyais que...

— Tout ça, c'est de l'histoire ancienne. Cela remonte à l'époque où la Reine elle-même ignorait qu'elle serait amenée à anoblir Caroline Stowe !

La note de lassitude dans la voix de Godwin excita la curiosité de Gemma.

— Et c'est ainsi que vous avez fait la connaissance de Julia : au cours des essayages ?

— Vous ne perdez pas le nord, vous ! Effectivement, à l'époque, Caroline était déjà mariée et elle avait eu Julia. Elle l'amenait aux essayages et tout le monde la cajolait. Dès son plus jeune âge, elle se montrait parfaitement indifférente...

— Indifférente à quoi, monsieur Godwin ? Je ne vous suis pas très bien.

— Mais à la musique, et surtout à l'univers poussiéreux, sans doute un peu affecté, de l'opéra...

Il descendit de son tabouret, se plaça devant la fenêtre et, les mains dans les poches, scruta la rue à ses pieds.

— ... Oui, l'opéra, c'est comme un microbe, un virus que certaines personnes sont prédisposées à attraper. Peut-être dans les gènes...

Il lui fit à nouveau face :

— ... Qu'en pensez-vous, inspecteur ?

Gemma tripotait pensivement les ébauches de costumes abandonnées sur la table. Elle songeait au frisson qu'elle avait ressenti en entendant l'air final de *La Traviata* pour la première fois de sa vie.

— Cette prédisposition n'aurait rien à voir avec l'éducation, d'après vous ? finit-elle par dire.

— Sûrement pas dans mon cas. Même si ma mère avait le goût des orchestres de jazz pendant la guerre...

Sans retirer les mains de ses poches, il exécuta un petit pas de boogie, puis reprit, avec un clin d'œil et un demi-sourire :

— ... Je me demande même si je n'ai pas été conçu après une nuit passée à swinguer au son de Benny Goodman ou de Glenn Miller. En ce qui concerne Gerald et Caroline, ils n'ont jamais imaginé que Julia puisse ne pas parler leur langage, j'en suis persuadé.

— Et Matthew alors ?

— Oh, Matthew, c'est une tout autre histoire.

Il se tourna de nouveau vers la croisée et s'absorba dans la contemplation de la rue.

Comment se faisait-il que, chaque fois que le nom de Matthew Asherton était prononcé, on se heurtât à un tel mur du silence ? Les mots de Vivian Plumley retentissaient encore à ses oreilles : « Nous n'en parlons jamais ! » Il semblait à Gemma que, vingt ans après la tragédie, les plaies eussent pu se cicatriser.

— Plus rien n'a été pareil après le départ de Caro de la troupe... murmura Godwin en se retournant. On ne reconnaît les meilleures années de sa vie que longtemps après, à ce qu'on dit. Vous y croyez ?

— Je n'en suis quand même pas là. De toute façon, il y a du cynisme à l'affirmer.

— Ce que vous venez de dire prouve que vous y avez pensé malgré tout...

— Monsieur Godwin, ce que je pense ou ne pense pas n'a aucune espèce d'importance, riposta Gemma d'un ton cassant. De quoi avez-vous parlé jeudi soir, sir Gerald et vous ?

— Oh, les amabilités habituelles. À dire vrai, je

163

ne m'en souviens pas très bien. Je ne suis resté dans sa loge qu'une dizaine de minutes au maximum...

Il montra son tabouret :

— ... Je vous en prie, asseyez-vous donc, inspecteur. Autrement, vous allez vous plaindre à vos collègues des mauvaises manières du milieu artistique.

Gemma ne bougea pas et resta debout, appuyée à la table de travail : l'entrevue était assez ardue sans y ajouter l'inconvénient d'avoir les yeux au niveau de l'élégante boucle de ceinture du costumier pendant le reste de la conversation.

— Non, merci, je suis très bien comme ça. Est-ce que sir Gerald vous a paru troublé ou, en quelque sorte, différent des autres jours ?

Godwin la dévisagea.

— Il n'a pas gambadé à travers sa loge en poussant des cris d'allégresse si c'est ce que vous voulez dire, inspecteur, dit-il d'une voix légèrement sarcastisque. Franchement, il était exactement comme d'habitude. Épuisé par la représentation, naturellement, mais cela n'a rien d'exceptionnel.

— Il n'avait pas bu ?

— Nous avons pris un verre. Il garde toujours une bouteille de whiskey de malt dans sa loge, en cas de visites après le spectacle, mais je ne l'ai jamais vu en abuser, pas plus jeudi soir que les autres jours.

— Et vous avez quitté le théâtre après avoir pris ce verre en compagnie de sir Gerald ?

— Pas tout de suite, parce que j'avais deux mots à dire à une fille de la garde-robe.

Des pièces de monnaie tintèrent discrètement dans sa poche au moment où il changea de position.

— Ça a pris combien de temps, ces deux mots ? Cinq minutes ? Dix minutes ? Est-ce que vous vous rappelez l'heure à laquelle vous avez signé le registre de Danny ?

Il enfonça la tête entre les épaules, comme un collégien pris en faute.

— En réalité je n'ai pas pointé. Je veux dire, je n'ai pas pointé en partant, parce que je n'avais pas pointé non plus en arrivant, ce qui est très mal vu et fait des histoires avec l'administration.

— Comment, vous n'aviez pas pointé en entrant ? Je croyais que c'était une règle valable pour tout le monde.

— Théoriquement, oui. Mais ce n'est tout de même pas un quartier de haute sécurité, chère madame. Je dois dire que je n'étais pas de très bonne humeur en arrivant jeudi soir. Le spectacle avait déjà commencé quand je suis entré par le vestibule, j'ai fait un signe à l'ouvreur et je suis resté dans le fond...

Il sourit.

— ... Je passe une si grande partie de ma vie debout que je supporte mal de rester très longtemps dans la même position.

Comme pour illustrer ce qu'il venait de préciser, il s'approcha de Gemma. Il se saisit d'un coupon de satin à motif de tartan, le souleva et en caressa la surface.

— Exactement ce qu'il nous faut pour *Lucie*...

— Cher monsieur Godwin...

Le costumier réagit à cette interpellation. L'espace d'un instant, un soupçon de dureté perça derrière l'attitude badine.

— ... Je répète : j'aimerais que vous relatiez avec exactitude vos déplacements tout de suite après la représentation.

— Je vous l'ai dit, je me suis rendu directement dans la loge de sir Gerald...

Il s'interrompit en voyant Gemma secouer la tête.

— ... Oh, je vois, vous voulez savoir comment j'y suis allé, c'est ça ? Rien de plus facile pour quelqu'un qui connaît le dédale des coulisses, inspecteur. Il

165

existe une porte qui mène à l'arrière depuis la salle — sans indication, naturellement, et je pense qu'aucun des spectateurs ne l'a jamais remarquée.

— Et vous êtes repassé par là en regagnant la sortie ? Après avoir vu sir Gerald et...

Elle compulsa ses notes.

— ... La responsable de la garde-robe ?

— Bravo, vous avez trouvé.

— Ce qui m'étonne un peu, c'est que les portes du vestibule aient été encore ouvertes.

— Il y a toujours des gens qui s'attardent et puis, les ouvreurs doivent remettre de l'ordre avant de tirer les grilles.

— Et, bien entendu, vous ne vous souvenez pas de l'heure qu'il était et personne ne vous a vu sortir ? railla Gemma.

— En effet, inspecteur, acquiesça Godwin, faussement contrit. Il est vrai qu'on ne s'attend pas habituellement à devoir rendre des comptes à la police, n'est-ce pas ?

Gemma était résolue à forcer le mur de politesse sophistiquée :

— Et qu'avez-vous fait en quittant le théâtre, cher monsieur Godwin ?

Il s'appuya de biais contre la table de travail et croisa les bras.

— Mais je suis rentré chez moi, ça va de soi.

— Seul ?

— Je vis seul, à l'exception de ma chatte qui, je n'en doute pas, l'attestera. Son nom est Salomé, ce qui lui va comme...

— À quelle heure êtes-vous arrivé à votre domicile ? Est-ce que, par hasard, vous vous le rappelleriez ?

— Eh bien, justement oui...

Une pause, avec l'air épanoui de quelqu'un qui s'attend à des félicitations.

— ... J'ai une horloge à l'ancienne et elle a sonné

166

peu après mon retour, donc j'ai dû rentrer quelques minutes avant minuit.

Jeu égal. Il était incapable d'apporter la moindre preuve de ses dires, mais elle n'avait rien à lui objecter. Elle l'étudia. Qu'y avait-il derrière ce personnage ?

— J'aurais besoin de votre adresse, monsieur Godwin, ainsi que l'identité de la personne à qui vous avez parlé après avoir vu sir Gerald.

Elle lui présenta une page blanche de son bloc-notes. Tandis qu'il calligraphiait ces renseignements de la main gauche, elle repassait leur entretien dans sa tête. Tout à coup, quelque chose la tracassa, un sujet que le costumier avait astucieusement évité d'aborder.

— Quelles étaient vos relations avec Connor Swann ? Vous ne les avez pas mentionnées.

Il reboucha lentement son stylo, le remit dans sa poche et plia la feuille de papier avec le plus grand soin avant de la lui restituer.

— Il m'est arrivé de le croiser de temps en temps, cela va sans dire. Je dois avouer que je n'avais pas grande sympathie pour lui. Je ne parvenais pas à comprendre pourquoi Gerald et Caroline le supportaient, surtout après sa rupture avec Julia. Mais ils le connaissaient mieux que moi, alors...

Il leva un sourcil malicieux.

— ... Et puis, on juge parfois si mal les gens. N'est-ce pas, inspecteur ?

8

Le rond-point d'High Wycombe rappela à Kincaid un jouet qu'il avait possédé dans son enfance, un ensemble d'engrenages en matière plastique qu'on mettait en mouvement au moyen d'une manivelle au centre. Toutefois, ici, l'axe central était entouré de cinq autres plus petits, sur lequel évoluaient, non pas des rouages, mais des êtres humains prisonniers de boîtes métalliques et, en ce lundi matin embouteillé, ils paraissaient rien moins que joyeux. Une brèche inopinée lui offrit l'occasion de se faufiler dans le flot de véhicules. Opération que salua d'un geste obscène un camionneur furibond.

— J'en ai autant à ton service, mon pote, grogna Kincaid en s'extirpant du dernier des cinq ronds-points satellites.

Un bouchon sur l'A40 l'avait mis en retard et il parvint à l'hôpital d'High Wycombe une demi-heure après le début de l'autopsie. Il cogna à la porte de la salle d'opérations et l'entrouvrit pour passer la tête. À l'intérieur, il aperçut, de dos, un petit homme replet en blouse vert chirurgical, debout devant une table en inox.

— Le docteur Winstead, c'est bien ça ? s'enquit-il. Excusez-moi d'être en retard.

Il pénétra dans la pièce en laissant se refermer les portes derrière lui.

169

Winstead posa le pied sur l'interrupteur au sol de son magnétophone.

— Superintendant Kincaid, si je ne m'abuse...

Il écarta d'une pichenette le micro devant sa bouche.

— ... Pardon de ne pas vous serrer la main, poursuivit-il en agitant ses mains gantées. Vous avez raté le plus beau, malheureusement. J'ai été obligé de commencer sans vous, vu le retard dans le programme. J'aurais dû m'occuper de votre client samedi ou hier au plus tard, mais voilà, il y a eu un incendie dans une H.L.M. Il a fallu passer le week-end à identifier les restes.

Potelé, avec une toison frisée grisonnante et des yeux en boutons de bottine, Winstead justifiait pleinement son surnom. Kincaid se dit qu'après tout l'image qu'il s'était formée de Winnie l'Ourson le scalpel à la main n'était pas déraisonnable. Et, semblable à tous les médecins légistes que le policier avait rencontrés, il était gai comme un pinson.

— Vous avez trouvé des choses intéressantes, docteur ?

Kincaid n'était pas mécontent que la silhouette de Winnie fît paravent à la table en inox. Pour accoutumé qu'il fût aux incisions en Y et au cuir chevelu rabattu en avant, le spectacle ne l'avait jamais beaucoup attiré.

— Pas de quoi trépigner de joie, faut dire...

Le docteur reprit sa position devant la table et s'activa de nouveau sur le macchabée.

— ... J'ai une ou deux choses à terminer et puis, on pourra s'asseoir dans mon bureau, si ça vous va ?

Kincaid voyait le courant d'air de la climatisation balayer l'échine du praticien. Si bien que l'odeur était supportable. L'eau glacée et l'air frais avaient retardé la putréfaction. C'était pour le mieux, car s'il encaissait les pires spectacles, il lui fallait résister au haut-le-cœur que provoquait encore chez lui la puanteur des corps en décomposition.

Une jeune femme en surtout vert fit son apparition.

— À moi de jouer, Winnie ? fit-elle.

— Je vais laisser mon assistante s'occuper du peaufinage, dit Winstead par-dessus son épaule. Elle adore ça, pas vrai, ma petite Heather ?...

Il décocha un sourire à son assistante.

— Ça comble son sens esthétique.

Il retira ses gants, les jeta dans une corbeille et se savonna les mains dans le lavabo.

Heather lui lança une œillade indulgente.

— C'est de la pure jalousie, chuchota-t-elle à Kincaid, parce que je fais ça beaucoup mieux que lui...

Elle enfila une paire de gants.

— ... Quand j'en aurai fini avec ce monsieur, sa propre mère serait fière de lui. N'est-ce pas, Winnie ?

Par bonheur, la mère de Connor Swann n'était plus là pour admirer la compétence artistique de la jeune Heather. Kincaid pensa à Julia : son mépris des usages irait-il jusqu'à ne pas venir à la morgue, ni assister aux obsèques ?

En raccompagnant Kincaid à la porte, Winstead ronchonna :

— Elle n'a pas entièrement tort. Je fais le travail, un point c'est tout, mais elle, c'est une perfectionniste et puis elle a une bien meilleure main que moi.

Il guida le commissaire le long des corridors et s'arrêta devant un distributeur de boissons.

— Noir ? questionna-t-il.

Manœuvrant divers boutons avec virtuosité, il se procura deux gobelets de café. Il en offrit un à Kincaid qui, dès qu'il y eut porté les lèvres, le trouva aussi infect que son équivalent à Scotland Yard. Ils entrèrent dans le cabinet de Winstead. Le policier hésita sur le seuil en découvrant le crâne humain qui agrémentait le bureau du praticien. Sur la partie faciale étaient épinglés de petits cylindres de gomme de tailles différentes, chacun pourvu, à son extrémité, d'un numéro inscrit à l'encre noire.

— Culte vaudou ou art contemporain, docteur ?

— Non, seulement une technique de reconstitution du visage que m'a prêtée un copain anthropologiste. Au départ, on détermine le sexe et l'appartenance raciale en fonction de certaines mesures du crâne, puis on pose les marques d'épaisseur selon les données statistiques. Ensuite on y fait adhérer de la terre glaise de l'épaisseur indiquée par les marques et, simple comme bonjour, on a le visage correspondant. Très efficace, même si, à ce stade, ça ressemble plutôt à un accessoire de *La Nuit des morts-vivants*. Notre amie Heather s'intéresse énormément à la sculpture médico-légale ; avec son doigté, elle pourrait bien devenir un crack dans ce domaine et...

Il fallait couper court aux digressions de Winstead concernant les mérites de sa jolie assistante.

— Dites-moi, docteur, l'interrompit Kincaid pendant qu'ils prenaient place dans des fauteuils de cuir râpé, est-ce que Connor Swann s'est noyé ?

Winstead fronça les sourcils (une mimique qui, loin de le faire paraître redoutable, le rendait encore plus désopilant) avant d'aborder le sujet.

— Pas facile à dire, ça, monsieur le superintendant. Mais vous connaissez le problème, j'en suis convaincu. Vous savez qu'il est impossible de diagnostiquer avec une certitude absolue un décès par noyade. On ne peut procéder que par élimination.

— Mais vous pouvez toujours constater s'il a de l'eau dans les poumons...

— Attendez... J'allais préciser que l'eau dans les poumons ne veut pas dire grand-chose en soi. Je peux formuler des hypothèses, sans preuves scientifiques...

Winstead se tut, le temps d'avaler un peu de café, puis fit la grimace.

— ... Pouah ! Je suis un incorrigible optimiste, j'espère toujours que ce liquide sera buvable un jour... Enfin, où en étais-je ?

Décidément, il se paie ma tête, se dit Kincaid. Il fallait s'y résigner s'il voulait tirer un quelconque résultat de l'entretien. Aussi se contenta-t-il de répondre :

— Vous parliez de ce qui ne *pouvait* être prouvé.

— Oui, les blessures par armes à feu, à l'arme blanche ou avec objets contondants, là, pas de problème pour déterminer les causes du décès. Tandis qu'un cas comme celui-ci, c'est un puzzle et moi, j'adore les puzzles...

Le médecin légiste jubilait, au point que Kincaid s'attendait à le voir se frotter les mains d'enthousiasme.

— ... Nous disposons de deux indices qui contredisent la thèse de la noyade, poursuivit Winstead en dressant deux doigts pour appuyer sa démonstration, et qui sont : *primo,* que nous n'avons trouvé aucun corps étranger dans les poumons, ni sable, ni de mignonnes petites algues bien gluantes de vase. En général, si on avale des quantités d'eau en se noyant, il est fatal qu'on absorbe quelques matières indésirables...

Il replia un doigt et brandit l'autre vers Kincaid.

— ... *Secundo,* la rigidité cadavérique a été différée. J'admets que la basse température de l'eau a pu jouer un rôle dans ce retard, mais dans les cas de noyade « civilisée », je veux dire directe, la victime se débat frénétiquement, réduisant ainsi le taux d'A.T.P. dans les tissus musculaires et une telle carence accélère notablement la rigidité cadavérique.

— Oui, mais s'il y a eu violence avant la chute dans l'eau ? On a relevé des traces suspectes sur son cou. Il avait peut-être perdu connaissance avant de tomber, ou bien il était déjà mort ?

— Il est vrai que nous disposons d'indices prouvant qu'il est mort plusieurs heures avant la découverte du corps, concéda le médecin légiste. L'estomac contenait des aliments partiellement digérés si bien que, à moins que feu M. Swann n'ait soupé très, très tard, je fixerais l'heure du décès à minuit, à quelques minutes près, la différence est minime. D'ailleurs, dès que nous aurons les résultats des analyses au labo, nous serons en mesure de déterminer l'heure du dernier repas.

— Et les contusions ?

Winstead leva la main, la paume en avant, comme un agent de la circulation.

— Monsieur le superintendant, on peut avancer une autre hypothèse : ce que nous appelons la noyade sèche. Auquel cas, M. Swann serait tombé dans l'eau vivant. La gorge se serait contractée au premier contact avec le liquide, bloquant ainsi les voies respiratoires et l'eau n'aurait pu pénétrer dans les poumons. Impossible à prouver, car ce spasme laryngien disparaît après la mort. Mais cela expliquerait l'absence de matières étrangères dans les poumons.

— Qu'est-ce qui cause une noyade sèche ?

Kincaid ne perdait pas patience : il fallait laisser Winnie s'amuser un peu.

— Ah ! c'est un des petits mystères de la nature. Disons, pour faire simple, l'effet de la commotion...

Le praticien absorba encore un peu de son café, désappointé que le goût ne s'en fût pas amélioré depuis la précédente gorgée.

— ... Quant à ces traces au cou, dont vous faites toute une histoire, elles ne prouvent rien du tout non plus, je regrette de le dire. Il y avait bien des contusions externes... Vous êtes allé à la morgue, c'est ça ?...

Voyant Kincaid opiner, il reprit :

— ... Donc, vous les avez remarquées. Toutefois,

nous n'avons constaté aucune lésion interne correspondante, aucune compression anormale des protubérances hyoïdiennes, ni aucune contraction sur le visage ou sur le cou.

— Pas de taches sur les yeux ?

Le médecin légiste rayonnait :

— Exactement : aucune pétéchie. Cependant, on peut admettre que quelqu'un lui ait comprimé les artères carotides, accidentellement ou à dessein, assez fort pour lui faire perdre conscience, puis l'ait poussé dans le fleuve.

— Une femme en serait-elle physiquement capable ?

— Oh, tout à fait. Seulement, on aurait constaté autre chose que de simples contusions : des éraflures d'ongles, de petites abrasions, que sais-je ? Or, rien de tout cela sur notre homme, il était nickel. Et en plus, je ne crois pas qu'une femme aurait pu se livrer à cette opération sans dommage pour ses propres mains.

Il fallut quelques secondes au policier pour assimiler la démonstration. Puis :

— En résumé, fit-il, en tendant deux doigts, les autres repliés, vous me dites que, *a,* vous ne savez pas de quoi notre client est mort et que, si vous n'avez pas pu déterminer *la cause du décès,* je dois en déduire que, *b,* vous ne vous risquerez pas à en indiquer *le processus.* Je ne me trompe pas ?

— La plupart des noyades sont accidentelles et presque toujours causées par l'imprégnation éthylique. Nous n'aurons pas connaissance de son taux d'alcoolémie avant le rapport du labo, mais je suis prêt à parier qu'il était assez élevé. Néanmoins...

À nouveau, une paume levée d'agent de la circulation, de peur d'être interrompu.

— ... Néanmoins, si vous voulez mon avis officieux...

Et d'avaler encore un peu de café — il y avait déjà un moment que Kincaid s'était discrètement débarrassé de son gobelet, dissimulé par le fatras qui régnait sur le bureau du médecin.

— ... Fondé sur mon expérience personnelle. Selon moi, le cas type, c'est un bonhomme à une partie de pêche avec des copains, il tombe à l'eau, tout le monde a trop picolé et ils sont incapables de le ramener à la surface. Les témoignages concordent, rideau ! Alors que dans votre affaire...

Les yeux en boutons de bottine, brillant d'intelligence, se posèrent sur Kincaid.

— ... Je dirais qu'il y a un peu trop de questions en l'air. Aucun indice de suicide ?

Le policier secoua la tête.

— Aucun.

— Dans ces conditions, je suppose qu'on l'a balancé à la flotte, d'une manière ou d'une autre. Malheureusement, pour arriver à le prouver, ce sera une autre paire de manches.

Son visage s'épanouit, comme après un commentaire flatteur.

— Et pour l'heure du décès ? s'enquit encore le policier.

— À un moment donné entre la dernière fois où il a été vu et le moment où on a retrouvé le cadavre...

Winstead gloussa, enchanté de son humour.

— ... Instinctivement, je la situerais aux alentours de minuit, peut-être une heure.

— Eh bien, il ne me reste qu'à vous remercier...

Kincaid se leva et tendit la main.

— ... Vous avez été... euh... très coopératif.

— Ravi de vous rendre service...

Winstead serra la main de Kincaid et sourit, plus Winnie l'Ourson que nature.

— ... Vous aurez notre rapport dès que les analyses du labo nous parviendront. Vous saurez retrouver votre chemin ? Oui ? Eh bien, au revoir.

En quittant la pièce, Kincaid lança un regard derrière lui, vers le légiste qui le saluait d'un geste. Il eut alors l'impression que le crâne d'anthropologie s'était posé par miracle sur les formes dodues de Winstead, et que le rictus s'était transformé en silencieuse hilarité.

En sortant de l'hôpital, Kincaid se dit qu'il n'était guère plus avancé. Dans son esprit l'hypothèse d'un meurtre s'était muée en certitude, bien qu'il n'en eût aucune preuve tangible. Ni mobiles, ni suspects vraisemblables.

Une fois devant sa voiture, il consulta sa montre et hésita. Lorsque Gemma en aurait terminé avec Thomas Godwin, elle irait s'attaquer à Dame Caroline. Pendant qu'elle se chargeait de décortiquer le milieu de Badger's End, le mieux serait de se concentrer sur Connor lui-même. Après tout, sa personnalité était la clé de tout et, tant que Kincaid n'aurait pas acquis de certitudes à son sujet, aucune des pièces du puzzle ne tomberait en place.

Le moment était venu de fouiner dans cette partie de la vie du mort qui n'avait rien à voir avec les Asherton. Il téléphona pour se procurer l'adresse de Gillock, Blackwell & Frye et prit la route du sud, vers Maidenhead et Reading.

Jamais il n'entrait dans Reading sans songer à Vic. C'est là qu'elle avait grandi et qu'elle était allée à l'école. En arrivant du nord, il fit un détour rapide par la rue où avaient vécu ses parents. Le quartier s'enorgueillissait de pavillons jumelés confortables, pourvus de pelouses soignées, ornées çà et là de nains de jardin vigilants derrière des haies bien taillées. Il avait toujours trouvé cette banlieue abominable, et son jugement ne s'était pas adouci avec le temps.

Il se gara en laissant tourner le moteur et examina la maison. Elle était tellement identique au souvenir qu'il en avait qu'il se demanda si elle n'avait pas été frappée d'un sortilège, alors que les années passaient, que lui-même changeait et vieillissait. C'était la maison telle qu'il l'avait vue la première fois que Vic l'avait invité à faire la connaissance de ses parents, rigoureusement la même, y compris l'éclat impitoyable de la plaque de cuivre sur la boîte aux lettres. Les parents de Vic l'avaient toisé avec un dédain poli. Visiblement pantois qu'une jeune fille aussi jolie et aussi cultivée se fût éprise d'un policier ! Et lui-même s'était senti vaguement gêné en songeant à sa propre famille, rien moins que conventionnelle : ses parents avaient en effet beaucoup plus de goût pour les livres et les idées abstraites que pour les biens de ce monde ; il avait passé son enfance dans leur grande baraque du Cheshire, si éloignée de l'univers clair et bienséant de sa belle-famille.

Il enclencha la première, embraya et entendit le toussotement fraternel du moteur. Vic avait-elle eu la main plus heureuse au second essai ? En tout cas, il s'était lui-même libéré de tout cela. Il se sentait soulagé à cette pensée, le fil était définitivement tranché.

Les rues de Reading étaient aussi encombrées qu'à son dernier passage. Bloqué dans la queue à l'accès du parking central, il pianotait sur son volant en se remémorant son ancienne répulsion. Cette ville n'associait-elle pas les pires défauts de l'architecture moderne à l'urbanisme le plus consternant ? De quoi se mettre en rage.

Lorsqu'il eut trouvé une place de stationnement, il lui fut facile de dénicher l'immeuble de bureaux où était installée l'agence de publicité. Une jolie hôtesse l'accueillit avec le sourire quand il entra, au troisième étage.

— Que puis-je faire pour vous ? gazouilla-t-elle, avec un rien de curiosité dans le timbre.

Elle devait essayer de le situer : ce n'était ni un client habituel, ni l'un des fournisseurs, ni, en l'absence de toute mallette ou coffret d'échantillonnage, un V.R.P. Il en profita pour la taquiner. Ses cheveux noirs coupés court et son visage un peu poupin avaient le charme de l'innocence.

— Pas mal comme décor, énonça-t-il en parcourant lentement du regard l'antichambre : meubles à tubulures, éclairage étudié, reproductions d'affiches Art déco admirablement encadrées placées avec goût.

Ce qui signifiait, en conclut-il, des moyens limités judicieusement utilisés.

— Oui, merci monsieur. Vous vouliez voir quelqu'un ? s'enquit-elle d'un ton un peu plus sévère.

Il tira son porte-cartes, l'ouvrit et montra sa plaque.

— Superintendant Duncan Kincaid, Scotland Yard. Je souhaiterais parler à quelqu'un au sujet de Connor Swann.

— Oh..., s'exclama-t-elle.

Elle compara une seconde son visage à la photo d'identité, puis le fixa à nouveau, les yeux voilés de larmes.

— C'est tellement affreux, n'est-ce pas ? Nous ne l'avons appris que ce matin...

— Ah bon. Comment avez-vous su ? demanda-t-il en repliant tranquillement son porte-cartes.

Elle renifla.

— Par son beau-père, sir Gerald Asherton. Il a téléphoné à John... M. Frye et...

Une porte s'ouvrit alors derrière son bureau et on vit apparaître un homme en costume gris.

— Melissa, ma petite, je vais...

Il ajustait sa cravate en parlant. Il s'arrêta net en voyant Kincaid.

— Voilà M. Frye..., annonça-t-elle au policier.

Puis se tournant vers son patron :

— Monsieur vient de Scotland Yard, c'est au sujet de Connor.

— De Scotland Yard ? Au sujet de Connor ? bredouilla Frye.

Son bref désarroi donna à Kincaid l'occasion de l'étudier. L'homme devait avoir le même âge que lui. Pas très grand, brun et déjà affligé du léger excès d'embonpoint qui caractérise les emplois sédentaires bien rémunérés.

Kincaid se présenta à nouveau. Frye se ressaisit et lui serra la main.

— Qu'est-ce que je peux faire pour vous, monsieur le superintendant ? Moi je croyais... À ce que m'a dit sir Gerald, enfin, je ne m'attendais pas à...

Kincaid se composa un sourire désarmant.

— Je voudrais simplement avoir des précisions sur les activités de M. Swann chez vous.

Frye parut se détendre un peu.

— Eh bien, je descendais au pub avaler quelque chose et, tout de suite après, j'ai rendez-vous avec un client. Alors le mieux serait que nous causions en mangeant un morceau.

— Ça me va.

Kincaid se rendit soudain compte qu'il avait une faim de loup. Fréquemment un effet secondaire de tout ce qui touche aux autopsies. Hélas, qu'espérer d'un pub de Reading pour la gastronomie ?

En route vers l'établissement, le policier lorgna son commensal. Costume gris anthracite trois pièces de bonne coupe — sauf que le gilet le sanglait un peu trop ; sur le menton, l'ombre de barbe de la mi-journée ; les cheveux lissés en arrière dans le style yuppie dernier cri. En progressant aux côtés du jeune loup

180

de la publicité locale, Kincaid renifla l'effluve d'un after-shave musqué et cela lui rappela que Connor lui-même avait toujours veillé à son apparence : après tout, la pub n'était-elle pas un métier où compte beaucoup l'image ?

Ils bavardèrent à bâtons rompus jusqu'à leur arrivée à destination. L'humeur de Kincaid s'améliora considérablement lorsqu'ils entrèrent au *Cerf blanc*. L'établissement était propre et lumineux ; le menu du jour, passablement varié, était inscrit à la craie sur une ardoise ; les tables étaient occupées par d'autres évadés des bureaux alentour qui déjeunaient en devisant gaiement. Kincaid, affamé, choisit le carrelet garni frites et salade.

— Que voulez-vous boire ? demanda-t-il à Frye.

Ce dernier fit la moue.

— Citronnade, hélas ! Je suis au régime. J'adore la bière, mais ça me fait prendre du bide.

Il se tapota l'abdomen.

Au bar, Kincaid acheta une citronnade pour le publicitaire et un « sérieux » de bière pour lui-même, sans remords aucun. Ils transportèrent leurs consommations jusqu'à une petite table près de la baie donnant sur la rue.

— Oui, j'aurais bien aimé que vous me parliez de Connor Swann, dit le policier en s'asseyant. Il y a combien de temps qu'il était chez vous ?

— À peine plus d'un an. Nous avions besoin d'un bon démarcheur, Gordon et moi, parce que nous ne savions pas y faire et que notre développement le justifiait...

— Gordon est votre associé ? interrompit Kincaid. Mais vous êtes trois dans l'affaire.

Il goûta à la bière et essuya la mousse sur ses lèvres du bout de la langue.

— Excusez-moi, mais il vaudrait mieux que je commence par le commencement...

Frye contempla la chope d'un air morose, poussa un soupir et reprit :

— ... Moi, c'est *Frye*, vous le savez déjà, Gordon, c'est *Gillock* ; mais il n'y a pas de *Blackwell*. Quand nous avons fondé notre affaire, il y a trois ans, nous avons trouvé que *Gillock & Frye*, ça avait un côté friture de poisson, alors...

Il eut un sourire embarrassé.

— ... Alors, nous avons inventé *Blackwell*, ce qui faisait nettement plus chic. Bref, moi, je suis chargé de la création, Gordon négocie les espaces publicitaires et supervise la production, si bien que nous étions un peu débordés. Là-dessus, un ami nous a appris que Connor aurait volontiers accepté un emploi de responsable de budget et ça nous convenait.

La serveuse qui apporta leurs commandes était une blonde sculpturale, une espèce de walkyrie en jeans et pull. Elle les gratifia d'un sourire rayonnant avant de fendre à nouveau la cohue.

— Elle s'appelle Marian, expliqua Frye, mais on l'a surnommée « la Fée des neiges ». Tout le monde est fou d'elle et ça la branche.

Kincaid, après un coup d'œil à la salade mixte de son commensal, attaqua son poisson fumant et ses frites dorées à souhait.

— Je n'ai pas droit aux pommes de terre non plus, gémit Frye, comme obnubilé par le plat qu'avait choisi Kincaid. Pour en revenir à Marian, elle est plutôt chaleureuse, mais elle n'accorde pas facilement ses faveurs. Le pauvre Connor s'en est rendu compte.

— Il l'a draguée ?

— C'est comme si vous me demandiez s'il fait jour à midi, ironisa Frye en poussant un brin de cresson dans la bouche avec le petit doigt. Bien sûr qu'il l'a draguée : il draguait comme on respire...

182

Il s'interrompit, consterné par ce qu'il venait de déclarer.

— ... Mon Dieu, c'était pas la chose à dire, désolé. C'est seulement que je ne m'y suis pas encore fait.

Kincaid pressa un peu de citron sur son succulent carrelet.

— Vous l'aimiez bien ? Je veux dire, personnellement ?

L'autre parut songeur.

— Oui, d'une certaine manière, mais ce n'est pas si simple. Au début, comme je vous ai dit, nous étions enchantés de l'avoir chez nous. C'est vrai que nous nous demandions pourquoi il avait quitté l'une des meilleures agences de Londres pour s'enterrer ici. Il nous a raconté qu'il avait des difficultés familiales, qu'il voulait se rapprocher de chez lui, qu'il en avait assez de la corrida de Londres, tout ça...

Il mâchonna une autre feuille de salade. Kincaid se demanda si son expression consternée s'expliquait par le contenu de son assiette ou ses sentiments envers feu Swann. Il crut bon de l'encourager à poursuivre :

— Et ?...

— Nous avons eu la naïveté de le prendre au mot. Il est vrai que Connor pouvait se montrer délicieux — et pas seulement avec les dames. En effet, les hommes l'aimaient bien aussi, ce qui faisait de lui un vendeur-né.

— Il était bon dans son travail ?

— Oh oui, vraiment. Quand il le voulait. C'était bien le problème : plein d'enthousiasme au début, des projets, des idées dans tous les sens, et nous avons marché à fond...

Une pause.

— ... En y repensant, je me dis que c'était un peu délirant. Mais tel n'était pas du tout mon avis à l'époque.

— Attendez, revenons à ce que vous disiez, articula le policier, en levant sa fourchette chargée de frites. Vous parliez de votre naïveté d'avoir cru aux raisons de Connor de venir travailler chez vous. Vous auriez découvert qu'elles étaient fausses ?

— Disons qu'il avait laissé pas mal de choses de côté, marmonna Frye. Quelques mois plus tard, nous avons appris des détails par le téléphone arabe...

Il fronça les sourcils.

— Sa femme ne vous a pas raconté ? Vous lui avez parlé, n'est-ce pas ?

— Qu'est-ce qu'elle aurait pu me raconter ?

Kincaid essaya de faire coïncider l'image de Julia avec ce terme, anonyme en soi. *Sa femme.*

Frye rassembla des miettes de jambon et de carottes râpées au centre de son assiette.

— L'agence de Connor avait le contrat de la pub de l'Opéra National d'Angleterre et c'est comme ça qu'ils ont fait sa connaissance, sans doute à un cocktail où elle était avec ses parents. Alors, quand elle l'a plaqué, il a eu...

Frye, l'air gêné, contempla ses aliments, les tritura en tous sens avant de poursuivre :

— ... Ce qu'on pourrait appeler un choc émotionnel. En fait, il est devenu dingue... il se mettait à chialer devant les clients, ce genre de trucs. L'agence a fait comme si de rien n'était, je suppose que personne ne voulait prendre le risque de vexer les Asherton en virant leur gendre.

Tout le monde avait été vraiment trop poli, songea Kincaid. Ou était-ce une épidémie de mansuétude ?

— Ses anciens employeurs lui avaient donné une lettre de recommandation ?

— Nous ne l'aurions jamais engagé sans ça, repartit Frye fraîchement.

— Quand les choses ont-elles commencé à se gâter ?

Une nuance de culpabilité remplaça la gêne sur les traits de Frye.

— Attention, ça n'a pas été une catastrophe non plus, je ne voudrais pas vous donner cette impression...

— Vous n'avez rien fait de tel, le rassura Kincaid.

Il voulait éviter la phrase classique : « Ne disons pas de mal des morts. »

— Non, ça s'est produit petit à petit. Il ne venait pas aux rendez-vous avec les clients, toujours avec d'excellentes excuses naturellement, mais, à la longue, ses excuses ne tenaient plus debout. Il prenait des engagements que nous ne pouvions pas tenir...

Il secouait la tête d'un air navré.

— ... Un cauchemar pour un responsable de la création. Et puis tous les nouveaux contrats qu'il allait nous amener, toutes ses relations brillantes...

— Étaient du vent, c'est ça ?

— Eh bien oui, murmura Frye, manifestement peiné.

Le policier écarta son assiette vide.

— Dans ces conditions, pourquoi l'avoir gardé chez vous ? À vous entendre, monsieur Frye, il était devenu un poids mort plutôt qu'autre chose.

— Appelez-moi John, je vous en prie...

Il se pencha et sur le ton de la confidence :

— ... Le plus drôle, c'est qu'il y a deux ou trois mois, nous nous étions décidés à le vider, mais les choses ont commencé à s'arranger. Rien de transcendant, mais il est devenu un peu plus sérieux, il s'est intéressé à son job.

— Pourquoi ça ? Vous avez une idée ? questionna le policier en pensant à Sharon Doyle et à sa petite fille.

Frye haussa les épaules.

— Pas la moindre idée.

— Il avait une petite amie ?

185

— Dites plutôt *des* petites amies, corrigea Frye, non sans emphase. Au pluriel !

Puis, avec la résignation d'un homme à la vie conjugale exemplaire :

— Quand ma femme a fait sa connaissance, je n'osais même plus prendre un verre avec lui après le boulot, elle était persuadée qu'il allait m'entraîner dans des orgies...

Il eut un faible sourire.

— ... Heureusement — ou malheureusement, selon le point de vue — je n'ai jamais eu les dons de séducteur de Connor.

La foule du déjeuner était maintenant plus clairsemée. Marian, moins occupée derrière le comptoir, vint ramasser leurs assiettes.

— Autre chose, les hommes ? Un dessert ? Il nous reste un gâteau super...

— Ne me torture pas, je t'en supplie, pleurnicha le publicitaire au régime, en se mettant les mains devant les yeux.

Marian s'empara de l'assiette de Kincaid et lui fit un clin d'œil aguichant. Il faillit s'esclaffer, après ce que lui en avait dit son commensal. Mme Frye n'aurait pas dû s'inquiéter de l'influence éventuelle de Connor : son mari était vraiment peu entreprenant avec les dames. Ceci l'amena à songer à des faiblesses d'un tout autre ordre dont on n'avait pas encore parlé.

— Vous étiez au courant des dettes de jeu de Swann ?

— Des dettes ? s'écria Frye en vidant son reste de citronnade. Je savais qu'il s'intéressait aux courses de chevaux, mais j'ignorais que ça allait aussi loin.

— Vous connaissez un nommé Kenneth Hicks ?

Le publicitaire plissa le front, puis secoua la tête.

— Ça ne me dit rien.

Kincaid allait se lever lorsqu'une autre question surgit dans son esprit.

— John, vous avez eu l'occasion de rencontrer Julia, la femme de Connor ?

La réaction de Frye le surprit : l'homme s'éclaircit la voix en regardant Kincaid d'un air anxieux.

— Eh bien, euh, je ne peux pas dire que je l'ai rencontrée, au sens propre...

Où voulait-il en venir ?

— ... Non, enfin, j'ai voulu la voir et je l'ai vue.

Soumis au regard dubitatif du policier, il rougit et balbutia :

— Et merde ! Vous allez me prendre pour un débile. J'en avais tellement entendu sur son compte, alors ça m'intriguait. J'ai vu l'annonce de son expo à Henley dans le journal et...

— Vous êtes allé au vernissage ?

— Ma femme passait la soirée chez sa mère et je me suis dit, euh, après tout, il n'y a pas de mal à ça.

— Non, en effet, s'étonna Kincaid.

— Il faut dire que j'ai voulu être peintre autrefois. C'était la raison pour laquelle j'ai fait les Beaux-Arts. Mais ma femme a trouvé que ce n'était pas sérieux, avec deux enfants à élever, tout ça...

— Et puis il y a les tentations du milieu ?

— Exactement...

Il ébaucha un sourire contrit.

— ... Elle n'est pas toujours facile à vivre et elle a la trouille que je foute le camp en les laissant crever de faim pour peu que quelqu'un me colle un pinceau dans la main.

— Alors, que s'est-il passé au vernissage ? Vous avez fait la connaissance de Julia ?

Frye parut rêveur.

— Elle vaut le détour, n'est-ce pas ? Et puis, il y a sa peinture. Moi, si je peignais comme ça, je ne passerais pas mon temps à dessiner des réclames pour

« White-Accessoires Plomberie » et « Le Paradis du Tapis »...

Il parut s'apitoyer sur son sort.

— ... Malheureusement, ce n'est pas le cas...

Son regard se fixa derechef sur Kincaid.

— ... Toujours est-il que je n'ai même pas pu me présenter. Ce n'est pas faute d'avoir essayé. J'avais bu un gobelet d'un mousseux dégueulasse, enfin ce qui n'avait pas coulé sur ma chemise dans la bousculade, je me suis faufilé à travers la foule, mais trop tard, elle était sortie en douce.

— Vous ne l'avez pas suivie ?

— Je me suis frayé un chemin jusqu'à la porte, j'espérais au moins pouvoir la saluer avant de repartir.

— Et alors ? insista le policier, impatienté.

— Elle avait disparu.

9

Les rameaux des arbres, se rejoignant au-dessus du chemin, formaient une voûte de plus en plus dense.

— Mais qu'est-ce qui me prend ! ronchonna Gemma en soufflant sur une touffe de cheveux qui lui chatouillait le nez.

Les syllabes semblèrent faire écho à l'intérieur de la voiture, puis le silence se rétablit, sauf de-ci, de-là, les grincements de brindilles et de ramilles, jaillissant de la haie vive pour effleurer les portières. On eût dit des ongles grattant une ardoise, pensa-t-elle. On était vraiment à des années-lumière de Londres, des manières raffinées de Thomas Godwin. Elle aurait dû insister pour assister à l'autopsie en compagnie de Kincaid ; celui-ci avait laissé un message au Yard, résumant les résultats peu concluants de l'opération.

Elle débraya pour passer en seconde avant d'aborder le raidillon. Kincaid était avec elle, la première fois qu'elle avait emprunté cet itinéraire ; maintenant, isolée, elle éprouvait une espèce de claustrophobie. Mon Dieu, que c'est bête, vraiment bête ! se reprochait-elle. Ce n'était jamais qu'un étroit chemin de terre et son appréhension était celle de tout Londonien digne de ce nom, seul en pleine campagne.

Elle se sentit rassurée lorsque apparut l'embranchement menant à Badger's End. Elle se gara dans la clairière devant la demeure, descendit de la voiture et resta un instant à respirer l'air frisquet, imprégné des odeurs de feuilles mortes que prodiguait l'automne.

Pas un bruit, à part la vibration mystérieuse que Kincaid et elle avaient perçue à leur première visite ensemble. Elle leva les yeux, mais ne distingua pas les lignes à haute tension qui eussent tout expliqué : rien qu'un coin de ciel plombé entre les ramures. Ce son provenait-il d'un générateur ou d'un transformateur — ou encore, d'un O.V.N.I. ? Une hypothèse qu'elle essaierait sur le boss !

Elle s'amusait encore de cette idée en sonnant à la porte. Comme la première fois, Vivian Plumley ouvrit, mais cette fois-ci avec le sourire.

— Ah, bonjour inspecteur, dit-elle, entrez, je vous en prie.

— J'aurais aimé m'entretenir avec Dame Caroline, madame Plumley, dit Gemma en s'avançant sur les dalles du vestibule. Si elle est là...

— Elle est bien là, mais elle est en cours.

Gemma entendit un accord de piano, une voix de soprano s'envola, en une mélodie cadencée, qu'interrompirent quelques paroles inintelligibles, puis une autre voix reproduisit le même passage, plus profonde, plus nuancée que la première, une voix au timbre unique : Gemma la reconnut sur-le-champ, à travers la porte du salon.

— C'est elle, c'est Dame Caroline, n'est-ce pas ?

Vivian la dévisagea, intriguée.

— Quelle oreille ! Où donc avez-vous pu l'entendre avant ?

— Oh, comme ça, sur une cassette, dit Gemma d'un ton détaché.

Elle ne tenait pas à révéler sa curiosité.

Mme Plumley consulta sa montre.

— Venez prendre une goutte de thé en attendant : la leçon va bientôt finir.

— Qu'est-ce qu'elles chantent ? demanda Gemma en suivant la gouvernante dans le couloir.

— Rossini, une aria de Rosine dans *Le Barbier de Séville*. En italien, Dieu merci !...

Elle lança un sourire à Gemma derrière elle en ouvrant la porte de la cuisine.

— ... Même si ce n'est pas politiquement correct de dire ça ici.

— À cause de l'idéologie en vigueur à l'O.N.A. ? Rendre les opéras accessibles à tous ?

— Exactement et sir Gerald ne transige pas là-dessus. Moi, je crois que Caro a toujours préféré chanter dans la langue d'origine, mais elle évite d'en parler devant son mari.

Vivian Plumley avait un air entendu : de toute évidence, c'était un débat de longue date dans le clan Asherton.

— Oh ! ça sent bon ici, déclara Gemma en humant profondément.

La cuisine était aussi accueillante, aussi familière qu'à sa première visite : la cuisinière en fonte rouge diffusait une délicieuse chaleur ; deux miches dorées refroidissaient sur une claie.

— Je viens tout juste de sortir le pain du four, dit Vivian.

Elle disposa des tasses et une théière en grès sur un plateau. Une bouilloire en cuivre ronronnait sur la cuisinière.

— Je vois que vous ne vous servez pas de bouilloire électrique ? constata Gemma.

— Non, je passe pour un dinosaure. Je n'ai jamais aimé ces gadgets modernes, grommela Vivian.

Puis, pleine d'attentions pour Gemma, elle suggéra :

— Vous mangerez bien une tranche de pain, il est encore tout chaud. On est presque à l'heure du goûter.

— J'ai pris quelque chose avant de quitter Londres...

Gemma se rappelait sans joie le chausson à la viande, froid et gras, qu'elle avait happé au passage, à la cantine du Yard après sa visite au costumier.

— Mais j'accepte volontiers, merci beaucoup.

Elle s'approcha de la table. Vivian Plumley versait le liquide brûlant dans la théière, coupait des tranches de pain.

— C'est du pain complet ? demanda-t-elle.

— Oui. Vous aimez ?...

La gouvernante semblait ravie.

— ... Oui, c'est une marotte chez moi et ça me rassure, d'une certaine manière. Je pétris la pâte deux fois et ensuite il faut la faire lever trois fois, mais après au four, elle gonfle tout de suite que c'est un rêve !...

Puis, comme se moquant d'elle même :

— ... Toutes ces opérations, ça fait oublier les soucis de l'existence, vous savez.

Les deux femmes prirent place autour de la vénérable table en chêne, couverte d'entailles.

— J'ai passé mon enfance dans une boulangerie, confia Gemma, à Leyton, chez mes parents. Bien entendu, tout était fait à la machine, mais Maman nous laissait facilement mettre les mains à la pâte, littéralement.

— C'est une excellente éducation, approuva Vivian en versant du thé dans les tasses.

Une vapeur aromatique enveloppa le visage de Gemma.

— De l'Earl Grey ? questionna-t-elle.

— Oui, j'espère que vous aimez ça... J'aurais dû vous demander. C'est une habitude, j'en prends toujours l'après-midi.

— C'est parfait, répondit poliment Gemma.

Elle comprenait qu'elle devrait s'y résigner si elle

prenait souvent du thé l'après-midi dans ce genre de milieu. Pas moyen de faire autrement !

Elle dégusta le pain beurré dans un silence religieux, puis, du bout du doigt, recueillit les dernières miettes dans sa petite assiette. Elle reprit :

— Madame Plumley...

— Je vous en prie, ici, tout le monde m'appelle Plummy, corrigea la gouvernante, c'est les enfants qui ont commencé quand ils étaient tout petits et ça m'est resté.

— Très bien, dans ces conditions, je vous appellerai Plummy moi aussi.

Gemma estima que ce diminutif évoquant le plum-pudding fondant, tout le confort d'un autre âge, s'accordait bien avec le personnage. En dépit des vêtements de couleur vive qu'elle arborait ce jour-là, avec cardigan assorti. Gemma remarqua l'alliance que l'autre femme portait à l'annulaire de la main gauche et, instinctivement, palpa le sien, veuf de toute bague.

Elles sirotaient leur breuvage en silence, dans cette atmosphère paisible, presque somnolente. Gemma posa sa question comme en bavardant avec une vieille amie.

— Vous ne trouvez pas étrange que Connor soit resté en si bons termes avec ses beaux-parents après sa séparation d'avec Julia ? Surtout qu'il n'avait pas eu d'enfant d'elle...

— Oui, mais il les avait connus avant de connaître leur fille. À cause de son travail, et ils s'étaient beaucoup liés. Je me rappelle même qu'à l'époque, je pensais qu'il était sous le charme de Caro... Il faut dire qu'elle collectionnait les soupirants, comme on collectionne les papillons.

Comparaison banale s'il en est. Néanmoins, Gemma eut tout à coup la vision d'un insecte transpercé d'une épingle, battant désespérément des ailes.

— Quelle horreur ! geignit-elle en fronçant le nez. Pauvres bestioles...

— Quoi ? Ah, vous voulez dire les papillons. Après tout, ma comparaison était un peu sévère. En tout cas, les hommes tournaient autour d'elle sans relâche et sans espoir. Comme s'ils avaient voulu la protéger, alors qu'en réalité elle se débrouille très bien toute seule. Tout ça m'échappe un peu...

Elle eut un sourire désabusé.

— ... En ce qui me concerne, je ne crois pas avoir jamais inspiré des sentiments pareils !

Gemma songea à Rob. Selon Rob, c'était à elle de veiller sur lui, de pourvoir à tous ses besoins, tant physiques que mentaux, sans jamais se préoccuper d'elle-même.

— Je n'y avais jamais pensé, mais moi non plus, les hommes ne se sont pas bousculés au portillon pour me protéger.

Elle but un peu de thé et poursuivit :

— À propos de Dame Caroline, vous m'avez dit que vous étiez à l'école avec elle. Elle a toujours voulu chanter ?

Plummy s'esclaffa.

— Mais c'était une diva le jour de sa naissance ! À l'école, elle était toujours la vedette, les autres filles la détestaient, mais elle n'y faisait même pas attention, comme si elle avait porté des œillères. Elle savait ce qu'elle voulait et se fichait du reste.

— Sa carrière a débuté très tôt, n'est-ce pas ?

Gemma se souvenait de certaines phrases d'Alison Douglas.

— En partie grâce à Gerald. Il l'a sortie du chœur, l'a poussée à l'avant de la scène et elle avait la force comme l'ambition de relever le défi, mais sans l'expérience évidemment.

Elle arracha un petit morceau à la miche sur la

table devant elle et le mâcha délibérément, comme pour un contrôle de qualité.

— ... C'était juste pour vérifier, ironisa-t-elle.

Elle but une gorgée de thé et reprit :

— ... Vous comprenez, tout ça se passait voici plus de trente ans et il n'y a plus grand monde pour se rappeler ce qu'étaient Gerald et Caro avant de devenir des stars.

Quoique parfaitement attentive, Gemma se laissa aller à imiter l'exemple de Vivian et s'empara d'une autre tranche de pain.

— Et eux, est-ce qu'ils acceptent qu'on s'en souvienne ?

— Je crois même que ça les réconforte, d'une certaine façon.

Et Julia ? s'interrogea Gemma. Comment avait-elle vécu cela ? Comment avait-elle grandi à l'ombre de gens aussi illustres ? Il est si difficile de se libérer de l'influence de ses parents, quels qu'ils soient, et de se créer une personnalité propre. Elle absorba encore un peu de thé avant de demander :

— Et c'est par l'intermédiaire de ses parents que Julia a fait la connaissance de Connor, n'est-ce pas ?

Plummy parut réfléchir, puis :

— Je crois me souvenir que c'était à l'occasion d'une réception de bienfaiteurs de l'O.N.A. À l'époque, Julia consentait encore à assister à des cérémonies de ce genre ; elle commençait à peine à faire son trou comme artiste et elle ne s'était pas dégagée du monde musical de ses parents...

Elle secoua la tête.

— ... Je n'en suis pas revenue au début, parce qu'elle n'avait jamais fréquenté que des intellos ou des peintres, alors que Connor était aux antipodes de tout ça. Même que j'ai tenté d'en discuter avec elle, mais elle n'a rien voulu entendre.

— Et l'avenir a prouvé que vous n'aviez pas tort ?

— Hélas oui, répliqua-t-elle dans un soupir, faisant tourner les dernières gouttes de thé au fond de sa tasse. Et vous ne savez pas à quel point...

Elle n'alla pas plus loin. Gemma posa une autre question :

— Saviez-vous que Connor avait quelqu'un dans sa vie ?

Stupéfaction évidente de la gouvernante :

— Vous voulez dire récemment ? Une femme ?

— Oui, mère d'une petite fille.

— Première nouvelle...

Puis, tout de suite mue par la compassion, un trait de caractère que Gemma avait déjà noté. (*À la différence de Julia,* compléta Gemma pour elle-même. Beaucoup de non-dit dans cet échange, décidément) :

— Oh, la pauvre petite ! Ça a dû être épouvantable pour elle...

Puis :

— Elle est retournée habiter là-bas, vous savez... Julia, je veux dire. J'ai bien essayé de la convaincre que ce n'était pas convenable, si vite après. Mais elle a répliqué que l'appartement était à elle et qu'elle avait le droit d'en faire ce qu'elle voulait.

Gemma songea à l'atelier là-haut, désormais libéré de la présence oppressante de Julia, et elle se sentit inexplicablement soulagée.

— Quand est-elle partie d'ici ?

— Ce matin de bonne heure. L'atelier là-bas lui avait beaucoup manqué et, du reste, je n'ai jamais compris pourquoi elle avait laissé Connor l'utiliser. Mais, une fois qu'elle s'est mis quelque chose dans la tête, elle n'en démord pas !

L'exaspération affectueuse dans la voix de Plummy rappela à Gemma celle de sa propre mère. Sa mère qui ressassait que Gemma était « une cabocharde de naissance, comme toutes les rouquines d'ailleurs » !

— Julia a toujours été aussi butée ?

Vivian la considéra un moment avant de répliquer :

— Non, non, pas toujours...

Elle consulta sa montre.

— ... Vous avez fini votre thé, ma chère ? Parce que Caro doit être disponible maintenant et, comme elle a un autre élève un peu plus tard dans l'après-midi, on va essayer de vous caser entre les deux.

— Caro, c'est l'inspecteur James, annonça-t-elle en introduisant Gemma dans le salon, puis elle s'éclipsa.

Caroline Stowe se tenait debout devant la cheminée, dans la même posture que son mari lors de la première visite, deux jours auparavant. Elle s'avança vers Gemma en tendant la main.

— Heureuse de faire votre connaissance, inspecteur. Que puis-je pour vous ?

Sa main était aussi menue et fraîche que celle d'un enfant.

Gemma regarda involontairement la photographie encadrée, sur le piano. Sans doute le portrait rendait-il compte de la beauté fragile de la chanteuse, mais nullement de sa vitalité.

— C'est seulement pour confirmation des déclarations que vous avez faites à mes collègues du Val-de-Tamise, Dame Caroline.

Dame Caroline fit deux pas vers le canapé.

— Mais asseyez-vous, je vous en prie, invita-t-elle en défripant les coussins.

Elle était vêtue d'un pantalon de drap blanc et d'un grand pull-over bordeaux dont le col roulé mettait en valeur son visage, en savant contraste avec son teint pâle et ses cheveux sombres.

Avant de quitter Londres, Gemma s'était changée chez elle, avec un soin particulier. Or, elle trouvait maintenant que son ensemble vert olive préféré avait l'air d'une tenue camouflage et elle se sentait terriblement gauche. Prenant place sur le canapé, un peu fiévreuse et déboussolée, elle se hâta de parler.

— Madame, j'ai retenu de votre déclaration que vous étiez chez vous jeudi soir. Pourriez-vous me dire ce que vous avez fait ?

— Bien sûr, si cela vous paraît nécessaire, inspecteur, répondit Dame Caroline d'un air de résignation polie. J'ai dîné avec Plummy, je veux dire Vivian Plumley. Ensuite, nous avons regardé la télé — je ne sais plus très bien quoi, je l'avoue. C'est important ?

— Mais non. Et puis ?

— Plummy a préparé du chocolat, il devait être dans les dix heures. On a papoté un peu et puis je suis montée me coucher...

Comme pour s'excuser, elle ajouta :

— ... Une soirée très banale, en somme.

— Vous souvenez-vous de l'heure à laquelle est rentré votre mari ?

— Hélas non. Vous savez, j'ai un sommeil de plomb et nous avons des lits séparés, de sorte qu'il ne me réveille presque jamais après une représentation.

— Et votre fille ? Elle ne vous a pas réveillée quand elle est rentrée à l'aube ? questionna Gemma, lassée du ton condescendant de la soprano.

— Pas le moins du monde. Ma fille est une grande personne, alors elle va et vient à sa guise, sans que j'aie à m'occuper de ses faits et gestes.

Tilt ! s'écria Gemma en elle-même. Elle avait frappé au point sensible. En plein dans le mille.

— Si j'en crois Mme Plumley, votre fille est retournée dans l'appartement où elle avait vécu avec Connor Swann. Ça ne vous a pas semblé un peu tôt, après ce qui vient de se passer ?

Dame Caroline hésita, puis soupira.

— Oui, j'ai trouvé que c'était prématuré, mais mon avis n'a jamais beaucoup influencé Julia. De toute façon, elle ne s'est pas très bien conduite depuis la disparition de Connor.

Elle devait se sentir fatiguée, car elle se passa les mains sur les pommettes, sans tirer sur la peau, remarqua Gemma.

— Dans quel sens ?

Gemma disait cela pour la forme : elle avait déjà cru comprendre que Julia s'était refusée au rôle de la veuve éplorée. Et dans les grandes largeurs même !

Dame Caroline haussa les épaules.

— Il y a des usages, des obligations auxquelles les gens tiennent et Julia les a négligées.

Gemma se demanda si Julia aurait agi de la sorte si elle n'avait pas su que ses parents s'occuperaient de tout. Pourtant, elle ne s'accommodait pas non plus du rôle qu'ils s'attribuaient en toute circonstance et cela illustrait bien la complexité des rapports humains. Les relations de Gemma avec ses propres parents n'étaient-elles pas aussi complexes ? Elle tourna une page de son bloc-notes en repassant les questions dans son esprit.

— Je crois que Connor a déjeuné ici jeudi dernier, n'est-ce pas ?

Caroline Stowe hocha la tête et Gemma continua :

— Avez-vous remarqué quelque chose d'inhabituel dans son comportement ?

La soprano eut un sourire :

— Il a été très amusant, mais, chez lui, ça n'avait rien d'exceptionnel.

— Vous souvenez-vous du sujet de la conversation ?

Dame Caroline sembla peser la question et, en l'observant, Gemma pensa qu'elle n'avait jamais vu de femme froncer le sourcil aussi gracieusement.

— Oh, rien d'extraordinaire, inspecteur, des anecdotes locales, la représentation de la soirée...

— Connor savait-il que votre mari se rendrait à Londres ce soir-là ?

Brève perplexité de Dame Caroline, puis :

— Mais oui, bien sûr.

— Et sauriez-vous pourquoi Connor a été au Coliseum cet après-midi-là ?

— Je n'en ai pas la moindre idée. En tout cas, il ne nous a pas dit qu'il irait à Londres dans l'après-midi... D'après vous, il serait allé au Coliseum ?

— Oui, si j'en crois le registre du gardien. Pourtant, personne ne semble l'avoir vu.

— C'est bizarre, articula Dame Caroline.

Pour la première fois, constatait Gemma, elle était forcée d'improviser.

— Euh, c'est-à-dire qu'en partant, il était un peu paniqué...

— Qu'est-ce qui s'est passé ? coupa Gemma sous l'aiguillon de la curiosité. Vous m'avez pourtant dit qu'il se comportait comme d'habitude ?

— Je n'ai pas dit qu'il était autrement que d'habitude, c'est seulement que Connor était quelqu'un qui ne tenait pas en place. Toujours est-il qu'il nous a priés de l'excuser un instant, pendant que Gerald et moi prenions notre café, il a dit qu'il allait donner un coup de main à Plummy dans la cuisine et nous ne l'avons plus revu. Quelques minutes plus tard, nous avons entendu démarrer sa voiture.

— Alors, vous avez pensé que quelque chose n'allait pas ?

— Oui, nous avons trouvé étrange qu'il ne prenne pas congé.

Gemma feuilleta soigneusement son bloc-notes, puis scruta son interlocutrice.

— Mme Plumley m'a dit qu'elle avait lavé la vaisselle toute seule, qu'elle n'a pas revu Connor après avoir quitté la salle à manger. Est-il possible qu'il soit monté voir Julia et qu'ils se soient chamaillés ?

Dame Caroline croisa ses mains sur le ventre. Elle se contorsionna un peu dans son pull bordeaux, reprit son souffle et répondit :

— Je n'en sais rien, inspecteur. Si tel avait été le cas, je suis persuadée que Julia m'en aurait touché un mot.

Tel n'était pas du tout l'avis de Gemma, d'après ce qu'elle savait de Julia.

— Étiez-vous informée que Connor avait une maîtresse ? Légalement, un concubinage, puisqu'il était toujours marié à Julia.

— Une maîtresse ? Connor ?... murmura la soprano.

Puis, plus bas encore, en regardant le feu dans la cheminée :

— ... Il ne nous l'a jamais dit.

Gemma se souvenait des détails communiqués par Kincaid. Elle lui en fit part :

— Elle se nomme Sharon Doyle et elle a une petite fille de quatre ans. Apparemment, c'était une vraie liaison et il, euh... il la recevait assez fréquemment à l'appartement.

— Avec une petite fille ?

Caroline Stowe soutint le regard de Gemma. Ses yeux foncés s'étaient dilatés et étincelaient dans la pénombre.

L'après-midi tirait à sa fin. Les lampes et les flammes dans l'âtre répandaient une douce clarté dans la pièce. Gemma songea aux heures calmes qu'on avait dû passer ici, consacrées à la musique, à la conversation ou à la lecture d'un livre. Jamais un mot plus haut que l'autre dans cette atmosphère sereine.

— Mais si Julia avait su pour Sharon ? Est-ce que ç'aurait été l'occasion d'une scène ? Comment Julia aurait-elle pris qu'il introduise une autre femme dans son appartement ?

Dame Caroline marqua un temps.

— Inspecteur, reprit-elle enfin, Julia, on ne sait jamais comment elle va réagir. Et, de plus, pourquoi cette question ? ajouta-t-elle avec une pointe d'agacement. Vous n'imaginez tout de même pas qu'elle serait pour quelque chose dans la mort de Connor !

— Non, mais nous devons absolument savoir ce qu'il a fait jeudi en fin d'après-midi et le soir. Il a effectué une visite imprévue au théâtre, ensuite, de retour à Henley plus tard dans la soirée, il a vu quelqu'un, mais nous ignorons encore qui.

— Que savez-vous au juste ? dit alors Caroline Stowe en se redressant sur son siège et regardant Gemma droit dans les yeux.

— Hélas, les résultats de l'autopsie ne nous ont pas appris grand-chose. En attendant les analyses du laboratoire médico-légal, nous en sommes réduits à grappiller des renseignements de tous côtés.

— Inspecteur, je pense que vous ne me dites pas tout ce que vous savez, dit la cantatrice sur un ton de taquinerie.

Gemma ne souhaitait pas se laisser entraîner sur ce terrain. Elle se lança sur le premier sujet qui lui vint à l'esprit. Elle avait sous les yeux les tableaux dont Kincaid et Julia lui avaient parlé — *comment donc s'appelait le peintre ? Flynn ? Non, Flint.* Il y avait, chez ces femmes roses aux seins nus voluptueux, une innocence un peu décadente et le satin lustré de leurs robes lui rappela les étoffes qu'elle avait vues au magasin de costumes le matin même.

— À propos, j'ai fait la connaissance d'un vieil ami à vous ce matin, Thomas Godwin.

— Tommy ? Mon Dieu, qu'est-ce qu'il vient faire là-dedans ?

— C'est un homme remarquable, je trouve, dit Gemma, sans lui répondre.

Elle se laissa aller contre le dossier du canapé et remit son bloc-notes dans son sac à main.

— Il m'a beaucoup parlé de vos débuts à tous dans le monde de l'opéra. Quelle expérience formidable ça a dû être !

Le visage de Caroline se radoucit. Elle laissa errer son regard sur les flammes dans la cheminée avant de murmurer :

— Oui, c'était merveilleux, même si, à l'époque, je ne m'en rendais pas compte. Parce que je manquais de repères. J'étais convaincue que ma vie ne serait qu'une suite ininterrompue de bonheurs, que je transformerais en or tout ce que je toucherais...

Son regard revint à Gemma.

— ... C'est toujours la même histoire, n'est-ce pas ? Tôt ou tard, on apprend que ces temps bénis ne durent pas.

Ces mots étaient imprégnés de tant de tristesse que Gemma se sentit elle-même accablée. Et elle devait résister à la tentation de regarder les photographies encadrées sur le piano. Elle n'en avait pas besoin, puisqu'elle avait Caroline devant elle. Et l'image de Matthew Asherton et de son sourire s'était à jamais gravée dans sa mémoire. Elle prit sa respiration avant de lancer :

— Comment avez-vous tenu le coup ?

— Il faut protéger ce qui reste..., articula Dame Caroline, non sans véhémence. Puis, plus gaiement, comme pour dissiper un maléfice :

— Pour en revenir à Tommy, il n'était pas aussi élégant en ce temps-là. Impossible à imaginer quand on le voit maintenant, n'est-ce pas ? Il se débarrassait déjà peu à peu de son passé comme un serpent de sa peau, mais la mue n'était pas accomplie, il lui restait des traces de ses origines.

— Inconcevable ! s'exclama Gemma et les deux femmes éclatèrent de rire.

203

— En tout cas, on ne s'ennuyait jamais avec lui, même à l'époque. Oui, nous nous amusions énormément... et nous étions pleins d'ambition. Gerald, Tommy et moi... nous allions changer la face de l'opéra.

La diva souriait affectueusement.

Comment avez-vous pu renoncer à tout ça ? formula Gemma en elle-même. Puis, à haute voix :

— Vous savez que je vous ai entendue chanter, je me suis procuré la cassette de *La Traviata.* Une pure merveille.

Caroline Stowe croisa les bras et exposa ses pieds menus à la chaleur du feu, avant de répliquer :

— Oui, c'est vrai. J'ai toujours aimé chanter du Verdi, ses héroïnes ont une spiritualité qu'on ne trouve pas chez Puccini et les rôles laissent plus de liberté d'invention. Puccini, il faut l'interpréter à la lettre, sans quoi on sombre dans la vulgarité, ou le pathos. Chez Verdi, on doit découvrir le cœur du personnage.

— Exactement ce que j'ai cru comprendre en entendant votre Violetta, s'exclama Gemma, ravie, parce que Dame Caroline venait de définir ce qu'elle ressentait confusément.

— Connaissez-vous l'histoire de *La Traviata ?*

Comme Gemma faisait signe que non, elle se lança :

— À Paris dans les années 1840, il y avait une jeune courtisane appelée Marie Duplessis. Elle est morte le 2 février 1846, exactement dix-neuf jours après son vingt-deuxième anniversaire. Au cours de sa dernière année d'existence, elle avait eu, entre autres amants, Franz Liszt et Alexandre Dumas *fils,* lequel a écrit une pièce sur sa vie qu'il a appelée *La Dame aux camélias...*

— Et *La Traviata,* c'est l'adaptation par Verdi.

— Oh, mais vous avez bûché le sujet, à ce que je

vois ! ironisa Dame Caroline, en feignant la déception de ne pouvoir poursuivre ses explications.

— Non, en fait, j'ai seulement lu la notice sur la cassette. Et d'ailleurs, j'ignorais que le personnage de Violetta était inspiré de quelqu'un qui avait existé.

— Oui, la pauvre petite Marie est enterrée au cimetière de Montmartre, au pied du Sacré-Cœur, on peut encore voir sa tombe.

Une sonnette retentit dans le couloir devant le salon : Plummy avait prévenu qu'on attendait un autre élève dans l'après-midi.

— Je suis désolée de vous avoir accaparée si long-temps, Dame Caroline...

Gemma mit la courroie de son sac à l'épaule et se leva.

— ... Merci de m'avoir reçue, vous avez été vrai-ment très aimable.

Caroline se leva aussi et tendit de nouveau la main à Gemma.

— Au revoir, inspecteur.

Au moment où Gemma regagnait la porte du salon, celle-ci s'ouvrit et Plummy fit son apparition :

— Caro, Cecily vient d'arriver, annonça-t-elle.

Dans le couloir, Gemma eut l'image fugitive d'une peau mate et d'yeux sombres au sourire timide. Puis Plummy l'accompagna à la porte. La nuit arrivait et Gemma demeura un instant immobile, à respirer l'air frais et humide. Elle secoua la tête, comme pour chas-ser ses pensées. Elle n'y parvint pas : elle venait de s'apercevoir d'une chose agaçante.

Elle avait succombé au charme de la cantatrice.

— Message pour vous, monsieur Kincaid...

C'était Tony qui interpellait gaiement le policier au moment où il entrait au bar du *Chequers*.

— ... Et j'ai fait votre chambre.

205

À croire que ce garçon se chargeait de tout dans cet hôtel, et avec la plus constante bonne humeur.

— Est-ce que M. Makepeace a appelé ?

— Vous l'avez manqué de peu. Vous pouvez utiliser le téléphone de la salle, si vous voulez, précisa-t-il en désignant une petite pièce attenante au bar.

Kincaid appela le poste du Val-de-Tamise et il eut tout de suite Makepeace au bout du fil.

— Allô, monsieur le superintendant, nous sommes sur la piste de votre Kenneth Hicks. Nous avons appris, dans le milieu du turf, qu'il fréquentait un pub de Henley appelé le *Fox & Hounds*, de l'autre côté de la ville dans la direction de Reading.

Kincaid était passé par Henley en revenant de Reading et il allait devoir refaire le même chemin pour y retourner. Il pesta, mais se retint de reprocher à Makepeace de ne pas l'avoir joint sur son portable ou son téléphone de bord : la constante bonne volonté de Makepeace était une aide si précieuse !

— Qu'est-ce qu'on sait de lui ? reprit-il.

— Trois fois rien, un peu de délinquance juvénile. Un chenapan de quatre sous, probable, mais rien de bien sérieux, des bêtises.

— Vous avez une description ?

— Un mètre soixante, soixante-deux, soixante kilos, châtain clair, les yeux bleus, adresse inconnue. Il va falloir que vous alliez boire un coup au *Fox & Hounds*.

Kincaid poussa un soupir résigné.

— Merci, inspecteur.

À la différence du pub où il avait si bien déjeuné à Reading, le bistro en question était en tous points conforme à l'idée défavorable qu'il se faisait toujours de ce genre d'établissement. En cette fin d'après-midi, avant l'affluence, l'activité se concentrait autour de la table de billard au fond. Kincaid préféra attendre dans la salle du bar. Il prit place, dos au mur, devant un guéridon recouvert de plastique sommairement nettoyé. Le policier tranchait par sa tenue correcte — blue-jeans propres et cardigan — sur le reste de la clientèle, plutôt dépenaillée dans l'ensemble. Il avala une gorgée d'ale à la mousse épaisse. Combien de temps lui faudrait-il attendre ?

Il avait déjà vidé la moitié de sa chope lorsque entra un individu correspondant à la description qu'avait fournie Makepeace. Kincaid le vit s'appuyer au comptoir et échanger quelques mots à voix basse avec le barman, puis se faire servir une pinte de bière blonde. Quoique vraisemblablement assez coûteux, ses vêtements lui allaient mal : il était trop maigre, avec un visage allongé et crispé d'enfant sous-alimenté. Le policier l'épia par-dessus sa chope : l'homme parcourut les lieux d'un regard inquiet, puis alla s'asseoir à un guéridon non loin de la porte.

L'attitude nettement parano de ce minable est éloquente en elle-même, se dit Kincaid avec un sourire satisfait. Il absorba encore un peu de bière avant de se lever et d'aller tranquillement à la table du nabot famélique, la chope à la main.

— Ça vous dérange que je me mette là ? demanda-t-il en s'asseyant sur un tabouret.

— Et si ça me dérange ? fit l'autre en se tassant derrière son verre dont il parut se faire un rempart.

Kincaid remarqua que des pellicules parsemaient des cheveux blondasses gras de brillantine.

— Si vous êtes bien Kenneth Hicks, vous n'avez pas de chance parce que c'est justement à vous que je veux parler.

— Ah, oui ? Et si j'ai pas envie de vous causer, moi ? rétorqua l'autre en lançant des regards désemparés vers la droite, puis vers la gauche, mais Kincaid faisait écran.

La lumière grisâtre tombant de la fenêtre soulignait

les défauts du visage de l'aigrefin, un front qui se déplumait, une coupure de rasoir sur le menton.

— Je vous le demande poliment, dit Kincaid en sortant sa plaque de sa poche-revolver et la mettant sous le nez de Hicks. Vous avez vos papiers, s'il vous plaît ?

De la sueur perla au-dessus des lèvres de Hicks qui marmonna :

— Je suis pas obligé. Du harcèlement policier que ça s'appelle.

— Oh non, ce n'est pas du tout du harcèlement, rétorqua posément Kincaid. Mais, si vous y tenez, on va appeler le commissariat d'ici et on ira bavarder avec eux.

Un instant, il crut que l'autre allait se jeter sur lui. Il se campa plus solidement sur son tabouret et banda ses muscles. Mais Hicks posa brutalement sa chope sur le plastique et, sans mot dire, tendit son permis de conduire.

— Domicilié à Clapham, c'est ça ? dit Kincaid après avoir examiné le document.

— Non, c'est chez ma mère, répliqua Hicks d'un ton morne.

— Pourtant vous habitez à Henley, non ?

Kincaid secoua la tête.

— Attention, il va falloir mettre ça à jour, parce que nous voulons savoir où vous retrouver si nous avons besoin de vous...

Prenant son stylo et un petit carnet dans sa poche, il les poussa devant le « particulier ».

— Tenez, vous allez m'écrire votre adresse. Et je vous en prie, faites votre changement de résidence au plus vite, c'est-à-dire demain, ajouta-t-il.

Hicks, de plus en plus maussade, se saisit du stylo.

— Qu'est-ce que ça peut vous foutre ? grommela-t-il en griffonnant sur le bloc-notes.

Il le repoussa vers Kincaid qui tendit la main pour récupérer son stylo et répondit :

— Il faut absolument que je sache où on peut vous joindre, parce que j'enquête sur la mort de Connor Swann et que vous en savez long sur lui. Normal vu l'argent qu'il vous versait tous les mois.

Le policier avala une rasade d'ale et sourit. Le teint cireux de Hicks avait tourné au vert à la seule mention du nom de Swann.

— J'sais pas de quoi que vous causez, parvint-il à couiner.

Kincaid flairait le désarroi chez son interlocuteur.

— Mais si, vous le savez très bien. À ce que j'ai entendu dire, vous encaissez en douce pour un book de la ville et Connor Swann pariait comme un dingue...

— Qui c'est qui vous a raconté ça ? Si c'est sa pouffiasse, je vais m'occuper d'elle...

— Sharon Doyle, tu vas la laisser tranquille..., grommela Kincaid, en changeant carrément de ton.

Il se pencha vers le petit filou :

— ... Et tu as intérêt à ce qu'il ne lui arrive rien, même pas de se casser le petit doigt, autrement tu peux être sûr que je te colle ça sur le paletot. Tu piges, mon vieux ?...

Il attendit que l'autre eût hoché la tête avant de reprendre :

— ... Très bien, je savais que tu pigerais. Bref, comme Mlle Doyle ne m'a rien dit des problèmes pécuniaires de Swann, c'est toi qui vas me mettre au parfum. Voyons, si Connor devait du fric à ton patron, pourquoi est-ce que c'était toi qui encaissais ?

Hicks but une lampée de bière et fouilla dans sa poche pour en extraire un paquet de Benson & Hedges cabossé. Il frotta une allumette arrachée à une pochette portant le nom de l'établissement et parut reprendre courage en aspirant un peu de fumée.

209

— Qu'est-ce que vous racontez ? Vous pouvez pas...

— Même si Connor Swann était quelquefois un peu bordélique, il était très méticuleux pour certaines choses. Par exemple, il consignait le montant de tous les chèques qu'il signait. Ah ! tu ne savais pas ça, mon vieux ? Ça ne te dérange pas que je te tutoie, j'espère...

Le policier semblait se radoucir. Mais, comme l'autre restait coi, il insista :

— ... Enfin voilà, Swann te payait régulièrement de grosses sommes. Et moi, je voudrais bien savoir si elles correspondaient exactement à ce qu'il devait à ton patron...

— Mon patron, il a rien à voir là-dedans... ! s'exclama Hicks en renversant de la bière sur la table.

Il se retourna, craignant d'avoir été entendu, puis se pencha vers le policier.

— ... Mon patron, grinça-t-il, un ton plus bas, vous occupez pas de lui, j'vous dis...

— Qu'est-ce que tu foutais du pognon en excédent ? Tu ne serais pas un peu usurier sur les bords ? Comme par exemple pour couvrir les dettes de jeu de Swann en percevant des intérêts ? Je me demande si ton patron aimerait ça, que tu te fasses du blé sur ses clients.

— On avait un arrangement, Connor et moi. Je lui avançais un peu quand il galérait, comme il aurait fait pour moi. C'est comme ça entre potes.

— Entre potes ? Là, ça change tout. Si c'était un truc entre potes, alors Swann trouvait tout à fait normal que tu te fasses de la thune sur son dos, bien sûr...

Les mains appuyées au rebord de la table, le policier se penchait en avant, à deux doigts d'empoigner son interlocuteur par le col de son blouson et de le secouer comme un prunier.

— ... Tu sais ce que tu es ? Un vampire ! Et avec des potes comme toi, on n'a pas besoin d'ennemis. Bon, moi, je m'en tape, ce que je veux savoir, c'est quand tu as vu Connor Swann pour la dernière fois et que tu me répètes mot pour mot ce que vous vous êtes dit. Moi, ce que je crois, c'est qu'il en avait marre de se faire exploiter. Il a peut-être menacé d'aller affranchir ton patron. C'est pas ça ? Du coup, vous vous êtes empoignés et tu l'as balancé à la flotte. Qu'est-ce que tu en dis, coco ? Ça s'est passé comme ça, oui ou non ?

Le bar se remplissait peu à peu et Hicks fut obligé d'élever la voix pour se faire entendre au-dessus du brouhaha.

— Mais non, rétorqua-t-il, je vous le répète, c'est pas comme ça que ça s'est passé.

— Ça s'est passé comment ? fit Kincaid, radouci. Vas-y, affranchis-moi.

— Ben voilà, un jour Connor avait salement paumé, deux coups de suite, et il avait pas de quoi, alors, comme j'étais en fonds, je l'ai aidé à s'en tirer. Puis c'est devenu une habitude.

— Une sale habitude, comme au poker, et je parierais que Swann en avait ras le bol. Il ne t'avait pas signé de chèques les derniers temps, ça voulait peut-être dire qu'il en avait marre. Hein, mon vieux ?

Du revers de la main, Hicks essuya la sueur au-dessus de ses lèvres.

— C'est pas ça. Il avait parié sur les bons canassons, pour une fois, et i' m'a remboursé tout ce qu'il me devait. Je vous le jure.

— Vachement réconfortant, ça. Des vrais petits boy-scouts ! Et vous vous êtes serré la pince après ça, « sans rancune, copains comme avant » ?...

Kincaid but une gorgée avant de reprendre sur un ton dégagé :

211

— ... Pas mauvaise la bière ici, qu'est-ce que tu en penses ?...

Avant que l'autre ait pu répondre, Kincaid approcha son visage à quelques centimètres du sien.

— ... Même si je croyais à tes salades — ce qui n'est pas le cas, je t'assure — je suis persuadé que tu aurais trouvé un autre moyen de l'escroquer. Dis-moi, Kenneth, tu en savais long sur lui, n'est-ce pas, étant donné vos *relations d'affaires* ? Alors tu aurais facilement trouvé un moyen de le faire chanter, un secret quelconque le concernant ?

Hicks se ratatina.

— J'sais pas où vous voulez en venir..., couinat-il.

Il essuya un peu de salive sur sa lèvre inférieure.

— Pourquoi que vous demandez pas à sa gonzesse ? Elle s'était p't'êt' rendu compte qu'il l'aurait jamais épousée, cette tarée !...

Il eut un sourire qui découvrit des dents jaunies de nicotine, un sourire aussi répugnant que ses moues et ses grimaces.

— ... Et si c'était elle qui l'avait foutu à la flotte ? Vous avez pas pensé à ça, hein, monsieur Je-Sais-Tout ?

— Qu'est-ce qui te fait croire qu'il n'aurait jamais épousé Sharon Doyle ?

— Pourquoi qu'il l'aurait fait ? Il s'était fait piéger, avec en plus une môme, alors tintin pour le mariage !

Hicks ricanait. Il tira une autre cigarette de son paquet et l'alluma avec le mégot de la précédente.

— Tu parles d'une pétasse et qu'arrête pas de rouspéter.

— Ah, tu es un vrai gentleman, toi ! s'exclama Kincaid jovial. Mais enfin, comment sais-tu que Sharon avait espéré le mariage à un moment donné ? Elle te l'a dit ?

— « Et comment qu'on se mariera », qu'elle avait dit. « Alors, rideau pour toi et tes combines, Kenneth Hicks, je m'en occuperai »... Une vraie barge !

— Tu sais, Kenneth, si c'était toi qu'on avait retrouvé dans la Tamise, on n'aurait pas eu à chercher des mobiles bien loin.

— Des mobiles ? Vous pouvez pas me menacer... C'est du... euh...

— Oui, du harcèlement, tu te répètes. Non, je ne te menace pas, c'était juste une remarque...

Kincaid semblait beaucoup s'amuser.

— ... Je suis quand même certain que tu t'intéressais de très près aux affaires de Connor.

— Même qu'i' m'racontait pas mal de trucs quand il avait bu un coup...

Hicks baissa la voix.

— ... Sa femme le tenait par les roubignoles. Elle avait qu'à siffler et i' se pointait la queue entre les jambes. Il avait eu une sacrée engueulade avec cette salope, ce jour-là...

— Quel jour ? articula Kincaid calmement.

La cigarette coincée entre les lèvres, Hicks fixait le policier. L'air d'un rat débusqué par un furet.

— J'en sais rien. Vous pouvez rien prouver contre moi.

— C'était le jour où il est mort qu'il t'a raconté son engueulade ? Où ?

Le regard fuyant, Hicks tira nerveusement sur sa cigarette.

— Allons, Kenneth, accouche ! De toute façon, je le saurai. Je n'ai qu'à poser des questions à tous les charmants messieurs qui sont ici ce soir..., dit Kincaid en désignant le bar. Tu ne trouves pas que ce serait une bonne idée ?

— Et même si j'ai bu un coup ou deux avec lui ? Ça n'a rien d'extraordinaire, vu qu'on faisait ça souvent.

— Je veux savoir où et à quelle heure.

— Ben ici, comme d'habitude. L'heure j'peux pas dire exactement...

Dès qu'il eut remarqué l'expression de Kincaid, il ne tarda pas à préciser :

— ... Quelque chose comme deux heures de l'après-midi.

Donc APRÈS le déjeuner, conclut Kincaid. En venant de Badger's End.

— Et il t'a dit qu'il s'était disputé avec Julia ? À propos de quoi ?

— J'en sais rien. Moi, j'en avais rien à secouer.

Hicks serra si fort les lèvres que le policier modifia l'angle d'attaque.

— De quoi avez-vous parlé ensuite ?

— De rien. On a bu un coup, entre copains, comme qui dirait. C'est pas illégal ça, hein ? maugréa Hicks, de nouveau paranoïaque.

— Tu as revu Connor après ça ?

— Non, pas après qu'il est parti d'ici.

Il tira une dernière bouffée de sa cigarette avant de l'écraser dans le cendrier.

— Où as-tu passé la soirée jeudi, Kenneth ? À partir de huit heures, disons ?

L'autre secoua la tête.

— Ça vous regarde pas. Même que j'en ai ras le bol de vos questions, c'est pas légal, que je dis. J'ai rien fait, alors la poulaille a pas le droit de me pomper l'air comme ça.

Il repoussa sa chope et se recula sur son siège. Il épiait Kincaid de ses yeux trop rapprochés.

Après une brève réflexion, Kincaid renonça à poursuivre.

— Très bien, Kenneth. Si tu le prends comme ça... Mais il faut qu'on puisse te retrouver si on veut bavarder encore un peu.

Hicks fit grincer son tabouret sur le plancher en se

levant. Au moment où il passait devant Kincaid, celui-ci le retint par la manche.

— S'il te prenait la fantaisie de te débiner, mon petit bonhomme, tu aurais mes collègues aux fesses en moins de deux et tu ne pourrais te planquer nulle part, même un avorton comme toi. Compris, mon pote ?

Hicks soupesa ces propos quelques instants, puis hocha la tête. Kincaid sourit et, avant de le laisser s'éloigner :

— Ça ira pour l'instant. À un de ces jours, bon-homme !

Kincaid le vit se dépêcher de sortir dans la rue. Il s'essuya longuement les mains sur la toile de son jeans.

10

Quand la bière est bonne, on la boit jusqu'au bout. Kincaid était même sur le point d'en commander une autre, mais l'ambiance de ce bistro n'incitait guère à s'y prélasser.

Une fois dans la rue, il huma l'air avec curiosité. Il avait déjà remarqué cette odeur en arrivant dans la ville, mais elle était maintenant plus forte. Une odeur à la fois familière et indéfinissable... Comme des tomates en train de cuire, peut-être ? Parvenu devant sa voiture, vierge de graffitis à la bombe et encore ornée de ses enjoliveurs, il resta un instant immobile à renifler, les yeux clos. Du houblon ! C'était cela, naturellement : on était lundi et la brasserie fonctionnait à plein rendement. Le vent avait dû tourner depuis qu'il était entré dans le pub et véhiculait de puissants effluves. Mais ce serait bientôt l'heure de la fin du travail, les magasins allaient fermer, se dit-il en consultant sa montre. L'heure d'affluence à Henley. Ou ce qui en tenait lieu.

Il quitta la ville, pressé de rentrer à l'hôtel et d'inventorier avec Gemma le butin de leur journée. Le panneau indiquant le parking de la gare attira soudain son regard et, sans même y penser, il entra s'y garer. À quelques centaines de mètres à peine de la berge du fleuve. On voyait sur la droite les maisons riveraines, silencieuses dans la pénombre derrière leurs grilles.

Quelque chose le tracassait. Il n'était pas certain de la date du dernier chèque que Connor Swann avait signé en faveur de Kenneth Hicks. En effet, Kincaid avait été interrompu dans ses recherches par l'irruption de Sharon Doyle. Il était résolu à s'introduire de nouveau dans le pavillon, à l'aide de la clé qu'il s'était procurée, pour vérifier les talons du chéquier.

À peine la porte franchie, il eut l'impression que quelque chose avait changé dans le logement. Et d'abord, il y faisait plus chaud : on avait mis le chauffage central en marche. Les chaussures de Connor avaient disparu de dessous la banquette, ainsi que l'amas de vieux journaux sur la table basse. Et surtout, l'air était comme imprégné d'une présence humaine, d'un léger arôme que le policier tenta de définir, réminiscence floue aux marges de l'inconscient. Un bruit à l'étage dissipa soudain ses perplexités.

Il retint son souffle, l'oreille tendue, puis s'approcha de l'escalier sur la pointe des pieds. Un raclement, suivi d'un coup sourd, comme si l'on déplaçait des meubles. Kincaid était sorti peu de minutes après Hicks, mais le petit chenapan avait peut-être eu le temps de venir détruire des indices. Ou était-ce à nouveau Sharon ?

Les deux portes sur le palier du premier étage étaient closes. Avant que Kincaid eût le temps d'approfondir, d'autres bruits se firent entendre au deuxième étage. Il escalada la dernière volée de marches à pas de loup. La porte de l'atelier était entrebâillée, sans pourtant permettre de bien voir à l'intérieur. Il prit sa respiration avant de pousser le battant du poing et de se ruer dans la pièce.

Julia Swann laissa choir les tableaux qu'elle tenait à la main.

— Julia, c'est vous ? Vous pouvez vous vanter de m'avoir fichu une sacrée trouille ! Mais qu'est-ce que vous fabriquez ici ?

Il s'était immobilisé en haletant, encore sous l'effet de la montée d'adrénaline.

— C'est *moi* qui vous ai fait peur ? C'est trop fort !...

Elle le dévisageait, les yeux écarquillés, la main serrée contre la poitrine.

— ... Je viens de vieillir de dix ans à cause de vous, monsieur le superintendant ! Sans parler des dégâts matériels. Regardez-moi ça !...

Elle se baissait pour ramasser les toiles tombées à terre.

— Ce serait plutôt à moi de vous demander ce que vous fabriquez ici.

— Jusqu'à nouvel ordre, cette habitation est de notre ressort. Je suis quand même désolé de vous avoir fait peur, je n'avais pas idée que c'était vous...

Et, se donnant un semblant d'autorité :

— ...Vous auriez dû prévenir la police locale de votre venue.

— C'est trop fort ! Pourquoi devrais-je avertir la police de mes allées et venues dans ma propre maison ?

Elle s'assit sur le bras du fauteuil contre lequel elle avait appuyé ses toiles, et lui jeta un regard de défi.

— Le décès de votre mari fait toujours l'objet d'une enquête, madame Swann, et, si vous voulez bien vous en souvenir, ceci était son dernier domicile.

Il s'approcha d'elle et prit place sur le seul autre élément du mobilier où l'on pouvait s'asseoir, la table à dessin. Dans cette position il avait les pieds à quelques centimètres du sol et il dut croiser les chevilles pour les empêcher d'osciller.

— Tout à l'heure, vous m'avez appelée Julia.

— Vraiment ?...

Alors, ç'avait été involontaire de sa part. À partir de maintenant, ce serait délibéré.

— D'accord, Julia, reprit-il en insistant sur les syllabes. Eh bien, que faites-vous ici ?

— Ça me paraît évident.

Elle fit un geste autour d'elle et le policier examina la pièce. Des peintures, à la fois les études de fleurs et les portraits de plus grandes proportions, avaient été alignées le long des murs ; quelques-unes même avaient été accrochées. On avait dépoussiéré tout l'espace visible et certaines des esquisses et des aquarelles déjà vues à Badger's End s'étalaient sur la table à dessin. On avait placé une volumineuse plante en pot non loin du fauteuil de velours bleu. Certains de ces objets, ainsi que le tapis persan déteint et les livres aux couleurs vives sur les étagères derrière le fauteuil, Kincaid les avait vus figurer sur des tableaux de l'exposition, à la galerie Trevor Simons.

La vie était revenue dans l'atelier. Kincaid identifia enfin l'odeur qui l'avait frappé en bas : c'était celle du parfum de Julia.

Celle-ci s'était laissée glisser dans le fauteuil et, les jambes tendues devant elle, fumait sans rien dire. En la scrutant plus longuement, Kincaid constata qu'elle avait les yeux cernés de fatigue.

— Pourquoi aviez-vous renoncé à cet endroit ? s'étonna-t-il. Je ne me l'explique pas.

Elle l'étudia sans répondre.

— Vous avez l'air différent, sans votre costume de service, dit-elle. Plus gentil, presque humain. J'aimerais bien faire votre portrait...

Elle se leva et vint lui effleurer la mâchoire du bout des doigts, en lui faisant légèrement pivoter la tête.

— ... Je peins rarement des hommes, mais vous, vous avez une tête intéressante, avec une bonne structure osseuse qui prend bien la lumière...

Elle retourna s'asseoir dans son fauteuil et examina attentivement le policier.

Celui-ci sentait encore sur sa peau le contact de ses doigts et il résista à la tentation de se toucher la mâchoire.

— Vous ne m'avez pas répondu ? dit-il.

Elle poussa un soupir et écrasa dans un cendrier en faïence sa cigarette à moitié consumée.

— Je ne sais si je peux expliquer ça.

— Essayez toujours.

— Oui, mais il faudrait que vous sachiez où nous en étions les derniers temps...

Elle caressa distraitement le velours du bras de son fauteuil. Kincaid la scrutait en attendant. Elle leva la tête et croisa son regard.

— ... Il n'arrivait pas à me retenir. Plus il essayait, plus il se sentait frustré. À la fin, il s'est mis à imaginer des choses.

Kincaid s'attacha à la première phrase.

— Qu'entendez-vous par « vous retenir » ?

— Je n'étais jamais à sa disposition, ni quand il le voulait, ni comme il le voulait...

Elle croisa les bras, comme saisie de froid, et se frotta les pouces contre la laine de son chandail.

— ... Vous avez déjà subi ça, monsieur le superintendant, quelqu'un qui ne vous laisse jamais tranquille ?...

Sans lui donner le temps de répondre, elle ajouta :

— ... Je ne vais tout de même pas continuer à vous donner du « Môssieur le Superintendant » long comme le bras, hein ? Vous vous appelez Duncan, je ne me trompe pas ?

Elle avait prononcé son nom avec une touche d'accent écossais, comme pour se moquer.

— Connor s'imaginait des tas de choses. (Elle fit la moue en haussant les épaules.) Que j'aurais eu des amants, des rendez-vous clandestins, ce genre de balivernes, vous comprenez ?

— Et ce n'était pas vrai ?

— Pas à l'époque, non.

Haussant les sourcils, elle lui décocha une œillade presque aguichante, comme par provocation.

— Ainsi, c'était Connor qui était jaloux de vous ?

Elle éclata de rire et ce changement d'expression toucha Kincaid d'une manière inexplicable.

— C'est drôle, vous ne trouvez pas ? Connor Swann, un Casanova de province, qui a peur d'être cocu !

L'embarras du policier devait être flagrant, parce qu'elle sourit à nouveau et dit :

— Vous croyiez que je n'étais pas au courant de ses fredaines ? Il aurait fallu que je sois aveugle et sourde pour ne pas m'en apercevoir...

Sa gaieté s'estompa vite et elle ajouta à voix basse :

— ... De sorte que, plus je prenais du champ, plus Swann tombait de femmes, comme s'il avait voulu me punir. Ou bien, était-ce qu'il cherchait ailleurs ce que je n'étais pas capable de lui procurer ?

Elle laissa errer son regard vers la fenêtre qui devait être maintenant toute noire.

— Vous ne m'avez toujours pas répondu, insista Kincaid.

Elle émergea de sa rêverie.

— Quelle était la question ?... Oh, vous voulez parler de l'appartement, ici ? Oui, en effet, je n'en pouvais plus et j'ai préféré foutre le camp. Une solution de facilité...

Ils s'épièrent un instant. Elle reprit :

— ... Vous comprenez ça, j'espère ?

Les mots « j'ai préféré foutre le camp » résonnèrent dans l'esprit de Kincaid et y firent surgir une image : lui-même en train de préparer son petit

222

bagage, puis de quitter le logement que sa femme et lui avaient mis si longtemps à trouver, à arranger. Au fond, cela valait mieux. Il fallait recommencer à vivre ailleurs, loin de tout ce qui pouvait rappeler l'échec. Ou lui rappeler Victoria.

— Mais votre atelier, c'était important tout de même ? suggéra-t-il en rejetant loin de lui le flot de ses réminiscences.

— Ça oui, c'est vrai, ça m'a manqué au début, mais finalement j'arrive à peindre n'importe où.

Elle s'enfonça plus profondément dans son fauteuil en fixant Kincaid.

Ce dernier repensait à leurs précédentes conversations ; il essayait de définir le changement qu'il percevait confusément en elle. Julia manifestait la même intelligence, rapide, acérée, mais la fragile nervosité des rencontres précédentes s'était évanouie.

— Pas faciles pour vous, les mois que vous avez passés après votre retour à Badger's End, n'est-ce pas ?

Elle soutint son regard, les lèvres entrouvertes. Il se sentit une fois de plus frissonner de la connaître si profondément, au-delà des phrases prononcées.

— On ne peut rien vous cacher, Duncan.

— Cependant il y avait Trevor Simons, n'est-ce pas ? Vous le voyiez déjà à l'époque ?

— Non, je vous l'ai dit, il n'y avait encore eu personne.

— Et maintenant, vous êtes éprise de lui ?

Une question qui allait de soi. Mais il regretta tout de suite de l'avoir posée.

— Éprise ? ricana Julia. On ne va pas se mettre à disserter sur les différences entre amour et affection !...

Puis, plus sérieusement :

— ... Trevor et moi sommes de bons amis, c'est

certain mais si vous croyez que je suis amoureuse de lui, la réponse est non. C'est important ?

— Je n'en sais rien, répliqua Kincaid, sincèrement. S'il mentait pour vous rendre service, par exemple ? Parce que j'ai su par un témoin oculaire que vous aviez quitté le vernissage ce soir-là.

— Vraiment ?...

Elle détourna les yeux et se pencha vers le paquet de cigarettes qui avait glissé par terre, sous son fauteuil.

— Oui, c'est très possible. Je suis peut-être sortie un instant fumer une cigarette, à cause de la foule à l'intérieur de la galerie. J'ai du mal à l'admettre, mais je me sens souvent un peu claustro dans ce genre d'écrase-pieds.

— Décidément, vous fumez trop, remarqua Kincaid.

Il l'avait vue remettre la main sur son paquet. Sans tenir compte de l'observation, elle alluma une cigarette.

— Trop, ça veut dire quoi ? Vous me faites la morale maintenant ?

Elle souriait malicieusement.

— Où êtes-vous allée en quittant le vernissage ? insista le policier.

La jeune femme se leva et se dirigea vers la fenêtre. Kincaid se retourna et la vit tirer les rideaux devant les vitres obscurcies, tout en expliquant :

— J'ai horreur des fenêtres la nuit. Je sais que c'est idiot, surtout ici à cette hauteur, mais je redoute toujours qu'on m'observe du dehors...

Elle lui fit face de nouveau.

— ... Eh bien, si vous tenez à le savoir, je me suis promenée un petit moment sur le quai, histoire de m'aérer un peu. Voilà !

— Vous n'avez pas vu Connor ?

— Négatif..., répliqua-t-elle en retournant s'asseoir.

Mais, cette fois, elle se pelotonna dans le fauteuil, jambes repliées, la coque de ses cheveux lui balayant la nuque à chaque mouvement.

— ... D'ailleurs, je n'ai pas dû m'absenter plus de cinq, six minutes.

— En tout cas, vous l'aviez vu plus tôt dans la journée, n'est-ce pas ? Chez vos parents, après le déjeuner ? Même que vous vous êtes disputés.

Elle parut respirer plus vite, comme si elle se préparait à réfuter. Toutefois, après un silence, les yeux fixés sur lui, elle dit :

— C'était vraiment pour une bêtise de rien du tout et j'en ai eu honte ensuite.

« Il est monté chez moi après le déjeuner, tout frétillant, et je l'ai engueulé, parce que, le matin même, j'avais reçu une lettre de la société immobilière. On me prévenait qu'il n'avait pas payé depuis deux mois. Vous comprenez, c'était convenu entre nous, il pouvait habiter ici à condition de prendre le loyer à sa charge. Nous nous sommes chamaillés et je lui ai dit qu'il devait se débrouiller...

Une pause, pendant qu'elle éteignait sa cigarette. Elle reprit son souffle :

— ... Je l'ai averti qu'il allait devoir trouver une solution, parce que j'en avais par-dessus la tête de toutes ces histoires d'argent et de rester comme une andouille chez mes parents.

— Et il l'a mal pris ?...

Elle haussa les épaules.

— ...Vous lui avez donné une date butoir ?

— Non, mais il a très bien compris que ça ne pouvait pas durer, que j'en avais ma claque !

Il posa enfin la question qui le tourmentait depuis le début.

— Pourquoi ne divorciez-vous pas ? En finir une

225

fois pour toutes, vu que ce n'était pas une séparation temporaire et que vous saviez que ça ne collait plus.

Elle eut une expression moqueuse.

— Tout de même, rétorqua-t-elle, vous devriez connaître le droit anglais de par votre profession. Et en plus, vous y êtes passé vous-même.

Ébahi, il balbutia :

— C'est de l'histoire ancienne. Mes cicatrices sont visibles à ce point ?

Elle hocha la tête.

— Non, j'ai dit ça à tout hasard. C'est votre femme qui a demandé le divorce ?...

Il fit signe que oui et elle reprit.

— ... Vous y avez consenti ?

— Oui, bien sûr. À quoi bon continuer ?

— Est-ce que vous savez ce qui se serait passé si vous aviez refusé ?

Il secoua la tête.

— Non, je n'y ai pas vraiment pensé.

— Elle aurait été forcée d'attendre deux ans, le temps qu'il faut pour une procédure de divorce sans consentement mutuel.

— Vous voulez dire que Connor a refusé le divorce ?

— Bingo, monsieur le superintendant !...

Elle lui laissa le loisir d'assimiler cela, avant de s'enquérir doucement :

— ... Elle était belle ?

— Qui donc ?

— Eh bien, votre femme, voyons !

Kincaid compara dans son esprit l'image de son ex-épouse, la blonde et délicate Victoria, avec la femme assise devant lui. Le visage de Julia se détachait, presque immatériel, entre la masse des cheveux bruns et le col roulé de son pull-over noir ; la lampe éclairait cruellement les rides causées par tant de chagrins et de déceptions.

— On peut dire ça, en effet, dit Kincaid. Oui, elle était belle, mais il y a si longtemps, alors...

Il avait mal aux fesses à force de rester appuyé sur le bord de la table à dessin. Il se redressa en s'aidant des mains, s'étira et se laissa glisser jusque sur le tapis persan. Puis il entoura ses genoux de ses bras et leva la tête vers Julia. La différence de perspective modifiait les angles et les ombres sur le visage de la jeune femme.

— ... Vous saviez que Connor était joueur quand vous vous êtes mariés ?

Elle secoua la tête :

— Non, seulement qu'il aimait assister aux courses de chevaux. Mais ça m'amusait, parce que je n'avais jamais vu ça...

L'air médusé de Kincaid la fit rire.

— ... Non, jamais, ce n'était pas mon genre du tout. Vous devez penser que j'ai eu une éducation sophistiquée, cosmopolite, n'est-ce pas ? Il vous faut savoir que pour mes parents, rien n'existe que la musique...

Elle exhala un soupir, puis ajouta, songeuse :

— ... Moi, ce que j'aimais aux courses, c'était les couleurs, le mouvement, les formes parfaites des chevaux. J'ai mis du temps à deviner que ce n'était pas du tout cela qui attirait Connor. Il suait à grosses gouttes pendant la course, je voyais ses mains trembler. Peu à peu, j'ai réalisé qu'il me mentait sur le montant des enjeux...

Elle s'ébroua.

— ... Alors, j'ai cessé de l'y accompagner.

— Mais Connor a continué de parier ?

— Nous avions des scènes à ce sujet. « C'est juste un passe-temps », répétait-il, il en avait besoin après le travail, etc. Mais, les derniers temps, ça devenait épouvantable.

— Vous l'avez aidé à payer ses dettes ?

Julia regarda ailleurs et appuya le menton sur sa main.

— Pendant un certain temps, oui. Après tout, ma réputation aussi était en jeu.

— Si bien que votre dispute de jeudi après-midi n'avait rien d'insolite. Une vieille histoire, en somme ?

Elle eut un faible sourire.

— Oui, si vous voulez. C'est frustrant, à la longue, de répéter des choses qu'on a dites cent fois : on sait bien que c'est inutile, mais les phrases viennent d'elles-mêmes.

— Est-ce qu'il a dit autre chose en partant, quelque chose de différent ?

— Pas que je me souvienne.

Néanmoins, il était allé rejoindre Kenneth Hicks tout de suite après. Avait-il voulu lui emprunter de quoi régler ce qu'il devait à la société immobilière ?

— Est-ce qu'il avait prévu d'aller à Londres, au Coliseum, dans l'après-midi ?

Julia leva le menton, les yeux tout ronds.

— À Londres ? Non, sûrement pas. Et puis, d'abord, pourquoi aller au Coliseum ? Il venait juste-ment de déjeuner avec papa et maman.

« Papa, maman » : les termes enfantins contras-taient avec son personnage. Elle semblait soudain plus jeune, plus vulnérable.

— C'est pour ça que j'espérais que vous sauriez, murmura Kincaid. Connor a-t-il jamais mentionné le nom d'un certain Hicks devant vous ? Kenneth Hicks ?

Il guetta sa réaction. Elle secoua la tête, apparem-ment sincère.

— Non, jamais. Pourquoi ? C'était un ami à lui ?

— Oh, juste un type qui travaille pour un book du coin, il collecte les paris, entre autres choses. Une petite crapule. Connor lui faisait de gros versements

228

périodiquement. C'est du reste pour ça que je suis revenu ici : pour vérifier le chéquier de votre mari.

— En tout cas, moi, je n'ai pas fouiné dans ses affaires, fit Julia en détachant les mots. Je ne suis même pas entrée dans le bureau...

Elle se prit la tête entre les mains, les doigts écartés.

— ... C'est peut-être que je remettais ça à plus tard...

Elle se décida à relever le front et à fixer le policier, avec un mélange d'embarras et de défi.

— ... J'ai trouvé des affaires de femme dans la chambre à coucher et dans la salle de bains, j'ai fourré tout ça dans un carton, ne sachant pas quoi en faire.

Cela signifiait que Sharon Doyle n'était pas revenue.

— Donnez-les-moi, je les ferai parvenir à qui de droit.

Elle s'abstint de poser la question qui, de toute évidence, lui brûlait les lèvres. Ils se regardèrent en silence. Ils étaient assez près l'un de l'autre, mais Kincaid résista à l'envie de tendre la main pour lui caresser la joue.

Il rompit enfin le silence, avec tous les ménagements possibles :

— Il avait quelqu'un dans sa vie, vous savez. Une femme avec une petite fille de quatre ans. Connor lui avait promis le mariage et qu'il s'occuperait d'elles deux dès que vous lui auriez accordé le divorce.

Le visage de Julia se ferma, aussi figé que celui d'un mannequin à l'étalage. Puis, elle eut un petit ricanement nerveux.

— Ce Connor, tout de même ! Quel salaud, jusqu'au bout !

C'était la première fois, depuis qu'il la connaissait, qu'il voyait ses yeux s'embuer de larmes.

Quand Gemma eut fini les cacahuètes dans le sachet, elle lécha le sel au bout de ses doigts. Elle s'aperçut que Tony l'observait et elle sourit :

— Oui, je meurs de faim, dit-elle, en manière d'excuse.

— Si vous voulez, je pourrais demander à la cuisine qu'on vous prépare quelque chose...

Le barman semblait vouloir la prendre sous sa protection. Il était plus attentionné que jamais.

— ... Ce soir, nous avons des côtes de porc avec des lasagnes.

Gemma consulta discrètement sa montre, à l'abri du comptoir.

— Non merci, je crois que je vais attendre encore un peu.

Après sa visite à Dame Caroline, elle était retournée à l'hôtel. Elle avait monté sa valise dans sa chambre. Saisie d'une grande fatigue, elle s'était allongée sur le couvre-lit sans même retirer ses vêtements de ville. Elle avait ainsi dormi, d'un sommeil profond et sans rêves, pendant environ une heure. Quand elle s'était réveillée, elle avait froid, avec quelques courbatures par-dessus le marché. Après un bon bain et un coup de brosse dans les cheveux, elle avait enfilé ses jeans et son pull préférés, puis était descendue au bar pour attendre Kincaid.

Tony, tout en essuyant des verres à l'autre extrémité du bar, surveillait le niveau du cidre dans le verre de sa cliente préférée, laquelle était sur le point de faire renouveler sa consommation. C'est alors que le barman annonça :

— Votre patron arrive, ma chère.

Kincaid s'installa sur le tabouret à côté d'elle.

— Tony ne t'a pas poussée à la consommation, j'espère...

Sans attendre la réponse, il poursuivit :

— ... Parce que, moi, je vais t'inviter à dîner. La

nommée Sharon Doyle m'a appris que feu Connor Swann était un habitué du *Lion rouge*, à Wargrave. Il paraît que c'était le seul endroit à son goût dans le secteur. On devrait vérifier ça.

— Un verre avant d'y aller, monsieur le superintendant ? proposa Tony.

Kincaid dévisagea sa jeune collègue.

— Tu as envie de dîner ?

— Je meurs de faim. Tony, mon cher, on remet ça à plus tard.

Le barman agita son torchon vers eux en guise de salut.

— Alors, à plus. Mais, si vous me permettez, grogna-t-il d'un ton légèrement vexé, leur cuisine n'est pas meilleure que la nôtre.

Ayant consolé Tony de leur mieux, ils sautèrent dans la voiture et roulèrent en silence jusqu'à Wargrave.

Ce ne fut qu'enfin assise à une table, dans l'atmosphère très gaie du restaurant, que Gemma prit la parole.

— Tony m'a appris que tu avais reçu un message de l'inspecteur Makepeace. Qu'est-ce qu'il veut ? Qu'est-ce que tu as fait toute la journée ?

— Si on commençait par choisir, fit Kincaid, absorbé par la lecture du menu. Après, je te raconterai. Voyons, qu'est-ce qui te tente ? Un gratin de morue ? Du saumon fumé ? Des langoustines à l'aïoli ? Ou alors du blanc de poulet aux poivrons rouges et verts ?...

Il la regarda enfin et elle trouva qu'il avait les yeux plus brillants qu'à l'accoutumée.

— ... Ce pauvre Swann n'avait pas tort : pas du tout le genre hachis Parmentier ou saucisses-purée ici !

— Tu crois qu'on y arrivera avec nos frais de déplacement ? s'inquiéta Gemma.

— Pas de problème, inspecteur, rétorqua-t-il avec une autorité bouffonne. C'est moi qui traite ce soir.

Gemma lui lança un coup d'œil sceptique, mais finit par dire :

— D'accord. Eh bien, je vais prendre le poulet. Et le potage de tomate au basilic pour commencer.

— Et un dessert ?

— On verra. Peut-être du pudding s'il me reste de la place...

Elle referma le menu. Kincaid l'avait fait asseoir le dos à la cheminée où pétillait une flambée et la chaleur traversait son pull.

— ... En tout cas, je meurs de faim.

Le serveur vint à eux, le bloc à la main, une serviette autour de la taille, des cheveux longs et frisés dans un catogan. Il avait un sourire aimable.

— Qu'est-ce qui vous ferait plaisir ? s'informa-t-il.

Kincaid passa la commande. Il avait pour sa part choisi le pâté de campagne, puis le gratin de morue, et une bouteille de blanc fumé de Californie.

— Très bien, je passe votre commande en cuisine... leur annonça le jeune homme.

Il ajouta :

— ... Mon nom, c'est David. N'ayez pas peur de m'appeler s'il vous manque quelque chose.

Quand il se fut éloigné, Gemma et Kincaid ne dissimulèrent pas leur étonnement.

— Tu crois que le service est toujours aussi parfait ou bien est-ce parce qu'il n'y a pas grand monde ce soir ?... dit-elle en parcourant la salle du regard.

Une seule autre table était occupée, un homme et une femme penchés l'un vers l'autre.

— ... Je parie qu'il a une excellente mémoire des

physionomies : après le dîner, on le fera un peu parler, suggéra-t-elle.

David revint avec la bouteille et versa un peu de vin glacé dans leurs verres. Une fois qu'il fut reparti, Kincaid s'enquit :

— Alors, Gemma, raconte.

Elle relata son entrevue avec Thomas Godwin, en laissant de côté ses errances avant de trouver le magasin de costumes. Quand elle eut achevé, elle ajouta :

— Je n'arrive pas à croire qu'il soit entré dans le théâtre par le vestibule et resté debout derrière les loges. Ça sonne faux, sans que je puisse dire pourquoi.

David leur apporta les entrées. Kincaid attaqua son pâté.

— Et Dame Caroline ? Intéressant ?

— Apparemment, le déjeuner de jeudi ne s'est pas passé aussi bien qu'ils l'ont affirmé : Swann s'est levé de table en disant qu'il allait aider Plummy à faire la vaisselle, alors qu'elle ne l'a pas revu dans la cuisine après le repas. Et il a foutu le camp sans même prendre congé...

Gemma recueillit les dernières gouttes du potage au fond de son assiette.

— ... À mon avis, il est monté à l'atelier de Julia.

— Oui, même qu'ils se sont sérieusement disputés.

Elle en resta bouche bée.

— Ça alors, s'exclama-t-elle, comment le sais-tu ?

— Le nommé Kenneth Hicks me l'a dit et Julia l'a confirmé.

— Holà, patron ! proféra-t-elle excédée. Ne prends donc pas ton air d'en savoir long. Vas-y, avec tous les détails.

Il narra sa journée. Leurs plats principaux arrivèrent et ils les savourèrent en silence.

Après une nouvelle rasade de vin, Kincaid revint sur l'enquête.

— Ce que je n'arrive pas à comprendre, grogna-t-il, c'est comment une petite frappe comme ce Kenneth Hicks s'y prenait pour contrôler Connor à ce point.

— L'appât du gain, ça existe !...

Gemma hésita entre un peu de poireau braisé et quelques pommes de terre rôties. Pas longtemps, car elle se resservit des deux.

— ... Pourquoi Julia a-t-elle menti au sujet de sa dispute avec Connor ? Ça n'avait pas l'air bien grave.

Kincaid haussa les épaules.

— Elle a peut-être pensé que c'était sans importance. D'autant plus qu'ils n'arrêtaient pas de s'accrocher, et toujours sur le même sujet.

Alors Gemma, la fourchette piquée dans un morceau de poulet, de riposter, non sans véhémence :

— Attends, la question n'est pas de savoir si elle a oublié de mentionner un fait qui pouvait avoir ou non de l'importance, mais qu'elle ait menti, volontairement. Comme elle a menti quand elle a affirmé ne pas avoir quitté la galerie...

Elle reposa sa fourchette dans son assiette et se pencha vers Kincaid :

— ... Et puis, elle s'est très mal comportée aussi en refusant de s'occuper des obsèques. Pour un peu, elle l'aurait laissé jeter à la fosse commune.

— Là, tu dis des conneries, ronchonna Kincaid en repoussant son assiette et se laissant aller contre le dossier de sa chaise.

Quoique prononcée sans trop d'acrimonie, la phrase heurta Gemma qui devint écarlate. Elle reprit sa fourchette, mais la laissa aussitôt retomber. L'invective lui avait coupé l'appétit.

Kincaid s'inquiéta :

— Tu n'as plus faim ? Et ton pudding alors ?

— Je ne crois pas que j'y arriverai.

— Bois encore un peu de vin, au moins...

Il lui remplit son verre.

— ... Et tout à l'heure nous ferons parler notre ami David.

Gemma ne goûta pas le ton protecteur qu'il adoptait. Elle allait répliquer lorsque le serveur refit son apparition.

— Un petit dessert, maintenant ? proposa-t-il. Nous avons un superbe gâteau au chocolat...

Comme ils refusaient en secouant la tête :

— Ça ne vous tente pas ? Ou alors nous avons le plateau de fromages.

— En réalité, nous aimerions vous poser une question ou deux... déclara le policier en ouvrant son portefeuille.

Il commença par montrer sa plaque, puis une photo représentant Connor Swann.

— Nous croyons savoir que ce monsieur était un habitué de votre établissement. Vous le reconnaissez ?

— Et comment ! répondit David interloqué. C'est M. Swann. Mais pourquoi dites-vous « était » ?

— Parce qu'il y a eu constat de décès, fit Kincaid en faisant usage du terme officiel. Et nous enquêtons sur les circonstances de sa mort.

— Quoi ? M. Swann est mort ?

Le jeune homme devint soudain si pâle que le policier approcha une chaise et l'obligea à s'asseoir.

— Restez là un instant, s'il vous plaît, dit Kincaid. Après tout, il n'y a pas foule ce soir.

— Quoi ? murmura David, se laissant choir sur le siège qu'on lui offrait. Euh, oui, en effet...

Il s'efforça de sourire. En vain.

— ... Ça me flanque quand même un coup. Quand je pense qu'il était assis là l'autre soir... Il était tellement sympa, toujours en forme.

Il frôla la photo du bout de l'index.

— Vous souvenez-vous de la dernière fois que vous l'avez vu ? questionna Kincaid d'un ton faussement détaché, mais Gemma savait à quoi s'en tenir.

David fronça les sourcils une seconde, avant de répondre :

— Attendez, ma copine, Kelly, faisait la fermeture, elle est caissière au supermarché, alors elle n'a pas fini avant neuf heures et demie, à peu près... C'était jeudi, oui c'est ça, jeudi dernier.

Il les fixa, comme en quête d'approbation. Les regards des deux policiers se croisèrent et Gemma nota une lueur de triomphe dans les yeux de Kincaid. Lequel se borna à dire :

— Vous êtes formidable, David ! Est-ce que vous vous rappelez l'heure à laquelle il est arrivé, voyons... jeudi dernier, c'est ça ?

— Pas très tôt, vers huit heures...

Le jeune serveur était lancé.

— ... Il lui arrivait de venir seul, mais, en général, il était avec des gens, sans doute des clients à lui. Enfin, je dis ça, mais, attention, je ne l'espionnais pas, se hâta-t-il de préciser, un peu confus. Seulement, vous comprenez, quand on sert, on entend ce qui se dit à la table, involontairement. C'est comme ça que je comprenais que Connor et ses invités parlaient affaires.

— Et ce soir-là ? intervint Gemma.

— Je m'en souviens parce que ça ne s'est pas passé comme d'habitude. Il était seul et puis pas dans son assiette. Par exemple, il a été assez sec avec moi. Même que je me suis dit : « Tiens, il a l'air d'en avoir ras le bol, ce soir »... Excusez-moi, mademoiselle.

— Ne vous en faites pas pour moi, fit Gemma gentiment.

— Enfin, je veux dire, M. Swann, c'était quelqu'un qui buvait pas mal, mais jamais méchant, pas comme certains...

David grimaça et Gemma se montra compréhensive. Cette allusion à la clientèle dut rappeler les deux autres convives au serveur, mais le couple attablé derrière eux était trop absorbé dans son tête-à-tête pour se plaindre de sa négligence.

— ... Sur quoi, un autre monsieur a rappliqué et ils ont pris une table.

— Ils se connaissaient ? questionna Kincaid.

— Qu'est-ce qu'ils ont... ? commença Gemma, avant que Kincaid ne l'interrompe d'un geste brusque.

— Oui, je suis sûr qu'ils se connaissaient, parce que monsieur Swann s'est levé dès que l'autre est entré. Et puis, ils sont allés s'asseoir pour dîner, du coup je n'ai pas entendu un mot de ce qu'ils se disaient — il y avait pas mal de monde ce soir-là. En tout cas, ça marchait pas fort entre eux dès le début.

— Et ensuite ? dit Kincaid après un court silence.

David regarda les deux policiers, un peu moins à son aise.

— Eh bien, au bout d'un moment, ça a carrément chauffé. Oh, pas qu'ils aient fait du scandale, ni rien, mais on voyait bien qu'ils s'engueulaient. Et aussi, monsieur Swann qui aimait bien la cuisine ici et félicitait toujours le chef... Le genre gourmet, vous comprenez ?...

Il marqua une pause, comme pour s'assurer que ses interlocuteurs suivaient son raisonnement.

— ... Eh bien, il a même pas terminé son dîner !

— Qu'est-ce qu'il avait pris, vous vous rappelez ? demanda Kincaid et Gemma se souvint du rapport incomplet du labo sur le contenu de l'estomac.

— Un bifteck, et presque toute une bouteille de bourgogne.

Kincaid réfléchit un instant, puis :

237

— Et après, qu'est-ce qui s'est passé ?

David remua sur son siège et se gratta le bout du nez.

— Eh bien, ils ont payé leur addition, séparément, et ils sont partis.

— Ensemble ? demanda Gemma pour plus de précision.

Le serveur hocha la tête.

— Oui, et en continuant à se disputer, enfin, je suppose.

Il s'agitait de plus en plus, jetant des regards inquiets vers le bar derrière lui.

Gemma s'autorisa à intervenir, après un imperceptible signe d'approbation de son chef.

— Une dernière chose, David : à quoi il ressemblait, l'autre type ?

— Très élégant, très BCBG, si vous voyez ce que je veux dire, répondit le serveur, gaiement. Grand, mince, cheveux blonds...

Il plissa le front.

— ... Je dirais dans les cinquante ans, mais bien conservé.

— Il a payé par carte de crédit ? s'enquit Kincaid, avec une lueur d'espoir.

David secoua la tête, sincèrement navré.

— Hélas, non. En liquide.

Gemma s'efforça de cacher sa vive satisfaction en le remerciant :

— Vous êtes très observateur, David, on nous donne rarement des signalements aussi complets.

— Ben, vous savez, dans mon métier, expliqua-t-il, flatté, on essaie toujours de se souvenir des gens, ça leur fait tellement plaisir qu'on les reconnaisse...

Il recula sa chaise.

— ... Maintenant, je peux débarrasser ?

— Tout à fait... fit Kincaid.

Il tendit une carte de visite.

— Vous pouvez nous appeler à ce numéro si jamais quelque chose vous revient.

David se leva. Il avait commencé à empiler très adroitement les assiettes sales sur son bras quand il s'interrompit et parut hésiter :

— Euh, vous ne m'avez pas dit, pour M. Swann, qu'est-ce qui s'est passé ?

— On n'en est pas très sûr pour le moment, mais c'est peut-être une mort suspecte, répondit Gemma. On a retrouvé son corps dans la Tamise.

La pile d'assiettes vacilla et le serveur l'immobilisa de sa main libre.

— Pas par ici, quand même ?

— Non. À l'écluse d'Hambleden.

Gemma crut lire le soulagement sur les traits de David. Sans doute fallait-il l'attribuer à une tendance naturelle chez la plupart des gens : la tragédie, ils supportent à la rigueur, pourvu que ça se passe loin de chez eux !

David attrapa une assiette et la plaça en équilibre sur les autres avec une aisance retrouvée.

— Quand ? Ça s'est passé quand ?

— On a repêché son corps vendredi matin, fit Kincaid.

Gemma comprit à son air aimable que sa curiosité était toujours en éveil.

— Vendredi matin ?...

David se figea sur place. On n'y voyait pas très bien à la lumière du feu dans l'âtre, mais Gemma crut discerner qu'il avait pâli.

— ... Vous voulez dire que jeudi soir...

La porte s'ouvrit et un groupe de dîneurs bien mis entra dans la salle, leurs visages rosis par la fraîcheur de la nuit. David regarda les nouveaux arrivants, puis le couple solitaire qui donnait enfin quelques signes d'impatience.

— Je m'excuse, mais il faut que j'y aille.

Il leur lança un sourire désolé et se précipita vers le bar dans un cliquetis d'argenterie.

Kincaid le suivit du regard, puis haussa les épaules.

— Il est sympa, décida-t-il en souriant. Ça ferait un bon poulet, avec sa mémoire des détails.

— Écoute, je..., commença Gemma d'un ton pressant.

Les deux couples au teint enflammé vinrent prendre place à la table voisine, après avoir commandé des verres au comptoir. Ils sourirent gentiment aux deux policiers et engagèrent une conversation animée entre eux.

— Bien, l'addition est là, dit Kincaid, on paie et on se tire.

Gemma dut attendre qu'ils eussent franchi la porte pour souffler :

— Thomas Godwin ! C'était lui !

Kincaid parut désorienté.

— Mais si, poursuivit-elle agacée, le bonhomme avec Connor ce soir-là, je suis persuadée que c'était lui. J'ai essayé de te le faire comprendre tout à l'heure, mais rien à faire !

Ils s'étaient arrêtés sur le trottoir devant le restaurant. Ils avaient relevé le col de leur veste contre le brouillard pénétrant qui montait de la Tamise.

— Tu es sûre ? s'étonna Kincaid.

— Mais oui, voyons, ça ne peut être que lui...

Trop de véhémence dans sa voix. Elle fit de son mieux pour la modérer.

— ... Tu as constaté toi-même que David était un garçon très observateur et sa description correspond très exactement à Thomas Godwin. Ce n'est pas une supposition en l'air, crois-moi.

— Bon, d'accord, d'accord, ne te fâche pas...

Le policier leva les mains, en un geste de reddition ironique.

— ... Seulement, il y a sa présence au théâtre ce

même soir et là, ça ne colle pas. Il va falloir tout revérifier...

C'est alors que la porte du restaurant s'ouvrit et que David bondit à l'extérieur, les bousculant presque.

— Je suis désolé, mais je voulais vous rattraper, parce que, voilà...

Il se tut soudain, comme brisé dans son élan. Toujours en manches de chemise, il croisa ses bras sur la poitrine et battit un peu de la semelle à cause du froid.

— ... Écoutez, bon, je ne pensais pas que c'était important. Je me disais que c'était juste des bêtises, qu'il ne fallait pas faire de racontars...

— Dites-nous donc ce que vous savez, mon vieux, coupa Kincaid. Vous voulez qu'on retourne à l'intérieur ?

David lança un coup d'œil vers la porte.

— Non, non, ils n'ont besoin de rien pour le moment...

Il considéra à nouveau les deux policiers, déglutit et reprit :

— ... Deux, trois minutes après que M. Swann et l'autre mec étaient partis, moi aussi je suis sorti un instant, parce que, vous comprenez, Kelly vient souvent prendre un verre après le boulot, alors je surveille un peu dehors... Une nana seule le soir dans la rue, avec ce qui se passe maintenant, c'est plus comme avant...

Il s'arrêta net. Peut-être s'était-il souvenu qu'il s'adressait à des policiers. Il était visiblement embarrassé.

— ... En tout cas voilà, poursuivit-il, j'étais exactement où on est maintenant et je fumais une cigarette, quand tout d'un coup, j'entends des gens qui avaient l'air de se bagarrer, du côté de l'eau...

Il désigna la rue en pente douce vers la Tamise.

— ... Il faisait clair, pas comme aujourd'hui, et en plus le fleuve n'est qu'à cent mètres ou à peu près.

Il s'interrompit à nouveau, comme par besoin d'encouragements.

— Vous avez vu quelque chose ? questionna Kincaid.

— Le lampadaire là-bas, il a éclairé un type à cheveux blonds et aussi quelqu'un d'autre, plus petit et brun. Alors je me suis dit que c'était M. Swann et l'autre, mais attention, je ne le jurerais pas.

— Ils se battaient ? demanda Gemma.

Elle ne cachait pas son incrédulité : elle ne pouvait se faire à l'idée de Godwin s'abaissant à une empoignade.

— Oui, une peignée, comme des mômes à la sortie de l'école.

Kincaid fixa Gemma, ébahi.

— Qu'est-ce qui s'est passé après ? dit-il.

— J'ai entendu la voiture de Kelly. Je la reconnais à cause du pot d'échappement qui est nase, on l'entend à un kilomètre. Alors, je me suis dépêché de la retrouver là où elle se garait et quand on est revenu, les deux autres avaient disparu...

Il les considéra, inquiet.

— ... Vous n'allez pas penser... Je veux dire, j'ai pas inventé.

— David, s'il vous plaît, fit Kincaid, vous pourriez nous dire quelle heure il était ?

— Dix heures moins le quart à peu près.

— Et l'autre homme, intervint Gemma, vous le reconnaîtriez ?

Elle remarqua que le jeune homme avait la chair de poule. Pourtant, il demeura sur place, l'air songeur. Puis :

— Oui, je crois. Mais, tout de même, vous ne pensez pas que...

— On sera peut-être amené à vous demander de

l'identifier, la procédure habituelle, vous savez, expliqua Gemma de son ton le plus rassurant. On peut vous joindre ici ? Le mieux serait que vous nous donniez votre adresse et votre numéro de téléphone.

Elle lui tendit son bloc-notes où il griffonna ses coordonnées en clignant des yeux sous la lumière orangée du lampadaire.

— Eh bien, maintenant, vous pouvez vous occuper de vos clients, dit-elle en souriant. Nous vous contacterons si nous avons besoin de vous.

David reparti, elle s'adressa à Kincaid :

— Je sais à quoi tu penses, mais ça n'est pas possible. Parce que nous savons qu'il se trouvait à Londres peu après onze heures...

Il lui effleura l'épaule et l'entraîna doucement en murmurant :

— Viens, on va jeter un coup d'œil au fleuve.

Ils s'aventurèrent dans la purée de pois qui imbiba leurs vêtements et perla sur leurs visages, bientôt luisants dans le reflet des réverbères. Au trottoir succéda du gravier sur lequel crissèrent leurs semelles. Ils crurent entendre une rumeur sourde.

— On n'est certainement plus très loin de l'eau maintenant, remarqua Kincaid. On repère ça à l'odeur, hein ?

La température avait considérablement baissé quand ils atteignirent la berge. Gemma, frissonnante, se pelotonna dans sa veste. Devant eux, l'obscurité se fit plus épaisse, plus impénétrable. Ils s'immobilisèrent, s'efforçant de percer les ténèbres.

— Où sommes-nous ?

Le policier braqua sa lampe de poche sur le gravillon.

— Tu ne vois pas les traces de pneus où on a garé des voitures ? Les gars du labo vont pouvoir s'exciter là-dessus.

Gemma grommela, en se dominant pour ne pas claquer des dents :

— Comment Godwin s'y serait-il pris ? Primo, en admettant même qu'il ait pu étrangler Connor et qu'il l'ait fourré dans le coffre de sa bagnole, il aurait dû rouler comme un dément pour être à Londres avant onze heures. Secundo, il aurait aussi fallu trimballer le corps sur toute la distance d'ici à Hambleden.

— D'accord, mais supposons qu'il ait laissé le cadavre dans le coffre, qu'il ait foncé jusqu'à Londres et qu'il soit revenu pour le foutre à la flotte ? raisonna Kincaid.

Gemma ne se laissa pas convaincre.

— Ça ne tient pas debout. D'abord, pourquoi se montrer à l'opéra, le seul endroit où il était en contact avec les Asherton et donc, indirectement, avec Swann ? En outre, s'il avait voulu se fabriquer un alibi pour ce soir-là, il aurait demandé au gardien d'enregistrer son nom en entrant, exactement ce qu'il n'a pas fait. C'est un hasard qu'Alison Douglas l'ait aperçu dans la loge de sir Gerald et sir Gerald lui-même n'en a même pas parlé.

La discussion était si vive que Gemma en avait oublié l'humidité glaciale qui les entourait. Elle respira profondément avant d'assener son dernier argument :

— En admettant même qu'il ait pu faire tout ça, comment aurait-il été capable de transporter le cadavre de Connor depuis le parking d'Hambleden jusqu'à l'écluse ?

Kincaid eut son sourire le plus exaspérant, celui qu'il adoptait quand Gemma se lançait dans des thèses passionnées.

— Eh bien, dit-il, il n'y a qu'une chose à faire, c'est d'aller le lui demander.

11

Alison Douglas parut indignée lorsque Gemma lui téléphona le lendemain de bonne heure.

— Désolée, inspecteur, il n'est pas question que je fasse venir le personnel d'accueil au théâtre ce matin : ils ont travaillé très tard hier soir. Et puis certains d'entre eux ont un deuxième emploi, d'autres poursuivent des études.

— Essayez quand même. Parce que, autrement, on serait obligé de les convoquer à Scotland Yard et je ne suis pas sûre qu'ils aiment beaucoup ça non plus... rétorqua Gemma, dissimulant mal son agacement.

Elle avait très mal dormi la nuit précédente et un retour à Londres dans les embouteillages avait encore aggravé sa hargne. Aucune raison de s'en prendre à Alison Douglas, mais sa requête n'avait vraiment rien d'insolite.

— ... Je serai chez vous avant midi, conclut-elle et elle raccrocha.

En replaçant de combiné sur son support, elle s'aperçut avec écœurement de l'accumulation de paperasses sur la table de Kincaid. D'ordinaire, elle se réjouissait d'occuper, fût-ce provisoirement, le bureau de son supérieur. Pas ce matin : la nervosité qui l'avait tenue éveillée jusqu'au petit jour n'avait pas diminué. La cause en était le comportement de Kincaid la veille. En

245

effet, simplement fébrile au début, il avait peu à peu changé d'attitude à son égard. La délicieuse soirée de dimanche chez elle, elle ne l'avait pourtant pas rêvée. Après tout, n'était-il pas venu de sa propre initiative ? Se pouvait-il que les compliments qu'il lui avait prodigués sur le studio, la bonne humeur et même l'espèce de tendresse bourrue dont il avait fait preuve, eussent fait perdre à Gemma la notion des distances qu'elle entendait maintenir entre eux ? C'eût été périlleux.

Elle se secoua, se frotta les paupières, pour lutter contre sa lassitude croissante. Elle n'arrivait pas à chasser l'idée que le changement dans l'attitude de Kincaid avait un rapport avec sa visite à Julia Swann.

Alison Douglas avait réussi à convoquer quatre des ouvreurs. Ils prirent place, vaille que vaille, sur des chaises pliantes dans le bureau exigu de l'administratrice. Ils semblaient à la fois renfrognés et intrigués.

Gemma se présenta, puis les rassura :

— Je vais tâcher de vous garder le moins longtemps possible. Voici : qui d'entre vous connaît Thomas Godwin, le chef costumier ? Un monsieur grand, mince, plutôt blond, et très élégant ?...

En les observant, elle se demanda si le terme « élégant » avait un sens pour eux. Trois d'entre eux étaient des hommes jeunes proprement mis, mais sans la moindre recherche ; la jeune ouvreuse, quant à elle, avait fait preuve d'un certain bon goût dans le choix de vêtements à prix modérés.

— ... J'aimerais bien savoir si l'un d'entre vous l'a vu jeudi dernier dans la soirée.

Les trois jeunes ouvreurs échangèrent des regards furtifs, perplexes. Derrière eux, Alison se tenait appuyée à la cloison, bras croisés, bouche entrouverte. Sous l'effet de la surprise, estima Gemma qui la gratifia d'un léger signe de la tête.

Après un silence, la jeune ouvreuse prit la parole,

avec des traces d'accent créole, acquis chez ses parents ou auprès d'autres membres de sa famille originaires des Antilles.

— Moi, je l'ai vu.

Gemma dut reprendre sa respiration pour feindre un flegme à toute épreuve.

— Vraiment ? Vous êtes certaine que c'était jeudi soir ? Le soir où on donnait *Pelléas et Mélisande ?*

— Oui, madame, répliqua la jeune fille avec un sourire, comme si elle avait trouvé l'incrédulité de Gemma divertissante. Vous comprenez, j'assiste à toutes les représentations, alors je sais ce que je dis.

— Vous avez de la chance... fit Gemma en souriant.

Aussitôt, elle se reprocha son ton protecteur.

— ... Comment vous appelez-vous, mademoiselle ?

— Moi, c'est Patricia. Je fais des études de dessin et je m'intéresse beaucoup aux costumes. Alors, de temps en temps, je donne un coup de main à la garderobe. C'est comme ça que je connais M. Godwin.

— Eh bien, racontez-moi jeudi soir.

Patricia se retourna vers Alison, comme en quête d'une permission de la hiérarchie.

— Allez-y, Patricia, conseilla l'administratrice, dites ce que vous savez à l'inspecteur. Il n'y a pas de problème.

— M. Godwin est entré par la porte principale. C'est vrai que d'habitude je reste au fond de la salle pour voir le spectacle, mais là je revenais des toilettes en traversant le vestibule. Même que je lui ai dit bonsoir, mais il ne m'a pas entendue.

Gemma hésitait entre le soulagement et la déception : si Godwin n'avait pas menti sur sa présence au théâtre, il ne pouvait pas être à Wargrave en compagnie de Connor Swann.

— Vous avez vu ce qu'il a fait ensuite ?

— Il est passé par l'autre allée, celle de Roland, précisa-t-elle en lorgnant vers l'un des ouvreurs, un beau garçon.

Gemma se retourna vers lui.

— Et vous, vous l'avez remarqué ?

Il parut enchanté que l'attention se reportât tout à coup sur lui.

— Eh bien, je ne peux pas dire, madame, parce que moi, je ne le connais pas. Mais je ne me rappelle pas avoir vu quelqu'un qui ressemblait à ce que vous avez dit.

Gemma se contenta de cette réponse et revint à Patricia.

— Et, une fois de retour à votre place au parterre, vous l'avez revu ?

La jeune ouvreuse secoua la tête.

— Non, parce qu'il y a eu la foule et que j'avais autre chose à faire.

— L'entracte, déjà ? s'étonna Gemma.

— Mais non, la fin du spectacle, affirma Patricia en secouant la tête avec véhémence. J'étais sortie juste avant parce qu'il fallait que j'aille faire pipi...

Elle foudroya ses jeunes collègues du regard.

— ... Juste avant le baisser de rideau.

— Le baisser de rideau, répéta Gemma, songeuse. J'avais cru comprendre que M. Godwin était entré au début de la représentation.

— Non, madame, cinq minutes à peine avant la fin. Un peu avant vingt-trois heures.

Gemma inspira avec force pour reprendre ses esprits. Ainsi, Thomas Godwin avait eu le temps de dîner avec Swann au *Lion rouge*, à Wargrave.

— Et vous l'avez revu après, pendant que vous remettiez les choses en ordre ?

— Non, madame.

La jeune ouvreuse se sentait désormais plus à son

aise et elle paraissait même regretter de ne pouvoir en dire plus long.

— Merci, Patricia, vous m'avez réellement rendu service... dit Gemma.

Puis elle dévisagea les trois hommes.

— ... Et vous, vous avez quelque chose à ajouter ?

Elle s'attendait à leurs signes de dénégation et elle annonça :

— Bon, vous êtes libres.

Patricia sortit en dernier, en lorgnant timidement derrière elle.

— Pas bête, cette petite, lança Gemma quand la porte se fut refermée.

— Qu'est-ce que c'est que toute cette histoire à propos de Tommy ? s'informa Alison en venant s'asseoir sur le bord de son bureau.

Elle aplatit de la main un faux pli de son tailleur en laine marron, de la même couleur que ses cheveux et ses yeux. Elle faisait penser à un petit moineau tout brun, pensa Gemma.

— Et vous, vous êtes absolument certaine de ne pas l'avoir vu avant de le croiser dans la loge de sir Gerald ?

— Oui, absolument certaine. Pourquoi ?

— Parce qu'il m'a affirmé avoir été au théâtre toute la soirée, et la petite Patricia vient de le démentir. Or elle me paraît un témoin valable.

— Vous ne vous figurez tout de même pas que Tommy pourrait avoir un rapport quelconque avec la mort de Connor ? Là, vous faites fausse route. Tommy est quelqu'un qui... Enfin, nous l'adorons tous, et pas seulement parce qu'il est fin et drôle...

Elle parlait comme si elle lisait dans les pensées de Gemma.

— ... Non, il n'y a pas que ça. C'est surtout qu'il est tellement gentil, même quand ce n'est pas indispensable. Je sais, on ne le croirait pas à sa façon d'être, pourtant c'est comme ça. Tenez, par exemple, cette petite Patricia, ça ne m'étonnerait pas qu'il l'ait encouragée. Moi, à mes débuts ici, j'étais terrorisée et il avait toujours un mot gentil.

— Je m'en suis tout de suite aperçue, murmura Gemma dans l'espoir de désarmer l'hostilité naissante de l'administratrice. Il n'en reste pas moins qu'il existe une contradiction et mon devoir est de tirer ça au clair.

Alison Douglas poussa un soupir d'abattement et de lassitude.

— Oui, je comprends. Que voulez-vous que je vous dise ?

— Repensez aux quelques minutes que vous avez passées dans la loge de sir Gerald. Vous n'avez rien remarqué d'insolite ?

— Comment répondre à cela ? marmonna Alison, à nouveau irritée. Comment être sûre que mes souvenirs ne sont pas déformés par ce que vous venez de me dire ?...

Devant le mutisme de Gemma, elle poursuivit plus calmement.

— ... J'y ai repensé. Je me rappelle qu'ils se sont tus dès que je suis entrée, comme si je les dérangeais, si vous voyez ce que je veux dire ?...

Elle guetta un signe affirmatif de Gemma, puis :

— ... Et tout de suite après cette gêne, ils se sont montrés beaucoup trop gais, c'était un peu forcé, vous comprenez ? Je crois même que c'est pour ça que je ne suis pas restée après les compliments d'usage. Je n'y ai pas prêté attention sur le coup.

— Rien d'autre ? insista Gemma, sans grand espoir d'ailleurs.

— Non, je regrette.

— Bon, d'accord...

Gemma dut faire un effort pour surmonter la somnolence qui l'envahissait. Elle sourit faiblement.

250

— Je vais une fois de plus essayer de le joindre. Il n'est pas commode à attraper, vous savez. Ce matin je suis passée à son domicile, puis au magasin de costumes, et maintenant ici. Il n'était nulle part ! Vous auriez une idée ?

Alison secoua la tête.

— Non, mais il ne va pas tarder.

Surprenant une lueur d'inquiétude dans les prunelles de son interlocutrice, Gemma articula posément :

— J'espère que je n'aurai pas trop de mal à lui mettre la main dessus.

Les policiers du Val-de-Tamise avaient libéré la table d'un inspecteur absent et très obligeamment mise à la disposition de Kincaid. Il y avait passé la matinée à étudier des rapports aussi peu convaincants les uns que les autres. Il s'étira en se demandant s'il se risquerait à avaler une autre tasse du café au distributeur ou s'il laisserait tout tomber pour aller déjeuner.

Le sens du devoir et la perspective de l'ignoble breuvage étaient sur le point de l'emporter quand l'inspecteur Jack Makepeace passa la tête dans l'embrasure de la porte.

— Rien trouvé d'intéressant ?

Kincaid se contorsionna.

— Du vent, tout ça, à mon avis. Vous les avez déjà lus, non ? Est-ce que les mecs du labo ont découvert des indices à Wargrave ?

Makepeace eut un sourire narquois :

— Oui, deux boîtes de bière écrabouillées, des papiers de chewing-gum, les restes d'un oiseau crevé et une demi-douzaine de capotes usagées.

— C'est un parking assez fréquenté, n'est-ce pas ?

— Oui, il donne sur un sentier qui longe le fleuve avant de remonter vers le cimetière. Légalement, il est interdit de se garer là, mais les gens s'en tapent et je suppose aussi qu'il y a de la baise la nuit dans les bagnoles en stationnement...

Makepeace se lissa les moustaches un instant.

— ... Les scientifiques disent que le gravillon est instable et qu'il a été trop remué pour qu'on puisse relever des empreintes de pneus.

— Oh, je m'y attendais, bougonna Kincaid en le regardant d'un air pensif. Mais, dites-moi, Jack, en admettant qu'on ait jeté le corps à l'eau à hauteur de Wargrave, est-ce qu'il aurait pu se retrouver à Hambleden à l'aube ?...

Makepeace secoua la tête avant que le Kincaid eût achevé sa phrase.

— Impossible. D'abord le courant est trop faible à cet endroit-là et en plus, il y a l'écluse de Marsh tout de suite après Henley.

Alors Kincaid, se souvenant que Julia s'était absentée de la galerie au cours du vernissage :

— Je pense qu'il en serait de même pour Henley, à supposer qu'on ait jeté le corps depuis la promenade des quais ?

Makepeace abandonna sa position contre le chambranle et s'avança vers une carte de la région apposée sur le mur du bureau. De son énorme index, il désigna la ligne bleue, sinueuse, figurant les méandres du fleuve :

— Vous vous rendez compte de tous ces coudes et ces bras de la Tamise où le cadavre pouvait s'échouer...

Puis, faisant face à Kincaid :

— ... À mon avis, on l'a foutu à la baille à quelques centaines de mètres de l'endroit où on l'a retrouvé.

Kincaid fit grincer sa chaise en se reculant. Il étendit les jambes et croisa les mains sur la nuque.

— Oui, dit-il, je crois que vous avez raison, Jack. Mais, que voulez-vous, j'avance à l'aveuglette. Et les gens qui habitent les baraques sur la rive ? Vous avez fait du porte-à-porte ?

— Bah, il y a ceux qui disent qu'ils roupillaient dès dix heures du soir, répliqua Makepeace d'un ton sarcastique en posant sa joue contre la paume de sa main, ou alors, ils profitent de l'occasion pour se soulager de leurs obsessions en tous genres. Par exemple, vous voyez le terre-plein avant le chemin de halage au-dessus du barrage ? Eh bien, une vieille rombière d'un des appartements voisins a raconté avoir entendu des voix tout de suite après le dernier journal télévisé. Elle a regardé par la fenêtre et elle a vu un homme et un garçon plus jeune qui se baladaient là. « Des pédés, qu'elle a dit, quelle honte ! »...

Les yeux de l'inspecteur pétillaient de malice.

— ... Parce qu'il paraît que le jeune homme avait les cheveux longs et un blouson de cuir, alors ça lui a suffi, à la vioque. Le gardien qui l'a interrogée a même eu du mal à s'en dépêtrer, elle voulait savoir s'il était croyant.

— Taisez-vous, ça me rappelle mes débuts d'enquêteur, grogna Kincaid. Bon, il y a aussi la rive droite, du côté des champs ?

— Alors là, il faudrait une Land Rover ou un tout-terrain quelconque. Quand il a plu, on s'enfonce direct dans la mélasse ! Vous pouvez pas savoir !

Makepeace étudia un instant le visage de Kincaid, puis ajouta charitablement :

— Bon, c'est pas gras comme renseignements, je me rends compte. Par contre...

Il tapota sur une chemise qu'il tenait sous le bras.

— ... J'ai quelque chose qui va vous intéresser, c'est le rapport du labo...

Il le tendit à Kincaid, puis :

— ... On déjeune ?

— Donnez-moi le temps de regarder ça, une dizaine de minutes et on y va, dit Kincaid en le saluant de la main avant de se plonger dans le rapport scientifique.

Il parcourut les divers documents, puis il téléphona au Dr Winstead dans son repaire.

— Docteur, dit-il après s'être présenté, je sais maintenant quand Swann a pris son dernier repas : à environ vingt et une heures. Vous êtes sûr qu'il n'a pas pu mourir vers vingt-deux heures ?

— Il avait mangé de la viande et des pommes de terre, je ne m'étais pas trompé ?

— Oui, en effet, steak-frites, concéda le policier.

— Non, moi, je situerais le décès aux alentours de minuit, sauf si notre client avait des sucs gastriques à bouffer les pare-chocs !

— Merci, docteur, vous êtes formidable.

Kincaid raccrocha. Il contempla un moment les rapports étalés devant lui, puis les empila sommairement, resserra son nœud de cravate et sortit, avec en vue de plus plaisantes perspectives.

À son retour au Yard, Gemma avait trouvé un message sur son bureau : *Monsieur Thomas Godwin a appelé. À quinze heures, hôtel Brown.*

Elle alla voir l'inspecteur de permanence.

— Dis-moi, Bert, il n'a dit que ça ? Tu es certain ?

Vexé, il marmonna :

— Je me suis déjà gourré en prenant des messages ?

— Mais non, mon lapin, jamais...

Elle lui passa affectueusement la main dans les cheveux qu'il avait grisonnants.

— ... Quand même, je trouve ça bizarre.

— C'est pourtant ce qu'a dit le mec, mot pour mot, confirma Bert, rasséréné. À propos, le grand patron veut te voir.

— Allons bon ! ronchonna-t-elle entre les dents, et Bert lui lança un regard apitoyé :

254

— Il n'a encore dévoré personne aujourd'hui, ricana-t-il pour la réconforter.

— Merci, vieux, je me sens plus tranquille !

La porte de Denis Childs était grande ouverte, comme toujours. Gemma heurta légèrement le panneau avant d'entrer.

— Vous souhaitiez me voir, monsieur le divisionnaire ?

Childs leva les yeux du dossier qu'il étudiait. Il avait opté depuis quelque temps pour des lunettes de grand-mère, trop petites sur son visage joufflu, et Gemma dut se mordre la lèvre pour ne pas éclater de rire. Par bonheur, il les retira et les agita gracieusement, suspendues entre le pouce et l'index.

— Ah, inspecteur James, asseyez-vous donc. Qu'est-ce que vous fabriquez, Kincaid et vous, ces derniers temps ? Vous jouez à la belote ou quoi ? Je viens de me faire sonner les cloches par le directeur-général adjoint. Il m'a demandé quels résultats époustouflants vous aviez obtenus dans votre enquête. À ce que j'ai cru comprendre, sir Gerald Asherton s'est plaint.

— Mais, monsieur le divisionnaire, cela fait à peine quatre jours que nous sommes sur l'affaire, objecta Gemma, vexée. Nous n'avons eu le rapport d'autopsie qu'hier. Et, en outre...

Elle se hâta de poursuivre, avant de se faire répéter la maxime préférée du patron : *« Ce que je veux c'est des résultats, pas des excuses ! »*

— Nous avons un suspect. Justement, je l'interroge cet après-midi.

— Des preuves matérielles, j'espère ?

— Hélas non, pas encore, monsieur le divisionnaire.

Childs croisa ses mains sur son ventre et la jeune femme se demanda, une fois de plus, comment un homme aussi grassouillet pouvait bénéficier d'une telle aura. À ce qu'en savait Gemma, il était heureux en ménage et il n'exerçait son fort magnétisme personnel que pour ramener l'ordre en cas de crise chez les dactylos.

— J'ai besoin de tout mon monde en ce moment à cause de la récente vague de criminalité. J'aimerais vous affecter à d'autres missions et laisser le Val-de-Tamise régler l'affaire, seulement voilà, on ne peut pas agir ainsi avec le directeur-adjoint, vous êtes de mon avis, inspecteur ? Nous avons toujours intérêt à ménager les gens du ministère, n'est-ce pas ?...

Son visage s'épanouit et ses dents éclatantes contrastèrent avec sa peau mate.

— ... S'il vous plaît, transmettez ce que je viens de vous dire au superintendant Kincaid.

— Oui, monsieur le divisionnaire, répliqua Gemma.

Estimant qu'il l'avait congédiée par ces mots, Gemma s'esquiva le plus gracieusement qu'elle put.

Lorsqu'elle fut de retour dans le bureau, son regard alla vers la table où gisaient les dossiers qu'elle avait laissés en instance avant son départ pour les Chilterns. Un rayon de soleil révélait une couche de poussière marquée par endroits d'empreintes digitales accusatrices. Gemma ne put s'empêcher de sourire. Elle s'approcha du bureau et l'essuya avec un kleenex. Faire disparaître tous les indices : n'est-ce pas le principe de base en matière de crimes et délits ? Désormais libre de soucis, elle saisit son sac à main et se dirigea en toute hâte vers les ascenseurs. Par bonheur, personne ne l'intercepta avant la sortie.

Elle traversa Saint-James's Park à grands pas, en inspirant profondément l'air vif et pur. Les Anglais ont le don de savoir profiter du moindre rayon de soleil, si bref soit-il, songeait-elle, comme s'ils étaient dotés d'un petit radar intégré. Ainsi, le parc grouillait-il de

256

gens qui avaient perçu le signal, les uns pressant le pas sans doute vers une destination précise, comme elle, les autres cheminant sans but ou se prélassant sur des bancs. Tous en tenue de ville, parfaitement inadaptée au lieu. Les arbres qui, la veille encore dans la brume, ressemblaient à de vieilles serpillières, laissaient maintenant voir quelques dernières feuilles rouge et or ; des chrysanthèmes et d'humbles pensées retardataires faisaient de leur mieux pour égayer le paysage.

Gemma gagna le Mall. Elle entendait battre son cœur et elle avait le visage en feu. Une fois atteint Albermarle, elle n'était plus qu'à quelques rues de sa destination et, pour la première fois ce jour-là, elle se sentit les idées claires.

Elle avait calculé au plus juste le temps nécessaire. Néanmoins, même en arrivant quelques minutes avant l'heure du rendez-vous, elle constata que Thomas Godwin était déjà sur place. Il lui fit signe. Moelleusement installé dans un fauteuil de l'hôtel, il paraissait aussi détendu que dans son propre salon. En s'approchant, Gemma s'aperçut que le vent l'avait quelque peu décoiffée et déplora d'avoir des chaussures à talons bas, nullement à la mode.

— Asseyez-vous, chère madame. Ce n'était pas la peine de vous presser comme ça. J'ai déjà commandé, euh... j'espère que l'endroit ne vous déplaît pas trop, même s'il est un peu vieillot...

D'un geste circulaire, il montra le salon, les boiseries en chêne et les bûches qui flambaient dans la cheminée.

— ... Mais je dois dire qu'ils font un thé très convenable.

— Monsieur Godwin, ce n'est pas une visite mondaine, rétorqua Gemma en s'enfonçant dans les coussins du fauteuil en face de lui. Où diable étiez-vous ? J'ai essayé de vous joindre toute la journée.

— Ce matin, je suis allé voir ma sœur à Clapham.

Un devoir de famille : assommant, je vous l'accorde, mais tout le monde doit en passer par là un jour ou l'autre... À moins d'insémination artificielle. Du reste, même si on a eu cette chance, il peut y avoir d'autres complications, je frémis rien que d'y penser.

Gemma tenta de se redresser contre le dossier trop mou de son siège.

— Je vous en prie, arrêtez votre boniment, monsieur Godwin. Ce que je veux, ce sont des réponses claires et nettes...

— On a quand même le temps de prendre un peu de thé, non ? Et puis, je vous en supplie, appelez-moi Tommy, comme tout le monde...

Il se pencha vers elle, comme pour une confidence :

— ... Vous saviez que cet hôtel a servi de décor pour un roman d'Agatha Christie, *À l'hôtel Bertram,* inspecteur ? Ça n'a pas l'air d'avoir beaucoup changé depuis.

Gemma ne put s'empêcher de regarder autour d'elle. Certaines des vieilles petites dames assises là semblaient des clones de miss Marple. Les couleurs délavées de leurs robes à fleurs, sous des cardigans en laine très comme il faut, s'harmonisaient à merveille avec la teinture, bleuâtre ou mauve, de leurs chevelures ; et les souliers plats confortables de Gemma pouvaient passer pour élégants à côté de leurs chaussures.

D'où venait la prédilection de Godwin pour un endroit pareil ? Elle l'étudia discrètement. Blazer — en cachemire, jugea-t-elle ; chemise en twill de soie gris pâle irréprochable ; cravate foulard à fleurettes rouges sur fond bleu marine.

Lisait-il dans les pensées de la jeune femme ? En tout cas, il expliqua :

— Oui, c'est une atmosphère d'avant-guerre à laquelle je ne résiste pas, l'âge d'or des bonnes manières anglaises. Comme tout ça est loin, hélas ! Je suis né pendant le blitz, mais il subsistait des traces de ce bon ton dans mon enfance... Ah, voici le thé...

Le serveur leur apportait un plateau.

— Vous en parlez comme d'un âge d'or parce que vous ne l'avez pas vécu. J'imagine que, pour la génération de l'entre-deux-guerres, l'âge d'or, c'était la Belle Époque, et, pour ceux de la Belle Époque, l'ère victorienne.

— Vous n'avez pas tort, ma chère, fit-il en versant du thé dans sa tasse, mais il y a quand même une différence, c'est la guerre de 14-18. On s'était penché sur l'enfer et on avait appris que les civilisations étaient fragiles.

Le serveur revint, muni d'un deuxième plateau, à trois étages celui-ci : au niveau inférieur, des petits sandwichs ; à l'intermédiaire, des scones : et, couronnant le tout, des pâtisseries.

— Prenez un sandwich, suggéra Godwin. Je vous recommande le saumon au pain bis.

Il avala une gorgée de thé, puis reprit son exposé, tout en tenant un sandwich au concombre.

— De nos jours, il est facile de se moquer des romans policiers des années vingt, de les juger superficiels, sans rapport avec la réalité. On ne veut pas comprendre que c'était une sorte de refuge loin du chaos menaçant. On s'intéressait davantage aux drames intimes décrits dans ces livres qu'aux conflits mondiaux, parce que l'ordre, la justice et le châtiment y triomphaient immanquablement au dénouement, et cela rassurait les gens. Savez-vous que la Grande-Bretagne a perdu le tiers d'une génération entre 1914 et 1918 ? Et, cependant, la Première Guerre n'avait jamais fait peser la moindre menace sur le pays luimême, à la différence de la Deuxième : ça se passait ailleurs, sur le continent...

Une pause, le temps de mâcher puis il reprit d'une voix mélancolique :

— ... Quel gâchis ! Voir disparaître la fine fleur de la jeunesse anglaise sans rien savoir d'autre que ce qu'en disaient les manchettes des journaux ou les discours des politiciens !...

Il sourit.

— ... Tandis que, dans les bouquins d'Agatha Christie, d'Allingham ou de Sayers, le détective met infailliblement la main sur le coupable. Et vous remarquerez aussi que ces détectives étaient toujours indépendants. On avait encore foi dans l'action individuelle, en dehors des structures établies.

— D'accord, mais tous ces meurtres étaient « propres », si l'on peut dire. Jamais de flots de sang, bougonna Gemma, la bouche pleine.

Elle n'avait pas déjeuné parce qu'elle s'était sentie désemparée et lasse.

— Oh, mais certains de ces crimes étaient réellement diaboliques. Ainsi, Agatha Christie avait une prédilection pour les empoisonnements et j'estime que c'est la forme d'assassinat la plus barbare.

— Vous prétendez donc qu'il existe des formes moins barbares ?

Comme, par exemple, noyer la victime dans le cours d'eau le plus proche ? songea-t-elle. Elle trouvait que leur conversation prenait une tournure étrange.

— Mais non, chère amie, c'est simplement que le poison m'a toujours fait horreur...

Gemma prit une gorgée de thé, la fit rouler sur sa langue. Elle se délectait de sa saveur.

— Si je comprends bien, vous préférez un bon petit meurtre propre et expéditif ?

— Je n'en préfère aucun, assura-t-il, en lui versant encore du thé.

Gemma avait conscience qu'il la taquinait.

— Pour moi, au contraire, lança-t-elle, je trouve que la mort par noyade doit être affreuse. Cette ultime tentative d'aspirer de l'air dans ses poumons, puis l'asphyxie en se débattant, enfin le renoncement, la perte de conscience...

Thomas Godwin demeurait à l'observer avec un rien de malice dans le regard, les mains posées sur la nappe. De si belles mains, jugea Gemma, les doigts effilés aux ongles manucurés. Elle n'arrivait pas à se représenter cet homme se battant comme un loubard. Encore moins se servant de ses mains pour étrangler quelqu'un. Ou pour lui enfoncer la tête sous l'eau de la Tamise.

— Au fond, vous avez raison, murmura-t-il. Quel mauvais goût de ma part de m'être laissé aller comme ça, mais c'est parce que je suis un incorrigible lecteur de romans policiers...

Il saisit un sandwich au cresson.

— ... Vous pensez que ce pauvre Connor a beaucoup souffert ?

— On ne le sait pas encore. Le médecin légiste n'a pas été capable de déterminer s'il avait avalé de l'eau du fleuve avant d'expirer, mais ce n'est pas à exclure...

Elle laissa passer une seconde, puis :

— ... Justement, j'espérais que vous pourriez me le dire.

Il ouvrit grand les yeux.

— Allons, inspecteur, vous n'allez pas imaginer que...

— Vous m'avez menti en affirmant avoir assisté à toute la représentation jeudi soir à l'opéra. L'un des ouvreurs vous a vu entrer par la grande porte quelques minutes seulement avant la fin. Mais, surtout, j'ai quelqu'un qui vous a vu dans un bistro de Wargrave et pouvant témoigner que vous avez eu un dîner orageux avec Connor Swann.

Là, elle bluffait avec toute l'assurance dont elle était capable.

Thomas Godwin semblait interloqué, pour la première fois depuis qu'elle le connaissait. Elle en profita pour analyser son visage inerte : ce n'était pas tant par ses traits qu'il séduisait, mais par l'expression de vivacité, de perspicacité et d'humour qu'on y lisait la plupart du temps.

Il soupira en repoussant son assiette vide.

— Oui, je savais que ça ne servirait à rien : depuis ma plus tendre enfance, je n'ai jamais été capable de mentir. J'avais réellement l'intention d'assister au spectacle. Mais j'avais sur mon répondeur un message de Connor qui voulait me voir de toute urgence. C'est sans doute pour ça qu'il était passé au théâtre dans l'après-midi.

— Et il vous demandait de le retrouver au *Lion rouge* ?

Godwin fit signe que oui. Au même moment, le serveur apporta la seconde théière commandée. Godwin la souleva.

— Il faut absolument que vous goûtiez le Keemun. Que prendrez-vous avec ?

Gemma n'eut pas le temps de refuser, car il ajouta :

— Je vous en prie, inspecteur, prenez quelque chose. Je m'étais dit que ça vous ferait plaisir : occupé comme on l'est dans votre métier, vous ne devez pas souvent avoir l'occasion de prendre un vrai thé dans l'après-midi.

Les paroles d'Alison Douglas lui revinrent à l'esprit : quelque méfait qu'ait pu commettre Tommy Godwin, il se montrait prévenant, comme toujours, et elle n'eut pas le courage de regimber.

— Eh bien, si vous insistez, je prendrai un scone.

Il en prit un aussi et versa du thé de la nouvelle variété.

— Goûtez-le. Vous pouvez y mettre du lait si vous voulez, mais je ne vous le conseille pas.

Gemma lui obéit.

— Que c'est doux ! dit-elle, surprise.

Le costumier jubilait.

— Vous aimez ? C'est du Congou de Chine du Nord, ce qu'on fait de mieux comme chine noir, à mon goût.

— Revenons à Connor, dit Gemma en étalant un peu de beurre et de confiture de fraise sur son scone.

— Je n'ai pas grand-chose à raconter. Je l'ai retrouvé au *Lion rouge*, comme vous savez, et il s'est tout de suite comporté d'une drôle de façon. Moi, en tout cas, je ne l'avais jamais vu dans cet état-là. Bien sûr, j'avais entendu dire que, dans les semaines qui avaient suivi sa séparation d'avec Julia, il s'était laissé aller, mais là, il n'avait pas l'air d'avoir beaucoup bu. Non, ce n'était pas ça, mais il était... Comment dire ? Hystérique.

— À quel sujet voulait-il vous voir ?

Tommy fit passer le petit morceau de gâteau qu'il avait dans la bouche avec une gorgée de thé.

— Oh, j'ai tout de suite compris : il voulait reprendre son ancien emploi chez nous. Il en avait assez de s'occuper de budgets minables dans un trou perdu et il m'a demandé d'intervenir.

— Vous auriez pu ? s'enquit Gemma, un peu étonnée.

— Eh bien, oui. Le principal associé de notre agence de publicité est un ami. C'est même moi qui lui ai conseillé de soumissionner auprès de l'O.N.A., autrefois...

Il considéra Gemma par-dessus la tasse qu'il tenait entre ses mains.

— ... Il est malheureusement impossible de prévoir les conséquences de ses actes. Sans mon intervention en faveur de l'agence de publicité qui employait

Connor, il n'aurait peut-être jamais fait la connaissance de Gerald et de Caro, puis, par eux, de Julia.

— Finalement, l'autre soir, vous avez refusé de l'aider ?

— Oui, très poliment d'abord. J'ai essayé de lui faire comprendre que ma réputation était en cause s'il ne donnait pas satisfaction et que, eu égard à son échec antérieur, je ne souhaitais pas courir le risque. Pour vous dire la vérité...

Il reposa sa tasse sur la table et regarda dans le vague.

— ... C'était quelqu'un que je n'avais jamais beaucoup aimé. Peut-être pas la chose à dire quand on est le suspect dans une affaire de ce genre. N'est-ce pas, inspecteur ?...

Il eut le même sourire espiègle, avant de reprendre, plus sérieusement :

— ... Je me rappelle très clairement le jour de leur mariage. Au mois de juin, avec lunch dans le jardin de Badger's End. Oh, je sais que vous n'avez pu l'admirer en cette saison, mais je vous assure qu'il est magnifique en été. C'est l'œuvre de Plummy, même si Julia l'aidait comme elle pouvait, quand elle avait le temps.

« Tout le monde répétait que Julia et Connor formaient un beau couple, et c'était vrai. Pourtant, rien qu'à les voir, je pressentais la catastrophe : ils n'étaient pas du tout faits l'un pour l'autre...

— De grâce, Tommy, au fait, au fait ! coupa Gemma, en se demandant comment adopter un ton grave quand on a la bouche pleine de gâteau.

Il exhala un soupir.

— Oui, bref, nous nous sommes disputés, Connor et moi. Il est devenu si agressif que j'ai fini par lui dire que j'en avais assez et je suis parti. Point final.

Écartant son assiette à son tour, Gemma se pencha vers lui.

— Non, ce n'est pas tout, mon cher. Le barman

264

est sorti du bistro peu après vous deux et, à ce qu'il m'a dit, il vous a vus vous battre du côté du quai.

Même si cela lui paraissait impossible de la part d'un homme aussi pondéré et maître de lui que le costumier, elle aurait juré qu'il avait tressailli.

Il y eut un silence. Leurs regards se croisèrent.

— Voilà une chose que je n'avais pas faite depuis mon enfance, reprit-il enfin. Et même à l'époque, je trouvais indigne toute forme de violence. Pour moi, c'était de la barbarie pure et simple. On avait beau me répéter qu'il fallait constamment être prêt à se battre pour réussir dans la vie, moi, j'avais fait un autre choix. Inutile de préciser qu'on m'a cent fois traité de tantouse à cause de ça...

Il retrouvait son sourire enjôleur.

— ... Mais ça m'était bien égal : l'important pour moi, c'est de toujours vivre selon mes principes. Si bien que, quand cette absurde bagarre a commencé, j'ai préféré filer.

— Et lui, il vous a laissé partir ?

Godwin hocha la tête.

— Oui, je crois qu'il commençait à se calmer.

— Vous aviez garé votre voiture sur le gravillon, au bord de l'eau ?

— Non, j'avais trouvé une place dans la rue à deux ou trois cents mètres du bistro. Quelqu'un l'a peut-être vue, ajouta-t-il avec une note d'espoir dans la voix. C'est une Jaguar rouge, ça se remarque, non ?

— Et une fois arrivé à votre voiture ?

— Eh bien, je suis retourné à Londres. J'avais eu la sottise d'accepter ce rendez-vous avec Connor et j'avais fichu ma soirée en l'air à cause de ça. Alors, j'ai fait de mon mieux pour assister encore au spectacle, selon mes intentions...

— Durant cinq malheureuses minutes ? lança Gemma, sceptique.

Il sourit.

265

— En tout cas, j'ai essayé.

— Est-ce que vous ne vous seriez pas montré dans la loge de sir Gerald afin de vous fabriquer un alibi ?

Le costumier répondit patiemment :

— Comme je vous l'ai déjà dit, je voulais le féliciter après le spectacle.

— Le féliciter de quoi ? Puisque vous n'y aviez pas vraiment assisté...

— Vous savez, on peut toujours se fier aux réactions du public après le baisser de rideau.

Gemma le scruta attentivement et il ne cilla pas.

— Vous avez raison quand vous dites que vous ne savez pas mentir, marmonna-t-elle. Et je suppose que vous êtes rentré chez vous directement ?

— Oui.

— Et vous n'avez rencontré personne ?

— Hélas non, ma chère. Je me suis garé dans la cour de mon immeuble et je suis monté par l'ascenseur de service. Je n'ai croisé personne en effet. J'en suis désolé.

Il avait l'air sincèrement navré de la décevoir.

— Et moi donc !... soupira-t-elle.

La fatigue la gagnait.

— Vous auriez très bien pu fourrer le corps dans le coffre de votre voiture et revenir durant la nuit à Hambleden pour le jeter dans l'écluse.

— Quelle drôle d'idée ! Vous en avez de l'imagination, inspecteur, se gaussa-t-il.

Il devenait exaspérant.

— Dans ces conditions, il va falloir soumettre votre Jaguar aux experts. Et nous allons aussi devoir perquisitionner à votre domicile. Pour l'instant, on va tous les deux à Scotland Yard mettre ça noir sur blanc.

Il souleva la théière en souriant :

— Très bien. Mais nous avons le temps de finir notre thé, chère madame l'inspecteur.

12

Son déjeuner avec Jack Makepeace avait apporté à Kincaid une vision moins noire de l'existence. La lumière vive éblouit les deux hommes au moment où, gavés de fromage, de cornichons et de bière, ils quittèrent la pénombre du pub pour se retrouver dans la rue.

— Quelle bonne surprise ! s'exclama Makepeace en tournant la tête vers les rayons du soleil, profitons-en parce que ça ne va pas durer. La météo a annoncé qu'il allait flotter.

Après avoir pédalé dans la semoule toute la matinée, rien de mieux qu'une petite balade, songea Kincaid en sentant une légère tiédeur lui caresser le visage.

— Eh bien, je vais en profiter, annonça-t-il lorsqu'ils furent parvenus à hauteur du commissariat. Vous savez où me joindre s'il se passe quelque chose.

— Y a des gens qui ont toutes les chances ! fit Makepeace, sans trop d'amertume. Moi, je dois retourner au charbon.

Il fit un signe d'adieu avant de disparaître derrière les portes vitrées de l'hôtel de police.

Kincaid parcourut en voiture le petit trajet entre High Wycombe et Fingest. En atteignant le village, il hésita brièvement avant de s'engager sur le parking du pub. Le presbytère, si délicieusement pittoresque sous les rayons du soleil, le tenta un instant. Il résista à son envie : il craignait de passer l'après-midi à bavarder dans l'accueillant bureau du pasteur.

D'ailleurs, Tony, le barman, se révéla être aussi compétent en matière d'itinéraires touristiques que sur le reste.

— Je sais exactement ce qu'il vous faut, déclara-t-il en extrayant un opuscule des arcanes sous le comptoir. Voilà, il y a là une jolie petite promenade indiquée, avec visite de pubs. Cinq bornes ne vous font pas peur, j'espère ? ajouta-t-il en jaugeant le policier.

— Je crois que j'y arriverai, dit Kincaid, amusé.

— Bon, alors voilà, vous allez faire Kingest-Skirmett-Turville et retour. Chacun de ces villages a sa petite vallée, mais le parcours évite les pentes trop raides. Le seul ennui, c'est qu'il y a quelquefois un peu de boue.

— Pas de problème, je vous promets que je ne saloperai pas votre moquette en rentrant. Eh bien, je vais monter me changer...

— Attendez ! Je vous prête ma boussole...

Il fit apparaître l'objet sur la paume de sa main, à la manière d'un prestidigitateur.

— ... Ça peut vous être utile !

En haut de la première côte, un banc avait été charitablement installé pour le soulagement du promeneur essoufflé et la contemplation du panorama. Kincaid s'y assit un instant, puis reprit bravement sa marche. Il traversa des bois et des pâtures, franchit des échaliers. Au début de son excursion, les paroles du pasteur lui revenaient sans cesse à l'esprit ; il se figurait les allées et venues des Celtes, Romains, Saxons et autres Normands dans ces collines, chacune de ces peuplades laissant son empreinte sur le pays.

Au bout de quelque temps, le mélange d'air pur,

268

d'exercice physique et de solitude produisit l'effet magique escompté : Kincaid reprit son analyse de l'affaire Swann là où il l'avait laissée. Il passa en revue les divers éléments à sa disposition : d'abord, le procès-verbal d'autopsie excluait que Thomas Godwin eût tué Connor devant le *Lion rouge* de Wargrave. À la rigueur, on pouvait avancer l'hypothèse qu'il l'eût assommé pour ensuite l'achever à son retour de Londres deux heures plus tard. Mais, comment le costumier s'y serait-il pris pour transporter le cadavre depuis le coffre de sa voiture jusqu'à l'écluse ? Gemma n'avait pas tort d'être sceptique.

De même, le rapport du Dr Winstead démontrait que Julia n'avait pu perpétrer le crime pendant sa brève absence du vernissage, et le témoignage de David, le serveur du *Lion rouge*, prouvait qu'elle n'aurait pas eu le temps matériel de retrouver son mari, fût-ce brièvement, sur le quai devant la galerie, et de lui fixer un rendez-vous pour plus tard.

Kincaid aurait dû se sentir soulagé de cette déduction, mais il fut contraint d'admettre l'éventualité que Trevor Simons eût menti pour la protéger et qu'elle ait retrouvé Connor après le vernissage.

Il était tellement absorbé par ces méditations qu'il ne vit pas la bouse de vache sur le sentier et qu'il y mit directement le pied. Il émit un juron et dut s'essuyer les semelles dans l'herbe. De même, on ne perçoit souvent les mobiles d'un crime qu'en mettant le pied dedans, se dit-il in petto. Il reprit sa marche, avec plus de vigilance cette fois. Il avait beau retourner ses pensées en tous sens, il n'arrivait pas à trouver quelle raison aurait eue Julia de supprimer son mari. En outre, pourquoi, après la violente querelle qui les avait opposés dans l'après-midi, aurait-elle consenti à le rencontrer le soir même ?

Cette énième scène de ménage suffisait-elle à expliquer le comportement extravagant de Swann le reste de la journée ? Il semblait que sa conduite ne s'était radicalement modifiée qu'*après* avoir vu Kenneth Hicks ce jour-là. On en revenait donc une nouvelle fois à Kenneth : où se trouvait-il jeudi soir ? À peine Kincaid lui avait-il posé la question que l'aigrefin s'était montré plus récalcitrant, alors qu'il avait d'abord paru prêt à collaborer, fût-ce à contre-cœur. En évoquant le personnage, cuirassé dans son blouson d'aviateur, Kincaid se rappela le témoignage de la femme dont lui avait parlé Makepeace à son arrivée : elle avait remarqué « un homme accompagné d'un jeune garçon en blouson de cuir », avait-elle déclaré... Or, Kenneth n'était pas très grand — un mètre cinquante-huit à un mètre soixante à tout casser et, à distance, on pouvait aisément le prendre pour un jeune garçon. Encore une piste à exploiter.

Le policier cheminait à nouveau dans les bois au-delà de Skirmett. Dans la pénombre, le bruit de ses pas était étouffé par la couche d'humus. Le silence n'était troublé par aucun chant d'oiseau. Il s'arrêta un instant, le temps d'une apparition fugitive, peut-être une biche effrayée. Il n'entendait plus que les battements de son cœur.

Il reprit sa marche. Il ne savait plus très bien à quoi se raccrocher, dans la masse informe des renseignements dont il disposait. Ainsi, en supposant que Connor fût tout de suite reparti en voiture après son algarade au *Lion rouge* avec Thomas Godwin, où s'était-il rendu ? Et puis, le visage de Sharon Doyle réapparut dans sa mémoire : ne s'était-elle pas montrée aussi réticente que Hicks lorsque le policier lui avait demandé des précisions sur ses activités au cours de la soirée de jeudi ?

En arrivant à Turville, il porta son regard vers le nord-ouest, en direction de la colline où était tapie la maison des Asherton, Badger's End, sous la voûte de hêtres. Pourquoi Julia était-elle revenue y vivre, comme attachée à la demeure par un cordon ombilical invisible ?

Kincaid fit halte au carrefour vers Northend, fronçant le sourcil. Il n'arrivait toujours pas à saisir le fil de cette affaire.

Le pub *Bull & Butcher* était niché au milieu des quelques chaumières du hameau de Turville, mais Kincaid résista à la tentation d'une chope d'ale bien fraîche et s'éloigna à travers champs.

Il arriva bientôt sur la route de Fingest. Le soleil avait baissé sur l'horizon et les rayons obliques s'insinuaient à présent entre les troncs, en clignotant comme un projecteur défaillant.

Les tours, maintenant familières, de l'église de Fingest faisaient enfin leur apparition. Kincaid avait pris deux décisions : il allait demander aux policiers du Val-de-Tamise d'interpeller Hicks pour voir si sa crânerie résisterait à un interrogatoire dans les locaux de la brigade.

De son côté, il irait de nouveau rendre visite à Sharon Doyle.

Kincaid rentra à l'hôtel, ses chaussures de sport un peu boueuses comme l'avait redouté Tony, mais tout à fait ragaillardi par son expédition. Pas de nouvelles de Gemma touchant son entretien avec Godwin. Il téléphona au Yard et laissa un message pour elle à l'inspecteur de permanence : qu'elle revienne à Fingest dès qu'elle en aurait fini à Londres pour assister à l'interrogatoire de Hicks. Au fait, songea-t-il en souriant, vu le manque évident d'attirance du nabot pour les femmes, peut-être vaudrait-il mieux confier l'interrogatoire à Gemma.

Arrivé à Henley, Kincaid gara sa voiture à côté du poste de police et descendit Hart Street, avec pour point de repère le clocher de Sainte-Marie.

Carré, massif, il était l'axe autour duquel la ville s'ordonnait comme les rayons d'une roue. À l'ombre du clocher, le petit cimetière s'ouvrait sur Church Avenue, à la manière d'un jardin bien entretenu. Une plaque commémorative, sertie dans la muraille, annonçait qu'une institution charitable avait été fondée en ce lieu par un certain John Longland, évêque de Lincoln, en 1547, puis reconstruit en 1830.

L'hospice consistait en une rangée de ravissantes chaumières, aux portes d'un bleu éclatant, avec des rideaux de guipure à chaque fenêtre. Kincaid frappa au numéro qu'avait indiqué Sharon Doyle. Il entendit un bruit de télévision, puis la voix perçante d'un enfant.

Il allait lever la main pour cogner à nouveau lorsque Sharon ouvrit la porte. Il aurait eu peine à la reconnaître sans ses bouclettes blondes tire-bouchonnantes ; aucun maquillage, pas même du rouge à lèvres ; le visage uni de la jeune femme paraissait naïf, sans défense. Au lieu des vêtements excentriques et des chaussures à talons vertigineux de l'autre soir, elle portait un tee-shirt déteint, des jeans et des baskets crottés. Elle semblait même avoir maigri depuis leur première rencontre. Contre toute attente, elle parut enchantée de le revoir.

— Monsieur le superintendant ! Ça alors !

La fillette qui s'accrochait maintenant aux jambes de sa mère était nettement moins propre que l'enfant qu'il avait vue sur la photo du portefeuille.

— Bonjour, Hayley !... dit Kincaid en s'accroupissant à sa hauteur.

Puis, levant la tête vers Sharon :

— ... Je suis venu voir comment vous alliez.

— Oh, je vous en prie, entrez donc, dit-elle comme se souvenant tout à coup des usages.

Elle s'effaça, gauchement, gênée par l'enfant qui se cramponnait à sa jambe.

— La petite était en train de goûter avec Mémé...
N'est-ce pas, mon trésor ?

Ils entrèrent dans le petit salon. La jeune femme
ne savait plus que dire au policier et, pour se donner
une contenance, elle caressait les boucles blondes de
la fillette. Kincaid regarda autour de lui : des nappe-
rons, des meubles aux teintes sombres, des abat-jour
à fronces ; et sur le tout, une odeur d'encaustique.
Tout cela vieillot et propret, comme dans un musée
d'arts et traditions populaires. Le son de la télévision,
bien plus fort que sur le pas de la porte, donnait à
penser que les cloisons du cottage étaient en plâtre.

— Oui, la mémé aime bien regarder la télé dans
la cuisine, expliqua Sharon, pour dire quelque chose.
Elle est au chaud, comme ça, près du fourneau.

Dans ce décor de roman du XIXe siècle, le policier
eut la vision de deux amoureux flirtant. Puis il se
rappela que ces chaumières avaient été bâties à
l'usage de retraités, gens chez qui les intrigues amou-
reuses sont plutôt rares. Il se demanda si Connor était
déjà venu là, puis il dit :

— Eh bien, pendant que la petite Hayley goûte
avec sa grand-mère, nous avons le temps de bavarder
un peu dehors, non ?

Sharon accueillit la suggestion avec gratitude et se
pencha vers la petite fille :

— Tu as entendu ce que vient de dire le monsieur,
ma chérie ? Va avec Mémé finir de goûter. Et quand
tu auras mangé ta bouillie, tu pourras prendre un bis-
cuit, dit-elle d'une voix câline.

Elle fit pivoter la fillette et lui donna une petite
tape sur les fesses.

— Dis à Mémé que je reviens tout de suite !

Elle la suivit du regard jusqu'à la porte de la cuisine, puis, se tournant vers le policier :

— J'enfile un tricot et je suis à vous.

Le tricot en question était un gilet d'homme en

laine marron, un peu mité, rappelant celui que portait sir Gerald Asherton le soir où Kincaid avait fait sa connaissance. Surprenant le regard du policier, Sharon eut un sourire :

— Oui, c'est celui du grand-père. La mémé l'a gardé pour le porter à la maison...

En entrant dans le petit cimetière avec Kincaid, elle précisa :

— Je dis Mémé, mais c'est mon arrière-grand-mère, car ma grand-mère est morte quand ma mère était encore toute petite.

Le soleil avait décliné depuis que Kincaid était entré chez Sharon, et le cimetière était encore plus joli dans la douce lumière du couchant. Ils s'assirent sur un banc face aux maisonnettes de l'ancien hospice.

— Hayley est toujours aussi timide ?

— Non, elle est bavarde comme une pie. Elle n'arrête pas depuis le jour où elle a appris à parler...

La jeune femme avait posé les mains sur ses genoux. Des mains comme indépendantes du reste du corps. Le policier constata que, depuis leur première rencontre, elle s'était rongé les ongles jusqu'au sang.

— ... C'est seulement depuis que je lui ai dit pour Connor qu'elle est comme ça...

Elle épia Kincaid.

— ... Fallait bien que je lui dise, non ? J'allais pas raconter qu'il s'était tiré, comme s'il se foutait de ce qui pouvait nous arriver !

Kincaid parut peser la question, avant de répliquer :

— Je crois que vous avez bien fait. Tout ça est dur pour elle, mais, au fond, il vaut mieux dire la vérité, même aux enfants, parce qu'ils se rendent bien compte quand on leur ment et alors le sentiment d'une tromperie s'ajoute à leur chagrin.

Sharon écoutait attentivement. Elle hocha de nouveau la tête, les yeux baissés sur ses mains, puis :

— C'est seulement qu'elle veut savoir pourquoi on ne le voit plus. Par exemple, quand ma tante Pearl est morte l'année dernière, la mémé l'a emmenée voir le corps avant l'enterrement.

— Que lui avez-vous dit exactement pour Connor ?

Elle haussa les épaules.

— J'ai fait comme j'ai pu, c'est pas facile, vous savez !

— Il lui faudrait quelque chose de concret qui lui prouve qu'il est parti pour de bon. Vous pourrez l'emmener voir sa tombe, plus tard...

Il désigna les sépultures réparties sur la pelouse parfaitement tondue.

— ... Les tombes, elle connaît.

Elle croisa les mains d'un geste saccadé.

— Et puis, je n'ai personne pour parler de tout ça. La mémé, elle veut rien entendre : d'abord, elle n'a jamais piffé Connor, même de son vivant...

— Tiens, pourquoi ça ?

Au contraire, l'aïeule aurait dû se réjouir d'un bon parti pour son arrière-petite-fille.

— « Y a pas de mariage si on va pas à l'église »... marmonna Sharon en imitant si bien le chevrotement de la bisaïeule que Kincaid crut l'avoir devant les yeux.

— ... Oui, elle n'en démordait pas... Même si Connor n'habitait pas chez nous. Du moment qu'il avait une femme légitime, je n'avais aucun droit sur lui, qu'elle répétait. Au fond, c'était vrai, je m'en suis bien aperçue...

— Vous n'avez pas de bonnes copines ? coupa Kincaid, sans vouloir aborder la question que la jeune femme venait de soulever.

— Elles aussi, c'est comme si j'avais la peste,

comme si ce qui vient de m'arriver allait les empêcher de s'éclater avec moi...

Elle renifla, puis ajouta :

— De toute façon, je n'aimais pas leur parler de Connor. On avait notre petite vie à nous et je vais pas me mettre à déballer tout ça maintenant, ce serait trop dégueulasse.

— Au fond, vous avez raison.

Ils restèrent là sans plus rien dire, tandis que, l'une après l'autre, des lampes s'allumaient dans les maisonnettes. De vagues silhouettes se mouvaient derrière les rideaux en guipure. Par moments, quelque vieille femme se montrait sur le seuil de son cottage pour poser des bouteilles de lait vides ou ramasser le journal de l'après-midi. Cela faisait penser aux horloges allemandes à personnages, avec des bonshommes hilares qui surgissent lorsque le carillon sonne l'heure.

Kincaid lorgna vers la jeune femme assise à côté de lui, la tête penchée.

— Sharon, Mme Swann ne voit pas d'inconvénient à ce que vous veniez reprendre vos affaires à l'appartement.

La réaction fut inattendue.

— Justement, les trucs que j'ai dits, l'autre soir... eh bien, j'y ai repensé...

Il surprit une lueur fugitive dans son regard, puis elle se détourna à nouveau.

— ... C'était pas vrai, ce que j'ai dit. Vous savez, quand j'ai dit que...

— Qu'il se pouvait que Julia ait assassiné son mari... C'est ça ?

Elle hocha la tête en grattant distraitement une petite tache sur son tee-shirt.

— Oui, je sais même pas pourquoi je vous ai dit ça. Peut-être que je voulais me venger sur quelqu'un, n'importe qui...

Une pause, puis, comme si elle venait de faire une découverte :

— En réalité, je m'étais mis dans la tête qu'elle était aussi salope que disait Connor, parce que, autrement, comment expliquer ?... oui, ça me rassurait.

— Et maintenant ?

Elle ne répondit pas et il insista :

— Vous n'aviez aucune raison de l'accuser ? Par exemple, Connor ne vous avait jamais dit qu'elle le menaçait ?

Elle secoua lentement la tête et chuchota, si bas qu'il dut se pencher vers elle pour entendre :

— Non.

Elle embaumait le savon frais. Et cette odeur de propreté sans prétention émut le policier de façon inexplicable.

Le crépuscule descendait et la lueur bleuâtre des récepteurs de télévision clignotait aux fenêtres des maisons. Kincaid se figurait que tous ces retraités, des femmes âgées surtout à ce qu'il avait remarqué, avaient dîné de bonne heure pour ne plus être importunés, une fois installés devant le poste, entièrement isolés de leurs voisins, seuls avec eux-mêmes. Il s'ébroua, comme un chien sortant de l'eau, pour se libérer de l'onde de mélancolie qui l'envahissait. Quelle raison avait-il de s'apitoyer sur ces bonheurs simples ?

À côté de lui, Sharon eut un frisson et s'enveloppa plus étroitement dans son lainage. Kincaid se frotta les mains pour se réchauffer et reprit vivement :

— Une dernière question et puis, vous rentrerez chez vous avant d'attraper la crève. Voilà : nous avons un témoin qui est sûr d'avoir vu Connor au *Lion rouge* à Wargrave peu après qu'il vous eut quittée. Il était en compagnie d'un homme qui correspond au signalement de Thomas Godwin, un vieil ami des

Asherton. Vous le connaissez ? Ou aviez-vous entendu Connor parler de lui ?

L'effort mental de la jeune femme était presque visible.

— Non, répliqua-t-elle enfin, jamais...

Elle se tourna sur le banc pour faire face à Kincaid.

— ... Est-ce que... est-ce qu'il y a eu de la castagne ?

— Selon le témoin en question, le ton entre eux n'était pas vraiment amical. Pourquoi ?

Elle se mordilla le bout de l'index. Kincaid avait toujours considéré que se ronger les ongles était une forme d'automutilation déplorable et cela lui répugnait. Il croisa les mains pour ne pas être tenté de lui donner une tape sur les doigts.

— Je m'suis dit que c'était contre moi qu'il était en rogne. Parce que, quand il est revenu ce soir-là, il avait pas l'air content de me voir ; même qu'il m'a demandé pourquoi j'étais pas allée chez Mémé comme j'avais dit...

— Et pourquoi n'y étiez-vous pas allée ?

— Mais je l'avais fait ! Seulement, la mémé avait fini son bridge plus tôt, parce qu'une des vieilles se sentait patraque. Du coup, je suis revenue à l'appartement, j'étais pas contente qu'on se soit disputés, nous deux, et je me suis dit qu'i' serait content de me voir et que...

Elle avala sa salive, incapable d'aller plus loin. Et Kincaid n'insista pas, sachant très bien ce qu'elle avait espéré.

— Il avait bu ?

— Ben oui, un peu, mais il était pas vraiment parti.

— Et il ne vous a pas dit où il était allé ni qui il avait vu ?

Sharon secoua la tête :

— I' m'a dit : « Qu'est-ce que tu fous encore

là ? » et i' m'a passé devant comme si j'étais rien qu'un meuble !

— Et ensuite ? Racontez-moi tout ce que vous vous rappelez, dans l'ordre.

Elle ferma les yeux un instant, avec l'air de se concentrer.

— Il a été dans la cuisine et i' s'est versé à boire...

— Mais je croyais qu'il y avait un chariot à liqueurs ? s'étonna Kincaid en se souvenant de toutes les bouteilles entassées dessus.

— Oh, ça, c'est juste du cinéma. Pour les gens qui viennent. Lui, il garde toujours une bouteille de whiskey dans le buffet de la cuisine...

Elle poursuivit plus calmement :

— ... Quand il est revenu de la cuisine, j'ai bien vu qu'il se tâtait la gorge, alors je lui ai demandé : « Ça va pas ? Tu te sens pas bien, mon amour ? » Mais il a rien répondu. Il est monté dans son bureau et il a fermé la porte...

Elle n'acheva pas sa phrase.

— Vous ne l'avez pas suivi ?

— J'avais commencé à monter l'escalier quand je l'ai entendu qui causait... Il téléphonait sûrement à quelqu'un...

Sa voix vibrait de chagrin.

— ... Et il rigolait, il rigolait, j'arrivais pas à comprendre. Pourquoi i' rigolait alors qu'i' m'avait même pas dit bonsoir, ni quoi, ni qu'est-ce ?

« Enfin, quand il a redescendu, il m'a fait : "Faut que je ressorte. Tu n'as qu'à fermer à clef en partant." Alors, moi, j'en avais ras le bol et je lui ai dit que sa porte, i' pouvait se la mettre où i' voulait : j'allais pas rester à me faire traiter comme une pute ! J'y ai dit que, s'il voulait me voir, il avait qu'à m'appeler au téléphone, et que moi, je viendrais si j'avais vraiment rien de mieux à faire.

— Qu'est-ce qu'il a répondu ?

— Il est resté là sans l'ouvrir, comme s'il avait même pas entendu ce que j'avais dit.

Kincaid avait déjà vu Sharon Doyle en colère et il comprit l'inquiétude de Connor.

— Et alors, vous avez fait comme vous aviez dit ? Vous êtes partie ?

— J'étais bien obligée, non ? Qu'est-ce que je pouvais faire d'autre ?

— Après ce qu'il venait de se passer, vous auriez pu faire tout un cirque en partant.

Elle s'efforça de sourire.

— Ouais, j'ai claqué la porte de toutes mes forces, même que je me suis cassé un ongle ! Ça m'a fait vachement mal.

— Ainsi, vous ne l'avez pas vu quitter la maison ?

— Ben non. J'suis bien restée une minute comme une conne à regarder s'il allait pas sortir pour s'excuser, seulement il est pas sorti ! grogna-t-elle amèrement.

— Il vous devait pourtant une explication.

Elle mit du temps à digérer cela, puis elle balbutia :

— Monsieur Kincaid, vous comprenez pourquoi il a parlé comme ça... Pourquoi il m'a traitée comme une merde ?

Il aurait bien aimé pouvoir la consoler, mais il se contenta de dire :

— Non...

Avant d'ajouter avec une fausse assurance :

— ... Mais, croyez-moi, je vais essayer de le savoir. Allons, rentrez chez vous, sinon votre grand-mère va appeler la police.

Elle réagit à cette plaisanterie stupide avec un mince sourire. Juste par politesse, il en était certain. Devant la porte du cottage, il dit encore :

— Quelle heure était-il quand vous avez quitté Connor ? Vous vous souvenez ?

Elle montra le clocher massif derrière eux.

— L'église a sonné onze heures au moment où je passais devant le bistro, là, l'*Angel*.

En la quittant, la démarche la plus logique eût été de descendre vers la Tamise, jusqu'à l'appartement de Julia, sous prétexte d'emporter les affaires de Sharon, et il aurait profité de l'occasion pour lui demander ce qu'elle avait fait après le vernissage à la galerie.

C'était du moins ce que lui soufflait la partie la plus rationnelle de son esprit. Mais l'autre partie demeurait en retrait. Pourquoi ne s'avouait-il pas n'espérer qu'une chose : pouvoir contempler à nouveau le reflet chaleureux de la lampe sur les mèches souples de la jeune femme ? Ou ses lèvres se retroussant légèrement lorsqu'elle trouvait divertissante une chose qu'il venait de dire ? Ne se souvenait-il pas du contact de ses doigts lorsqu'elle lui avait effleuré les joues ?

— Des conneries tout ça ! s'entendit-il grogner, pour chasser ces images de son esprit.

Il n'avait qu'un seul objectif, tirer au clair certains détails, et son intérêt pour Julia était purement professionnel. Point à la ligne !

Le vent qui avait dissipé les nuages en fin d'après-midi était retombé. La soirée était silencieuse, comme attendant paisiblement la suite des événements. Sous la lumière des lampadaires, le cours d'eau semblait figé, comme pris par les glaces. En passant devant l'*Angel* en direction du quai, il fut assailli par la brume pénétrante et froide qui montait du fleuve.

À hauteur de la galerie de Trevor Simons, il aperçut ce dernier sur le pas de sa porte. Kincaid traversa rapidement la chaussée au moment où l'autre se penchait sur les cadenas de la grille. Il lui toucha le bras :

— Monsieur Simons, on dirait que vous avez du mal à fermer...

Simons fit un bond de côté et laissa choir la grosse clef qu'il tenait à la main.

— C'est vous, monsieur le superintendant ? Nom d'un chien, vous m'avez foutu une sacrée trouille...

Il s'inclina vers le sol pour ramasser sa clef et ajouta :

— ... Oui, vous avez raison, elle se bloque, mais j'y arrive toujours.

— Vous rentriez à la maison ? dit Kincaid d'un ton aimable.

Il se demandait si l'itinéraire de Simons incluait une visite à Julia. Surtout maintenant qu'elle avait réemménagé dans l'appartement, tout près de là. Plus besoin de tête-à-tête furtifs dans l'atelier derrière la galerie.

Simons restait sur place, visiblement embarrassé, son trousseau de clés dans une main, son attaché-case dans l'autre.

— Oui, en effet, répondit-il enfin. Vous vouliez me voir ?

— J'ai encore une ou deux petites choses à préciser, improvisa Kincaid. Si nous allions prendre un verre en face ?

— D'accord, mais pas plus d'une demi-heure, dit Simons en consultant sa montre. Parce que nous dînons chez des amis ce soir. Ma femme a envoyé les enfants dormir chez une copine, alors, vous comprenez, je dois me garder d'être en retard.

Kincaid se hâta de le rassurer.

— Le temps de boire un coup à l'*Angel*, c'est pas loin. Je vous promets que je ne vous retiendrai pas.

Il y avait beaucoup de monde dans le pub, mais l'ambiance était très convenable : il s'agissait visiblement de jeunes cadres qui se détendaient avant de réintégrer leur domicile.

— Pas mal cet endroit, je trouve, commenta Kincaid comme ils prenaient place à côté de l'une des fenêtres donnant sur la Tamise. À votre santé ! J'avoue que j'ai pris goût à la Brakspear qu'on sert par ici...

Il trempa les lèvres dans la bière, tout en lorgnant vers le galeriste. Celui-ci paraissait vraiment préoccupé, sans doute à cause de son dîner en ville.

— Je suis sûr que vous avez une agréable soirée en perspective, votre femme et vous, dit le policier à tout hasard.

Simons regarda ailleurs, l'air encore plus soucieux qu'auparavant. Il se passa la main dans les cheveux.

— Vous connaissez les femmes : elles tiennent à ce genre de festivités.

Un bateau passait à vitesse réduite sous le pont de Henley, ses fanaux vert et rouge scintillant dans la nuit. Kincaid, désœuvré, jouait avec son verre. Il finit par lever les yeux vers Simons :

— Vous saviez que Julia était retournée dans son appartement ?

— Oui, oui, elle m'a téléphoné hier...

Et, avant même que le policier pût intervenir, il se hâta de poursuivre :

— Écoutez, monsieur le superintendant, j'ai suivi votre conseil l'autre jour et... J'ai tout raconté à ma femme : mon histoire avec Julia et...

La fatigue marquait son fin visage et ses mains tremblèrent un peu quand il souleva son verre de scotch et soda.

— Et ?... le pressa Kincaid.

— Ça lui a foutu un choc. Beaucoup de tristesse, comme vous pouvez imaginer, fit-il en détachant les syllabes. Les dégâts ne vont pas être faciles à réparer. Nous formions un couple uni, plus que beaucoup. Je n'aurais jamais dû gâcher ça.

— À vous entendre, vous ne voulez plus continuer avec Julia ?

Kincaid savait que cela ne le concernait en rien et qu'il outrepassait ses droits.

— Je ne peux pas faire autrement, si je veux me rabibocher avec ma femme. J'ai prévenu Julia.

— Comment a-t-elle pris ça ?

— Oh, elle s'en remettra, je ne me fais pas de souci...

Il eut, en prononçant ces mots, le sourire timide que Kincaid avait déjà remarqué.

— ... Pour elle, ce n'était qu'une aventure sans lendemain. Je suis presque sûr que je lui ai épargné l'embarras de devoir me dire, tôt ou tard : « Écoute, mon ange, notre histoire, ce n'était pas du sérieux. »

Le policier pensa que, comme Sharon Doyle, Trevor Simons n'était pas fâché de trouver en lui un auditeur impartial, et il profita de la situation :

— Et vous, c'était de l'amour ?

— Je ne crois pas que le terme « amour » puisse jamais s'appliquer à Julia. Je suis marié depuis vingt ans et pour moi, l'amour, c'est quelqu'un qui reprise vos chaussettes au coin du feu, c'est des phrases comme : « C'est à qui de sortir la poubelle ce soir, mon chéri ? »...

Il sourit en avalant un peu de whiskey.

— ... Rien de transcendant, j'en conviens, mais on sait où on en est...

Il redevint triste.

— ... Oui, ça devrait être ainsi, à moins qu'un des deux fasse l'imbécile... J'étais sous le charme de Julia, ça oui, j'étais fasciné, envoûté, si vous voulez, mais Julia, c'est quelqu'un qui garde ses distances. Alors la passion !...

À contrecœur, Kincaid devait poser la question essentielle :

— Mais étiez-vous assez épris pour mentir en sa

faveur ? Êtes-vous absolument certain qu'elle n'a pas quitté la galerie après le vernissage ce soir-là ? Elle ne vous aurait pas dit qu'elle avait quelqu'un à voir ? Qu'elle serait de retour une heure ou deux plus tard ?

L'humour s'effaça du visage du galeriste. Il finit de boire le whiskey et posa son verre, d'un geste précis, au centre de la soucoupe.

— Non... Monsieur le superintendant, j'ai trompé ma femme, c'est vrai, mais je m'efforce de ne jamais mentir. En outre, si vous pensez que Julia est impliquée dans la mort de Connor, vous vous mettez le doigt dans l'œil. Je répète ce que je vous ai dit : elle est restée avec moi, après la fermeture, jusqu'à l'aube. Et puisque j'ai, pour ainsi dire, brûlé mes vaisseaux avec ma femme, je suis prêt à déposer devant le juge, si besoin est.

13

Kincaid sonna et attendit. Puis il sonna de nouveau, en tapant un peu des pieds et sifflotant. Aucun bruit ne provenait de l'intérieur et il allait repartir, un petit pincement de déception au cœur, lorsque la porte s'ouvrit.

Il se retourna. Elle le regardait en silence, sans manifester ni joie ni déplaisir de le voir. Elle leva le verre de vin qu'elle tenait à la main, comme pour un toast narquois.

— Monsieur le superintendant, qu'est-ce qui me vaut l'honneur ?... N'entrez pas si vous êtes venu me tarabuster.

— Julia ! s'exclama le policier en voyant la robe tricotée d'un incarnat agressif que portait la jeune femme. Quelle drôle de couleur ! Il y a une raison ?

— Bof, on met ce qu'on peut quand on est en retard de blanchissage, rétorqua-t-elle d'un ton morne. Mais entrez, je vous en prie, sinon, vous allez me juger mal élevée.

Elle recula à l'intérieur du living en ajoutant :

— C'est peut-être ma manière à moi de prendre le deuil que de m'habiller ainsi.

— L'esprit de contradiction, comme d'habitude ?

Il la suivit dans la cuisine.

— Qui sait, grogna-t-elle. Je vais vous trouver un verre, le pinard est là-haut.

Elle ouvrit un placard et se haussa sur la pointe des pieds pour atteindre l'étagère supérieure. Kincaid constata qu'elle était en chaussettes de grosse laine. Elle avait de petits pieds d'apparence fragile.

— Oui, Connor avait tout arrangé à sa convenance dans la cuisine, expliqua-t-elle en attrapant un verre. Dès que j'ai besoin de quelque chose, ce n'est jamais où je crois.

Kincaid se sentait comme un intrus dans une fête.

— Vous attendiez peut-être quelqu'un. Je ne voudrais surtout pas vous gêner. C'est seulement que j'avais un mot à vous dire et, en même temps, j'en aurais profité pour prendre les affaires de Sharon Doyle.

Julia fit volte-face et s'appuya contre le plan de travail à côté de l'évier, tenant les deux verres contre sa poitrine.

— Monsieur le superintendant, je n'attends personne : actuellement je mène la vie d'une pauvre veuve...

Elle gloussa un peu de sa plaisanterie.

— ... Oh oui, excusez-moi, nous étions convenus de laisser tomber tous ces « monsieur le superintendant » longs comme le bras, pas vrai ? ajouta-t-elle en le regardant par-dessus son épaule.

Elle le précéda à travers le salon, puis ils gravirent l'escalier. Kincaid pensa qu'elle était pompette. Un tout petit peu ; en tout cas elle ne titubait pas, ses gestes n'étaient pas désordonnés — même si elle marchait plus précautionneusement qu'à l'accoutumée. Sur le palier du premier étage, la porte de la chambre grande ouverte montrait le lit défait ; en revanche, la porte du bureau était close.

Dans l'atelier au second étage, les lampes étaient allumées et on avait baissé les stores. Le policier trouva qu'en seulement vingt-quatre heures, depuis la dernière fois qu'il était venu, Julia avait remis sa touche personnelle. Elle avait recommencé à travailler : elle avait presque achevé de peindre une fleur sur une feuille à même la table à dessin. La plante rappela à Kincaid des souvenirs de son enfance à la campagne, dans le Cheshire : les véroniques à pétales bleu gentiane qui poussaient au bord des talus, si douces au passant. Il se souvint aussi de sa consternation de découvrir qu'on ne pouvait les cueillir, car elles se fanaient et dépérissaient en un rien de temps.

Le reste de la table était occupé par des traités de botanique ouverts, des papiers froissés et plusieurs verres sales. Une odeur de tabac refroidi planait sur la pièce, avec aussi un soupçon du parfum préféré de la jeune femme.

Elle progressa à pas feutrés sur le tapis persan et s'assit au pied du fauteuil qui lui servit de dossier. À ses côtés, par terre, un cendrier rempli de mégots et un seau à glace contenant une bouteille de blanc. Elle versa du vin dans le verre destiné à Kincaid et grogna :

— Allons, Duncan, asseyez-vous donc. Ce ne serait pas une veillée funèbre si on restait debout.

Kincaid se laissa à son tour glisser par terre et saisit le verre qu'elle lui tendait.

— Une veillée funèbre, vraiment ?

— Et avec du blanc de Provence, s'il vous plaît... Une veillée funèbre, Connor aurait aimé ça, vous ne pensez pas ? Après tout, il était irlandais et ils tiennent beaucoup à la tradition dans son pays...

Elle avala une gorgée de ce qui restait de vin dans son verre.

— ... Tiédasse ! commenta-t-elle.

Elle remplit à nouveau son verre, alluma une cigarette.

— Je sais m'arrêter, ne vous inquiétez pas ! articula-

289

t-elle en souriant, comme pour prévenir toute remontrance éventuelle.

— Mais enfin, que faites-vous, barricadée chez vous comme ça ? s'étonna le policier.

En examinant le visage de la jeune femme, il constata qu'elle avait les yeux nettement plus cernés que la veille.

— Vous avez pris de la nourriture, au moins ?

Elle haussa les épaules.

— Bah, il y avait quelques restes dans le réfrigérateur. Des choses aimées de Connor. Moi, je me serais contentée de pain et de confiture...

Elle s'arrêta pour tirer sur sa cigarette, puis :

— ... En fait, je n'avais pas réalisé que c'était devenu la maison de Connor ici, plus du tout la mienne. Hier, j'ai passé le gros de la journée à remettre de l'ordre, mais ça n'a servi à rien : Connor est présent partout, sauf...

Elle désigna l'atelier du regard.

— ... Sauf ici. Même s'il lui est arrivé de monter, il n'a pas laissé de traces.

— Pourquoi cette rage de tout faire disparaître ?

— Je vous l'ai déjà dit, non ?

Elle fronça le sourcil en lorgnant par-dessus le bord de son verre, comme si elle avait du mal à rassembler ses idées.

— Connor, c'était un salaud de première, déclarat-elle posément. Un poivrot, un joueur, un dragueur invétéré, un plouc qui croyait toujours s'en tirer avec sa faconde d'Irlandais. Comment voulez-vous que j'aie envie de me souvenir d'un zigoto pareil ?

Kincaid goûta le vin et en apprécia le délicat bouquet.

— Vraiment très bon ! Connor y est quand même pour quelque chose, n'est-ce pas ? déclara-t-il.

— Ça, il avait bon goût, concéda Julia, et, en plus,

il s'arrangeait pour tout décrocher au meilleur prix. Sans doute une conséquence de son éducation.

Était-ce précisément ce passé qui avait tant attiré Sharon Doyle ? Un fils unique, gâté par une mère en adoration, exigera toujours le dévouement sans réserve des autres femmes. Connor avait-il seulement eu conscience de celui dont Sharon avait fait preuve ?

Alors, Julia, comme lisant dans ses pensées :

— Et sa maîtresse... Comment dites-vous qu'elle s'appelle ?

— Sharon. Sharon Doyle.

Elle hocha la tête, comme si une image se formait dans son esprit.

— Une blonde, potelée, assez jeune, pas très sophistiquée...

— Vous l'avez vue ? s'étonna Kincaid.

— Pas besoin de la voir...

Elle sourit tristement.

— ... Je n'ai qu'à me représenter mon contraire. On me regarde et on devine.

Kincaid ne pouvait qu'abonder. On lisait, sur le visage de Julia, encadré de cheveux noirs, son humour autant que son intelligence.

— J'ai du mal à vous suivre, fit-il d'un ton taquin. Selon vous, vous seriez conventionnelle, sophistiquée, c'est cela ?

— Je n'irais pas jusque-là...

Son visage fin s'éclaira d'un sourire plus franc, étrange reproduction de celui de son père.

— ... Mais vous voyez ce que je veux dire.

— Pourquoi diable Connor aurait-il recherché quelqu'un d'aussi différent de vous ?

Elle hésita un instant et secoua la tête, comme pour se dérober.

— Cette fille, Sharon, comment le prend-elle ?

— Je trouve qu'elle fait de son mieux.

— Vous croyez que ça arrangerait les choses si je lui parlais ?

Elle écrasa sa cigarette dans le cendrier, avant d'ajouter avec une pointe d'ironie :

— Parce que je ne suis pas très au courant des usages dans des cas de ce genre.

Kincaid craignait que Sharon ne se sentît mal à l'aise, en état d'infériorité, devant Julia et tout ce qu'elle représentait. Mais elle n'avait personne avec qui partager son chagrin. Et le policier avait assisté à maints rapprochements plus invraisemblables encore.

— Je n'ai pas idée, franchement. Je suppose quand même qu'elle aimerait assister à l'enterrement. Puis-je lui dire que vous n'y voyez pas d'objection ?

— Oui, la pauvre, d'autant plus que Connor a dû lui raconter des horreurs sur moi.

— Je vous trouve bien magnanime ce soir, formula Kincaid, franchement surpris. C'est peut-être dans l'air... J'ai trouvé Trevor Simons dans le même état d'esprit tout à l'heure...

Il s'interrompit pour siroter un peu de vin blanc. Mais, Julia demeurant silencieuse, il continua :

— ... Il m'a dit être prêt à déclarer sous serment que vous avez passé toute la nuit avec lui, même si ça risque de compromettre son mariage.

Elle soupira.

— Oh, Trevor, c'est un type bien. Mais on n'en arrivera pas là...

Elle s'entoura les jambes de ses bras, posa le menton sur ses genoux, et regarda Kincaid.

— ... Vous ne pensez tout de même pas que c'est moi qui ai assassiné ce pauvre Connor ?...

Faute de réponse, elle insista :

— Vous ne le pensez pas, dites, Duncan ?

Le policier récapitulait dans sa tête tous les éléments disponibles : Connor était mort entre l'heure de la fermeture de la galerie et l'aube, c'est-à-dire pendant la période où Simons se portait garant que Julia se trouvait avec lui ; c'était un alibi en béton, Simons lui-même était « un type bien », pour reprendre les termes de Julia ; Kincaid l'avait harcelé — à son corps défendant ; et il était persuadé que jamais le galeriste ne se serait déshonoré en mentant, fût-ce pour protéger sa maîtresse.

Les faits étaient là. Quant aux sentiments de Kincaid, avaient-ils leur place dans tout ça ?

Il étudia la jeune femme. Pouvait-on lire la culpabilité sur un visage, à condition de posséder l'expérience nécessaire, de disposer de toutes les données ? Il en avait souvent eu la conviction. Même si sa forme d'esprit rationnel lui soufflait qu'un tel jugement devait être étayé par un faisceau de notions concrètes autant que subtiles : des gestes à peine intelligibles, des odeurs particulières, certaines vibrations de la voix. Il n'ignorait pas non plus qu'il existe une donnée qu'on peut appeler, à sa guise, intuition, pressentiment, transcendant la raison fondée sur une connaissance innée, insondable, d'autrui. Comme ce qu'il ressentait devant Julia. Il était aussi sûr de son innocence que de la sienne propre.

Il secoua enfin la tête.

— Non, je ne pense pas que vous ayez assassiné Connor. Mais il y a un coupable. Et nous ne progressons guère dans notre enquête, je dois le dire...

Il commençait à avoir mal au dos. Il s'étira et croisa les jambes dans l'autre sens.

— ... Vous auriez idée de la raison pour laquelle Connor voulait dîner avec Godwin ce soir-là ?

Julia se redressa, les yeux écarquillés.

— Avec Godwin ? Tommy Godwin ? Mais c'est quelqu'un que je connais depuis que j'étais haute comme ça....

Elle fit le geste indiquant la taille d'un jeune enfant.

— ... Je n'arrive même pas à me représenter un tête-à-tête entre deux individus aussi différents. Pour commencer, Tommy n'a jamais supporté Connor et il ne s'en cachait pas. Toujours très poliment, cela va de soi, précisa-t-elle affectueusement. Si Connor avait souhaité rencontrer Tommy, il m'en aurait parlé.

— D'après Godwin, il voulait retrouver son ancien emploi et il comptait sur lui pour l'y aider.

— Tout ça, c'est des blagues ! En réalité, Connor avait fait une grosse dépression nerveuse et jamais l'agence n'aurait accepté de le reprendre.

Elle était sincère.

Kincaid ferma les paupières un instant. Pour réfléchir sans l'image obsédante de Julia devant les yeux. Quand il les rouvrit, il constata qu'elle le surveillait avec la même intensité.

— Que vous a dit Connor cet après-midi-là ? Il a eu un comportement des plus bizarres après le déjeuner chez vos parents et vous avoir vue dans votre atelier. Vous ne m'avez pas tout dit.

Elle regarda ailleurs. Elle prit son paquet de cigarettes, puis le repoussa et se leva, avec une grâce de ballerine. Elle s'approcha de la table, déboucha un tube et étala un fragment de couleur bleu foncé sur sa palette. Elle choisit un pinceau très fin et effectua une petite retouche à sa peinture.

— Je n'y arrive pas, j'en ai marre de cette fleur ! Peut-être que si...

— Julia !

Elle resta le pinceau en l'air, ébahie. Finalement, elle se résigna à le nettoyer et le placer soigneusement à côté de son aquarelle, puis fit face au policier.

— Eh bien, voilà : ça a commencé exactement comme je vous ai dit : une petite dispute pour une question d'argent et aussi au sujet de l'appartement.

Elle revint s'asseoir sur le bras du fauteuil.

— Et ensuite ?

Kincaid l'encouragea à poursuivre en lui posant la main sur les genoux. Elle la serra d'abord entre ses paumes, puis la caressa du bout des doigts.

— Il s'est mis à me supplier, murmura-t-elle si bas que Kincaid avait du mal à entendre. Il s'est littéralement mis à genoux et il m'a suppliée de le reprendre, de l'aimer de nouveau. Je me demandais ce qui lui arrivait car je pensais qu'il avait pris son parti des choses depuis longtemps.

— Que lui avez-vous répondu ?

— Que tout ça était inutile ; que j'étais décidée à demander le divorce dès le délai de deux ans écoulé, puisqu'il refusait tout accommodement à l'amiable...

Leurs regards se croisèrent.

— ... J'ai été odieuse avec lui alors que ça n'était vraiment pas de sa faute. Il n'a jamais été responsable de quoi que ce soit, le pauvre !

— De quoi parlez-vous ? demanda Kincaid.

Il se remettait tout juste de l'émoi que suscitait en lui le contact des doigts de la jeune femme sur sa peau.

— Oui, tout a été de ma faute, marmonna-t-elle. Depuis le début. Jamais je n'aurais dû l'épouser, je savais que ce n'était pas bon pour lui. Seulement voilà, je rêvais de me marier et je me disais que nous nous en accommoderions à la longue...

Elle eut un petit rire et lâcha la main du policier.

— ... Pourtant, plus il m'aimait, plus il avait besoin de moi, moins j'avais à lui offrir. À la fin, il ne restait plus rien...

Elle hésita, puis, très doucement :

— ... Rien que de la pitié.

— Mais, Julia, intervint Kincaid, ce n'était pas un enfant dont vous aviez la charge. Il y a des gens comme ça : on ne leur en donne jamais assez, ils vous rongent jusqu'à l'os. Vous ne pouviez pas...

— Non, non, vous ne comprenez pas...

Elle quitta le bras du fauteuil, très agitée, regagna la table à dessin et se retourna.

— ... Je savais, dès que je me suis mariée, que je ne pourrais pas l'aimer vraiment. Ni lui, ni personne, pas même Trevor — Dieu sait que Trevor n'exigeait pas grand-chose, sauf un peu de franchise et un peu d'affection. Je n'aimerai personne, non personne, jamais...

— Voyons, c'est absurde Julia ! s'exclama le policier en se remettant debout. Il se pourrait qu'un jour...

— Non, coupa-t-elle résolument. Jamais, à cause de ce qui est arrivé à Matty.

Le désespoir dans sa voix était tel que Kincaid comprit qu'il devait se calmer lui-même avant d'intervenir. Il s'approcha d'elle et l'attira contre lui. Il lui caressa les cheveux, soyeux sous sa paume, lorsqu'elle posa la tête sur son épaule. Le corps souple de Julia s'adaptait parfaitement à son étreinte, comme s'il y avait sa place depuis toujours. Il émanait d'elle un léger parfum qu'il identifia comme celui du lilas. Il reprit son souffle pour résister à l'étourdissement qui s'emparait de lui et revenir à son propos.

— Qu'est-ce que Matty vient faire là-dedans ? questionna-t-il.

— Tout, absolument tout. Je l'aimais, je l'aimais vraiment, même si personne ne s'en apercevait... sauf Plummy, je crois. Oui, elle, sûrement. J'ai été malade, vous devez le savoir... après. Alors, j'ai eu le temps d'y penser et c'est comme ça que j'ai décidé que plus rien ne me ferait autant souffrir, jamais...

Elle se détacha de lui, juste assez pour le regarder, et reprit :

— ... Rien, ni personne d'autre ne mériterait cette douleur. Plus jamais.

— Mais opter ainsi pour une vie d'isolement, sans affection, c'était encore pire, non ?

Elle revint se blottir entre ses bras, une joue au creux de son épaule.

— Oui, d'accord, mais au moins on supporte, dit-elle d'une voix étouffée et il sentit son souffle tiède à travers l'étoffe de sa chemise. C'est ce que j'ai essayé d'expliquer à Connor ce jour-là : pourquoi je ne pourrais jamais lui donner ce qu'il réclamait, une famille, des enfants... Je n'avais plus de repères, aucun projet de vie normale. Pas question de courir le risque de perdre un enfant. Vous comprenez, n'est-ce pas ?

Il le comprenait d'autant mieux qu'il l'avait éprouvé à l'époque où il s'était replié sur lui-même, comme un animal blessé, après le départ de Victoria, son ex-femme, lorsque sa vie était soudain tombée en miettes. Il s'était bâti un rempart comme celui de Julia. Avec une différence, toutefois : elle avait été honnête avec elle-même, alors qu'il avait usé de son activité professionnelle, des impératifs d'une vie de flic, pour exclure tout nouvel engagement sentimental.

— Je comprends, dit-il, mais je n'approuve pas.

Il lui massa délicatement le dos, passant la main sur ses muscles crispés, sur le tranchant de ses omoplates.

— Et Connor, est-ce qu'il a compris ? s'enquit-il.

— Au contraire, ça l'a mis hors de lui. Alors, je me suis vraiment emportée...

Elle s'interrompit en secouant tristement la tête.

— ... J'ai dit des choses horribles, vraiment affreuses, j'en ai honte maintenant...

Sa voix devenait plus rauque.

— ... S'il est mort, c'est entièrement de ma faute. Je ne sais pas où il est allé en quittant Badger's End... En tout cas, si je ne l'avais pas mis dans cet état-là, avec tant de cruauté...

Elle sanglotait, hoquetait.

Kincaid lui prit le visage entre les mains et essuya ses larmes avec le pouce.

— Julia, vous n'en saviez rien, vous ne pouviez pas le savoir. Vous n'êtes pas responsable des actes de Connor, ni de sa mort...

Baissant les yeux vers elle, il reconnut l'enfant qu'il s'était représentée, les cheveux en désordre, la face striée de larmes, seule avec son chagrin dans son petit lit blanc. Puis :

— Pas plus que vous n'étiez responsable de la mort de Matthew. Allons, regardez-moi. Est-ce que vous m'entendez, Julia ?

— Qu'en savez-vous ? cria-t-elle. Tout le monde a toujours cru que... et mes parents ne m'ont jamais pardonnée...

— Tous ceux qui vous connaissaient et vous aimaient ne vous ont jamais crue responsable. J'en ai parlé à Plummy. Et aussi au pasteur. C'est vous-même qui ne vous êtes jamais pardonnée. Quel fardeau à traîner pendant vingt ans ! Il faut vous en débarrasser, une fois pour toutes.

Elle soutint son regard un long moment. Il devina qu'elle se détendait peu à peu. Elle nicha de nouveau sa tête sur l'épaule du policier, lui enlaça la taille et se laissa aller de tout son poids contre lui.

Ils demeurèrent ainsi en silence. Kincaid prit alors pleinement conscience des points de contact entre leurs deux corps. Tout svelte qu'il fût, celui de Julia adhérait fermement au sien, ses seins se pressaient contre sa poitrine. Le pouls lui battait puissamment aux oreilles.

Julia exhala un soupir mêlé de sanglots et releva un peu la tête.

— Allons bon, maintenant votre chemise est trempée, excusez-moi, dit-elle en frottant la tache humide qu'avaient laissée ses larmes.

Elle pencha la tête pour mieux l'observer, avant d'ajouter, en étouffant le rire dans sa voix :

— Est-ce que les gens de Scotland Yard témoignent toujours autant de sollicitude dans l'exécution de leur besogne ?

Il recula, confus de porter des jeans aussi étroits et révélateurs, au lieu de son pantalon ordinaire.

— Je m'excuse... Je ne voulais pas, euh...

— Pas de problème, interrompit-elle en l'attirant à nouveau contre elle. Ça ne me gêne pas. Oh mais pas du tout !

14

Une voix l'arracha au sommeil :

— Votre thé, monsieur Kincaid...

C'était Tony qui ouvrait la porte et entrait.

— ... Et aussi un message pour vous de la part de l'inspecteur Makepeace de High Wycombe. Il vous fait dire qu'ils ont « serré » ou « coincé le client », quelque chose comme ça.

Kincaid se mit sur son séant, se passa la main dans les cheveux et prit la tasse qu'on lui tendait.

— Merci, Tony, dit-il au serveur qui se retirait déjà.

Ainsi, ils avaient mis la main sur Kenneth Hicks. Toutefois, ils ne pourraient le garder longtemps sans motifs. Kincaid se reprocha de ne pas avoir été sur place la nuit précédente. Encore vaseux, l'esprit confus, mal réveillé, il renversa un peu de thé sur le dos de sa main.

La nuit dernière ? Julia ? Nom de Dieu, qu'est-ce que j'ai fait ? Comment avait-il pu se comporter de façon aussi peu professionnelle ? C'est alors que les mots de Trevor Simons lui revinrent en tête : « Je ne voulais pas... Seulement voilà, c'était Julia ! » Il jugeait alors que le malheureux galeriste avait perdu la boule à cause d'elle. Et maintenant lui !

Il ferma les yeux. Jamais, de toute sa carrière, il

301

n'avait passé les bornes. Il n'avait même jamais songé à devenir le jouet d'aussi regrettables impulsions. Seulement voilà : il avait beau s'essayer au repentir, il ne se sentait pas aussi coupable qu'il aurait dû. Aucune souillure dans leurs effusions, mais plutôt une forme de guérison réciproque, de cicatrisation de vieilles blessures. D'anciennes barrières étaient tombées.

En entrant dans la salle à manger de l'hôtel, il vit Gemma seule à l'une des tables et il se souvint du message qu'il avait laissé pour elle la veille. Quand était-elle arrivée, depuis quand l'attendait-elle ?

En s'asseyant devant elle, il plaisanta avec tout l'aplomb dont il était capable :

— Alors, on se lève avec les poules, inspecteur !... Bon, eh bien, on va foncer au commissariat de High Wycombe, cuisiner un peu le nommé Kenneth Hicks qu'ils nous gardent au frais.

— Oui, je sais, répliqua Gemma, sans une ombre de sa gaieté coutumière. J'ai déjà parlé avec l'inspecteur Jack Makepeace.

— Quelque chose qui ne va pas, Gemma ?

— Un peu de migraine.

Elle grignotait d'un air résigné un morceau de toast refroidi.

— Ce ne serait pas ce démon de Tony qui t'aurait poussée à boire hier ?... se gaussa-t-il avec l'espoir de détendre l'atmosphère.

Sans succès. Gemma se borna à hausser les épaules.

— ... Écoute, reprit-il plus sérieusement, en se demandant si son embarras était évident, je suis désolé pour hier soir, mais j'ai été, euh... retardé...

Elle avait dû revenir de Londres aussi vite qu'elle avait pu et l'attendre toute la soirée. Peut-être s'était-elle inquiétée alors que lui n'avait même pas eu la délicatesse de la prévenir.

— ... J'aurais dû te téléphoner, je me suis comporté comme un malotru...

Il inclina la tête pour mieux étudier les réactions de la jeune femme.

— ... Tu veux que je me roule par terre pour me faire pardonner ? Ou tu veux carrément m'arracher les ongles ?

Cette fois elle se décida à sourire. Soulagé en lui-même, Kincaid changea précipitamment de sujet :

— Alors, Thomas Godwin, raconte.

À ce moment précis, on apporta le petit déjeuner qu'il avait commandé. Il se jeta sur ses œufs au bacon, pendant que Gemma rendait compte de sa conversation avec le costumier.

— J'ai donc enregistré sa déclaration, conclut-elle, et j'ai envoyé les gars du labo passer son appartement et sa voiture au peigne fin.

— Moi, j'ai revu Sharon Doyle, et aussi Trevor Simons, dit-il, la bouche pleine. Et puis Julia. Connor est rentré chez lui directement après son accrochage avec Godwin, lequel n'est plus dans le coup, à moins qu'on ne prouve qu'il a revu Connor plus tard. Par contre, Connor a appelé quelqu'un au téléphone, mais on n'a pas la moindre idée de qui c'était.

Julia ! Il y avait eu une sorte de familiarité, une intimité inconsciente, dans la manière dont Kincaid avait prononcé son nom. Gemma essayait de se concentrer sur la route devant eux pour se libérer des soupçons qui montaient en elle. N'était-elle pas en train d'affabuler ? Et si c'était vrai ? Et alors ? En quoi cela la concernait-il que le superintendant Duncan Kincaid eût noué des relations extra-professionnelles avec une suspecte au cours d'une enquête ? Rien de bouleversant là-dedans : elle savait que d'autres policiers se l'étaient permis et Kincaid était comme tout le monde. Mais l'était-il vraiment aux yeux de son adjointe ?

« Allons, Gemma, se reprocha-t-elle, tu n'es plus une enfant ! »

Duncan n'était certainement pas un être d'exception et jamais elle n'aurait dû oublier que les plus formidables idoles ont souvent des pieds d'argile. Ces réflexions alambiquées ne suffisaient pas à lui rendre son entrain et elle ne fut pas mécontente d'atteindre les carrefours et ronds-points de High Wycombe qui réclamaient toute son attention.

— Votre client est sous pression depuis une bonne demi-heure, annonça Makepeace en les accueillant et leur serrant la main, celle de Gemma avec un peu plus d'insistance peut-être. Je me suis dit que c'était pas un problème. Le pauvre minou ! Il n'a même pas pu finir de déjeuner, vous vous rendez compte...

Il lança une œillade à sa collègue de Scotland Yard :

— ... Il a téléphoné, « à sa maman », à ce qu'il a dit, mais pas de réponse !

Kincaid, qui avait rappelé Makepeace avant de quitter l'hôtel, avait eu le temps de mettre Gemma au courant pendant le trajet. Il lui avait proposé d'interroger Hicks la première.

— Le genre de type à avoir peur des femmes, expliqua-t-il lorsque Makepeace les eut quittés devant la porte d'une pièce désignée comme le « BUREAU A », sans plus de détails. Alors, je compte sur toi pour le déstabiliser un peu, me le mettre en condition.

Les salles d'interrogatoire diffèrent rarement entre elles. Bien entendu, on peut toujours s'attendre, outre certaines variantes topographiques, aux puanteurs particulières, cigarette refroidie, transpiration humaine. Néanmoins, lorsque Gemma pénétra dans celle-ci, elle déglutit nerveusement, avec une forte envie de se boucher le nez. De toute évidence, Hicks ne s'était pas rasé, ni surtout douché depuis longtemps. Il empestait, il suintait la peur.

— Bordel ! chuchota Kincaid à l'oreille de Gemma en entrant, ils pourraient nous fournir des masques à gaz, non ?

Il fit asseoir Gemma et toussota avant de reprendre à haute voix :

— Salut, Kenneth ! Alors, tu n'es pas trop mal ici ? D'accord, ce n'est pas le Hilton, mais on fait ce qu'on peut.

— Vous me les brisez, maugréa Hicks succinctement.

Il avait une voix nasale et un accent que Gemma situa du côté de Londres-Sud.

Kincaid secoua tristement la tête en s'asseyant près de Gemma, face à Hicks de l'autre côté d'une table étroite.

— Tu me déçois, Kenneth : moi qui te croyais bien élevé. Enfin je te préviens, on enregistre notre petite conversation...

Et de mettre en marche le magnétophone.

— ... Tu n'as rien contre ? N'est-ce pas ?

Pendant que Kincaid babillait et tripotait le magnétophone, Gemma étudiait Kenneth Hicks. Son visage en lame de couteau, couvert d'acné, était plein de hargne. En dépit de la chaleur ambiante, il avait gardé son blouson de cuir. Il se grattait sans cesse le bout du nez et le menton tandis que Kincaid continuait à jacasser. Il rappelait vaguement quelqu'un à Gemma et elle s'irritait de ne pas pouvoir situer le personnage dans sa mémoire.

— L'inspecteur James, ici, a quelques questions à te poser, déclara enfin Kincaid en reculant un peu sa chaise.

Il croisa les bras et allongea les jambes, comme

305

s'il entendait profiter de l'interrogatoire pour piquer un roupillon.

Après les formalités d'usage au début d'un enregistrement, Gemma entama, d'un ton prévenant :

— Kenneth, pourquoi ne pas rendre les choses plus faciles pour tout le monde en nous racontant ce que vous avez fait la nuit où Connor Swann a été tué ?

Le suspect loucha vers Kincaid et grogna :

— J'l'ai déjà raconté à l'autre mec, celui qui m'a amené ici, un rouquin.

— Vous avez dit à l'inspecteur Makepeace que vous aviez bu avec des amis au *Fox & Hounds* à Henley jusqu'à la fermeture et ensuite, vous seriez tous allés chez eux continuer la fête, c'est ça ? récita Gemma.

Le son de sa voix avait rappelé sur elle l'attention du pâle voyou.

— ... Oui ou non ? insista-t-elle un peu plus rudement.

— Ouais, c'est ça que j'y ai dit, à l'autre.

Hicks paraissait reprendre un peu du poil de la bête à s'entendre répéter son récit tel quel, comme si on le tenait pour exact. Il se carra sur sa chaise, avec un long regard sur la poitrine de Gemma.

Celle-ci le gratifia d'un sourire affable et fit semblant de consulter ses notes avant de reprendre :

— Le C.I.D. du Val-de-Tamise a recueilli hier soir les déclarations des amis que vous avez cités, mon cher Kenneth, et, malheureusement, aucun d'eux n'a confirmé vous avoir vu jeudi soir.

La peau de Hicks vira à la même teinte grisâtre, jaunie de nicotine, que les parois de la pièce. Comme s'il s'était vidé de son sang.

— Je vais me les farcir, ces enfoirés ! Rien que des menteurs de merde !

Son regard erra de Gemma à Kincaid, sans trouver

nulle part le réconfort qu'il espérait. Il rugit, plus frénétiquement encore :

— Vous allez pas me faire porter le chapeau ! J'ai
plus revu Connor après qu'on a eu bu un coup au
Fox. Puisque je vous le jure !

Gemma tourna une autre page de son bloc-notes :

— Jurer, on vous obligera peut-être à le faire
devant le juge si vous ne pouvez rien nous fournir de
plus crédible sur vos activités après dix heures et
demie. C'est à cette heure-là que Connor Swann a
passé un coup de fil depuis son appartement en
annonçant qu'il devait sortir.

— Comment que vous savez qu'il est sorti ?
demanda alors Hicks, faisant preuve de plus d'astuce
qu'elle n'imaginait.

— La question n'est pas là. Mais je vais vous dire
ce que je pense, moi...

Elle se pencha vers lui, et sur un ton de confidence :

— ... Je pense que c'est à vous que Connor a téléphoné pour vous demander de le retrouver à l'écluse.
Là, une dispute, vous vous êtes bagarrés et Connor
est tombé à la flotte. C'est des trucs qui peuvent arriver à n'importe qui, mon vieux, pas vrai ? Vous avez
essayé de l'aider ? Ou est-ce que vous craignez
l'eau ?

Elle laissait entendre, par ses intonations, qu'elle
était femme à tout comprendre et à tout pardonner.

— Des conneries, tout ça ! s'écria-t-il en reculant
sa chaise. Rien que des vannes. Et puis merde,
comment que j'y aurais été, puisque j'ai même pas
de caisse ?

— Parce que Connor lui-même vous y a emmené
dans sa voiture, spécula Gemma. Et après, vous êtes
revenu à Henley en stop.

— C'est pas vrai, j'vous dis ! Et vous pouvez pas
le prouver.

307

La thèse de Gemma était d'ailleurs démentie par un rapport de la police du Val-de-Tamise : la voiture de Swann venait d'être passée à l'aspirateur et l'équipe scientifique n'avait trouvé aucun indice significatif.

— Alors où étiez-vous donc ? Allez-vous enfin dire la vérité ?

— Mais j'vous ai déjà dit, j'étais au *Fox*, et après, j'ai été chez ce mec, Jackie, qu'i' s'appelle. Jackie Fawcett.

Kincaid intervint, pour la première fois depuis que Gemma avait commencé son interrogatoire.

— Tous ces gens-là devraient te fournir un alibi en béton, tu ne crois pas ? Moi, je ne vois que deux possibilités : ou c'est toi qui mens, ou alors c'est eux qui ne t'aiment pas, et je ne sais pas ce qui est le plus logique. Dis-moi, tu « aidais » beaucoup de gens de la même manière que tu « aidais » Connor ?

— J'sais même pas de quoi vous causez.

Hicks sortit un paquet de cigarettes froissé de la poche de son blouson. Il le secoua, y fourra le pouce et l'index avant de le rejeter d'un air écœuré. Gemma poursuivit :

— C'est bien de ça que vous avez discuté avec Connor, n'est-ce pas ? Quand vous l'avez vu après déjeuner, lui avez-vous dit qu'il devait payer ? A-t-il accepté de vous revoir dans la soirée ? Puis, quand il est venu sans l'argent, vous vous êtes empoignés, c'est ça ?

— Mais il m'devait rien, je vous ai dit, pleurnicha-t-il.

Il braquait toujours un regard angoissé sur Kincaid. Gemma était curieuse de savoir comment celui-ci s'y était pris pour l'affoler à ce point.

Kincaid se redressa sur sa chaise.

— Tu es là à me raconter que Connor t'aurait payé, dit-il, alors que j'ai appris qu'il était tellement fauché qu'il n'arrivait même pas à régler son loyer. Non, tout ça, c'est des salades. La vérité, c'est que tu lui as dit quelque chose qui lui a foutu la pétoche, pendant que vous trinquiez au *Fox*. Qu'est-ce que c'était ? Tu l'as menacé de lui envoyer les gros bras de ton patron s'il ne payait pas ?

Il se leva et s'appuya des deux poings sur la table.

— C'est pas vrai, je l'ai jamais menacé ! gémit Hicks en se recroquevillant.

— Mais, cet argent, il te le devait bien ?

Hicks regarda les deux policiers. La sueur perlait au-dessus de ses lèvres. « Il cherche une échappatoire, pensa Gemma. *Comme un rat pris au piège.* »

Après un silence, Hicks finit par reprendre :

— Bon d'accord, il me devait peut-être du pognon. Et alors ? Je l'ai jamais menacé comme vous dites.

Kincaid marchait de long en large dans l'espace exigu entre le mur et la table.

— Je ne te crois pas. Parce que c'est à toi que ton patron aurait fait la fête si tu ne lui avais pas rapporté la fraîche. Du coup, il fallait bien brusquer Connor...

Le policier sourit à Hicks en revenant à sa hauteur.

— ... Seulement, quand on brusque les gens, quelquefois ça va plus loin que prévu, pas vrai ?

— J'en sais rien. C'est pas ce qui s'est passé...

— Tu veux dire que ce n'était pas un accident et que tu l'as tué volontairement ?

— Non ! Non !

Hicks déglutit nerveusement :

— ... Non, je lui ai fait une proposition, comme qui dirait...

Kincaid s'arrêta pile et, les mains dans les poches, scruta le petit voyou.

— Alors là, ça devient intéressant. Quel genre de proposition ? Allez, raconte.

Gemma retint son souffle : Hicks était au bord des

309

aveux et elle craignait que le moindre geste ne remît tout en cause. En l'entendant haleter, elle adressa une fervente prière au dieu tutélaire des interrogatoires.

Hicks se décida à poursuivre. Et cette fois-ci d'une seule traite. Des propos chargés de venin.

— J'étais au courant de tout sur lui et sur ces ramenards d'Asherton. À l'écouter, c'était comme qui dirait la famille royale, pas moins. Mais moi, je savais. La Dame Caroline, c'est rien qu'une ancienne michetonneuse, une pute quoi ! Et tout le ciné qu'i' z'ont fait sur le môme qui s'est noyé, eh ben, c'était même pas le fils du sir Gerald. Rien qu'un petit bâtard.

Il doit parler de Matthew, pensa Gemma, sans bien comprendre où il voulait en venir.

Kincaid se rassit, en avançant sa chaise le plus près possible de la table pour être en mesure d'y poser les coudes.

— Bon, on recommence depuis le début, Kenneth, articula-t-il d'un ton qui fit frémir Gemma. Tu as raconté à Connor que Matthew Asherton n'était pas le fils de son père, c'est bien ça ?

L'avorton déglutit de nouveau et l'on vit tressauter la pomme d'Adam dans son cou de poulet. Il lança un coup d'œil éperdu à Gemma. Il se sentait piégé ; la jeune femme en était à se demander ce qu'aurait fait Kincaid si elle n'avait pas été présente et que le magnétophone n'eût pas été en marche.

— Et comment pouvais-tu savoir une chose pareille ? poursuivit Kincaid, d'un ton redoutablement velouté.

— Ben, simplement parce que le père de Matty, c'était mon trouduc d'oncle Tommy.

— Ton oncle Tommy ? Tu veux dire Thomas Godwin ? questionna Kincaid, incapable de masquer sa stupéfaction.

310

Gemma eut l'impression qu'une énorme main lui serrait le diaphragme. Elle revoyait en esprit la photo de Matthew Asherton dans le cadre en argent ciselé sur le piano à Badger's End, elle se souvenait des cheveux blonds et du visage ouvert, au sourire espiègle. Elle se rappela aussi le ton de Thomas Godwin quand il parlait de Caroline. Comment n'y avait-elle pas pensé ?

— Je l'ai entendu en parler à ma vieille quand le mouflet s'est noyé... précisa Hicks.

Il dut prendre l'ahurissement qui se peignait sur les traits des deux policiers pour de l'incrédulité, car il ajouta, paniqué :

— ... Je vous jure, même si j'en avais jamais causé avant ! C'est seulement quand j'ai connu Swann et qu'il arrêtait pas de me pomper l'air sur eux que leur nom m'est revenu.

Gemma eut un haut-le-cœur.

— Je ne vous crois pas, balbutia-t-elle, vous n'êtes pas le neveu de Thomas Godwin, ce n'est pas possible !

Elle se remémorait l'élégance raffinée de Godwin, sa patience polie au cours de l'interrogatoire qu'elle lui avait fait subir dans les locaux de Scotland Yard. Toutefois, les traits du petit voyou lui rappelaient quelque chose, elle devait bien en convenir. Était-ce l'arête du nez ? Ou la courbe de la mâchoire ?

— N'avez qu'à aller à Clapham et demander à ma maternelle, répliqua Hicks. Sûr qu'elle vous expliquera...

Kincaid coupa brutalement court aux protestations de sincérité de l'aigrefin.

— Tu nous as dit que tu avais fait une proposition à Connor, qu'est-ce que c'était ?

Hicks se gratta le nez et renifla, en détournant les yeux.

— Vas-y, mon gars, accouche ! tonna Kincaid.

— Ben voilà : les Asherton la ramenaient un peu trop, avec leurs titres de noblesse et tout le tremblement. Ils étaient toujours su' l' journal, dans les potins mondains. Alors, j'ai gambergé qu'ils aimeraient pas beaucoup si on racontait que leur môme était pas ce qu'on croyait.

La fureur de Kincaid parut s'être calmée.

— Si je comprends bien, tu as proposé à Connor de faire chanter ses beaux-parents ? suggéra-t-il. Mais, tu n'as même pas pensé à ta famille, au mal que ça ferait à ton oncle, et à ta mère aussi ?

— Non, vu que Connor devait pas dire que c'était moi qui l'avais affranchi, expliqua Hicks, comme si cela l'excusait de tout le reste.

— En somme, tu t'en foutais pourvu qu'on ne sache pas que ça venait de toi...

Kincaid eut un sourire.

— ... Mais, dis donc, tu es un vrai gentleman, Kenneth ! Et Connor, comment il a pris ça ?

— Ben d'abord, il m'a pas cru, grogna Hicks, ulcéré. Et après, il y a un peu réfléchi et y a des trucs qui lui sont revenus. Alors on a discuté, combien il fallait demander et j' lui ai dit : « Commence par vingt-cinq mille livres, on partage tous les deux, et puis on verra après. » Il s'est mis à rigoler. Il m'a dit de la boucler et que, si je recommençais à parler de ça, i' me flinguerait...

Le petit voyou abaissa ses cils décolorés et ajouta, comme s'il avait encore peine à y croire :

— Quand même, après tout ce que j'ai fait pour ce mec !

— Je suis sûr qu'il ne comprend pas pourquoi Connor était en rogne contre lui... dit Kincaid à Gemma alors qu'ils attendaient le feu vert, sur le passage pour piétons devant le commissariat, avant de traverser en direction du parking... Évidemment, ce type n'a pas un sens moral très développé, c'est le moins qu'on puisse dire, et la seule chose qui l'ait empêché de devenir un vrai truand, c'est qu'il est trouillard comme un lièvre. Et encore, ce n'est pas très gentil pour les lièvres, ajouta-t-il en frottant sa manche.

Il portait l'une de ses vestes préférées, nota Gemma avec le détachement qui s'était emparé d'elle. Mais pourquoi ergotait-il de la sorte, comme si c'était son premier contact avec un petit malfrat de rien du tout ?

Le flot de voitures s'arrêta et ils purent s'engager sur la chaussée. Parvenus de l'autre côté, Kincaid consulta sa montre.

— Je crois qu'en roulant à fond la caisse, on pourrait dire deux mots à Godwin avant la pause déjeuner. D'ailleurs, pendant que j'y pense, ajouta-t-il quand ils atteignirent l'Escort de Gemma et que celle-ci eut pris les clés dans son sac, comme on n'a plus rien à foutre par ici, on pourrait aussi bien ramasser nos affaires et moi je reprendrai ma tire pour rentrer à Londres.

Sans commentaire, Gemma mit en marche tandis qu'il s'asseyait à côté d'elle. Elle avait une sorte de kaléidoscope dans le cerveau, dont les morceaux s'étaient déplacés en un nouveau dessin indéchiffrable.

Kincaid lui posa la main sur le poignet.

— Gemma, qu'est-ce que tu as ? Tu es bizarre depuis le petit déjeuner. Si tu ne te sens pas bien...

— Tu crois ce qu'il a raconté ? l'interrompit-elle, si vite qu'elle se mordit malencontreusement la lèvre.

— Tu parles de Kenneth ? fit-il, un peu déconcerté. Ma foi, ça expliquerait pas mal de choses...

— Tu ne te rends pas compte parce que tu n'as pas encore rencontré Godwin. Bon, d'accord, il se peut qu'il soit le père de Matthew Asherton, mais le reste, non ! C'est une histoire à dormir debout, comme je n'en ai jamais...

— Assez incroyable pour être vraie, j'en ai bien peur. Si Godwin était le père de Matthew et que Swann l'ait appris par Hicks, tout se tient. C'est l'élément qui nous manquait : le mobile. Swann et Godwin dînent ensemble jeudi soir, Swann balance ce que l'autre lui a raconté et Godwin le supprime pour l'empêcher de tout déballer.

— Je n'y crois pas, s'entêta Gemma.

Mais derrière cette obstination surgissait l'ombre d'un doute. Elle n'ignorait pas que Thomas Godwin idolâtrait Dame Caroline, et aussi Julia. Une évidence. Et il parlait de sir Gerald avec autant de respect que d'affection. Assez de raisons pour commettre un meurtre, s'il s'agissait de les protéger. Ça, à la rigueur... Mais le reste ne passait pas.

— Peux-tu m'expliquer pourquoi Connor aurait accepté de le retrouver à l'écluse, après ce qui venait de se passer ?

— Simple : Thomas avait promis de lui apporter de l'argent.

Gemma gardait les yeux sur le pare-brise qui se voilait de crachin.

— Je ne sais pas pourquoi, mais à mon avis ce n'était pas l'argent qui intéressait Connor, dit-elle avec une assurance tranquille. Et puis, de toute façon, ça n'explique pas pourquoi Thomas serait rentré à Londres voir sir Gerald. Pas pour se fabriquer un alibi, si Connor était toujours vivant à ce moment-là.

— Ne laisse pas ton parti pris en faveur de Godwin te brouiller le jugement. Tu ne comprends donc pas que personne d'autre n'a l'ombre d'un mobile et...

La rage qu'elle réprimait à grand-peine depuis le matin explosa soudain.

— L'aveugle, c'est toi, mon vieux ! vociféra-t-elle. Tu en pinces tellement pour Julia Swann que tu refuses l'idée qu'elle puisse être pour quelque chose dans le meurtre de son mari. Alors que nous savons, toi et moi, qu'un conjoint est presque toujours impliqué dans des affaires de ce genre. Pourquoi estu si sûr que Trevor Simons ne ment pas pour la couvrir ? Et qu'elle n'a pas rencontré Connor avant le dîner, avant le vernissage pour lui donner rendezvous plus tard dans la soirée ? Pourquoi n'aurait-elle pas eu peur qu'un esclandre autour de sa famille ne cause du tort à sa carrière ? Ou alors, elle pouvait vouloir protéger ses parents, ou encore...

Sa fureur s'était tarie et, consternée, elle attendait l'inévitable réaction. Cette fois, elle avait vraiment passé les limites.

Mais au lieu de se fâcher, le superintendant se taisait, le regard dans le vide. Gemma n'entendait, outre le crissement des pneus sur le bitume mouillé, que l'insidieux tic-tac de ses propres pensées.

— Oui, tu as peut-être raison, marmonna-t-il enfin. Peut-être que mon jugement n'est pas valable. Malheureusement, tant que nous n'aurons pas obtenu de preuves matérielles, c'est tout ce que nous avons à nous mettre sous la dent.

Ils reprirent la route de Londres séparément, chacun dans sa voiture. Il était entendu qu'ils se retrouveraient devant l'appartement de Kincaid. Le crachin les avait suivis ; Kincaid bâcha la Midget avant de la verrouiller, puis il monta à côté de Gemma.

— Dis donc, il faut vraiment que tu penses à changer tes pneus, ma vieille. Celui de droite est lisse comme un œuf...

Un sarcasme souvent réitéré. Mais comme elle ne réagissait pas, il soupira et passa à autre chose.

— ... J'ai appelé le magasin de costumes sur mon portable. Thomas Godwin n'est pas venu aujourd'hui, il s'est fait porter pâle. Dis donc, tu m'as bien dit qu'il perchait du côté d'Highgate ?

Elle hocha la tête :

— Oui, j'ai l'adresse exacte dans mon bloc. C'est pas loin d'ici, je crois.

Ils repartirent. Une anxiété indéfinissable envahissait Gemma. Et elle ne fut pas mécontente de repérer l'immeuble où se trouvait l'appartement de Godwin. Elle se gara sur la place, s'extirpa de sa voiture et se dirigea vivement vers le porche, sans attendre que Kincaid eût fermé de son côté.

— Y a le feu ou quoi ? fit-il en la rejoignant.

Elle ignora la plaisanterie et poussa la porte en verre dépoli. Lorsqu'ils lui présentèrent leur carte, le gardien eut une moue dégoûtée et leur conseilla d'un ton rogue de prendre l'ascenseur jusqu'au quatrième.

— Pas mal, comme immeuble ! commenta Kincaid dans l'ascenseur bringuebalant. Bien entretenu, et pas exagérément modernisé.

Le hall du quatrième étage, orné de carreaux en faïence à dessin géométrique noir et blanc, confirmait ce jugement.

— Art déco, si je ne m'abuse ? suggéra-t-il encore.

Gemma l'avait écouté d'une oreille distraite en cherchant le numéro de l'appartement.

— Quoi ? fit-elle en frappant à la porte.

— Oui, je disais Art déco. L'immeuble doit dater d'environ...

On ouvrit : c'était Thomas Godwin, l'air perplexe.

— Le jeune Mike m'a téléphoné pour me dire que la maréchaussée était à mes trousses. Il était du reste assez contrarié, le pauvret. Il a dû avoir des démêlés avec les forces de l'ordre dans une vie antérieure...

Le costumier de l'opéra portait une robe de chambre à motifs cachemire et ses cheveux blonds, ordinairement bien peignés, étaient ébouriffés.

— ... Vous devez être le superintendant Kincaid, dit-il en les faisant entrer.

Gemma constatait que, contrairement à ce qu'elle

avait redouté, le nommé Tommy n'était pas allé se plonger la tête dans son four à gaz, ni rien d'aussi stupide. Du coup, elle s'irrita contre lui de s'être tourmentée en pure perte. Tout à fait irrationnel. Elle suivit les deux hommes en regardant autour d'elle : à gauche une petite cuisine immaculée, reproduisant le carrelage noir et blanc du vestibule ; à droite, le salon était décoré dans un style identique ; derrière les baies, le panorama de Londres embrumé. Tous les meubles avaient des lignes courbes, mais sans excès ; le luminaire translucide rose s'accordait à merveille avec l'harmonie monochromatique de l'ensemble. Un décor des plus douillets, songea Gemma, merveilleusement adapté au maître de maison.

Sur une chaise près d'une des fenêtres, un chat siamois, les pattes repliées sous le corps, les épiait de ses yeux saphir imperturbables.

— Vous avez vu juste, monsieur le superintendant, disait Godwin, au moment où Gemma les rejoignait, cet immeuble date du début des années trente ; il représentait ce qui se faisait de plus moderne à l'époque. Et je dois dire qu'il a remarquablement bien vieilli — surtout si on le compare aux horreurs de l'après-guerre. Mais, je vous en prie, asseyez-vous...

Il donna l'exemple en prenant place sur un siège à dossier en éventail dont la tapisserie semblait vouloir reprendre les motifs de sa robe de chambre.

— ... En revanche, j'imagine qu'on ne devait pas y être très à son aise pendant le blitz, situé ainsi au-dessus de Londres. Une belle cible pour les avions allemands : un bout de rideau qui s'entrouvre une seconde et pan !...

— Tommy, l'interrompit Gemma, on nous a dit chez Lilian Baylis que vous n'étiez pas bien. De quoi souffrez-vous au juste ?

Il se passa la main dans les cheveux et la lumière

blafarde révéla les poches qui se formaient sous ses yeux.

— Je ne suis pas dans mon assiette aujourd'hui, inspecteur. Il faut dire que la journée n'a pas été facile pour moi hier...

Il se leva et se dirigea vers une petite armoire à liqueurs contre le mur.

— ... Un verre de sherry, peut-être ? proposa-t-il. Après tout il est presque l'heure de déjeuner et je parie que l'inspecteur Rory Alleyn[1] ne refusait jamais un verre de xérès quand il cuisinait les suspects à domicile...

— Tommy, coupa encore une fois Gemma, incapable de déguiser son exaspération, je vous préviens que ceci n'a rien d'un roman policier.

Il lui fit face, le flacon de sherry à la main.

— Je sais, je sais, ma chère, mais c'est ma façon à moi de me rassurer, prononça-t-il d'une voix douce, montrant qu'il la prenait tout à fait au sérieux.

— Moi, j'accepterais bien un petit verre, puisque vous le proposez si aimablement, dit alors Kincaid.

Godwin plaça le flacon et trois verres en cristal taillé rose — subtilement assortis aux appliques cannelées et aux vases festonnés que Gemma avait déjà remarqués — sur un petit plateau à cocktail. Et le sherry, lorsqu'elle y goûta, glissa sur sa langue, aussi moelleux qu'une crème fouettée.

Godwin remplit son propre verre et retourna s'asseoir dans son fauteuil.

— S'il faut vraiment que je sois accusé d'un crime que je n'ai pas commis, autant l'accepter de bonne grâce.

— Hier, vous m'avez dit que vous aviez été voir votre sœur à Clapham...

Gemma marqua une pause, le temps de passer la

---

1. Roderick Alleyn, personnage des romans de Ngaio Marsh. (N.d.T.)

langue sur une goutte de sherry au bord de ses lèvres, puis formula plus lentement :

— ... Mais vous ne m'avez pas parlé de Kenneth Hicks.

— Ah ha ! fit le costumier.

Il s'adossa plus profondément et ferma les paupières. Les ridules autour de sa bouche et de son nez dénonçaient une grande lassitude, comme aussi le pouls, perceptible à sa veine jugulaire. Gemma se demanda pourquoi elle n'avait pas encore remarqué les stries d'argent sur les cheveux dorés autour des tempes du costumier. Celui-ci finit par lancer, sans bouger :

— À ma place, en auriez-vous parlé volontiers ?...

Il rouvrit les yeux et ébaucha un sourire.

— ... Vous n'avez pas besoin de me répondre. Je suppose que vous avez fait sa connaissance ?

Gemma fit signe que oui.

— Dans ces conditions, vous savez tout, n'est-ce pas ?

— En effet, nous savons. Vous avez menti au sujet de votre entretien avec Connor au dîner de jeudi soir. Il n'y a jamais été question de lui faire rendre son ancien emploi, mais de ce que Kenneth lui avait confié.

Décidément, elle était d'humeur à lancer des accusations. Elle se rendait compte qu'elle considérait les mensonges de Tommy comme une injure personnelle. Comme la trahison d'un ami.

— Des ragots, rien de plus... commença-t-il.

Mais devant l'expression sévère de Gemma, il s'interrompit avec un soupir.

— ... Excusez-moi, inspecteur, j'ai tort. Que voulez-vous savoir exactement ?

— Commencez par le commencement. Parlez-nous de Caroline.

— Ah, vous voulez tout savoir depuis le début, c'est ça ?...

Godwin fit tournoyer le sherry dans le verre.

— ... Je l'aimais, vous comprenez ? Avec toute la fougue inconsciente, toute la détermination de la jeunesse. Ou est-ce que la jeunesse n'avait rien à voir là-dedans, au fond ? Je n'en sais rien. Toujours est-il que cela a pris fin avec la naissance de Matthew : moi, je voulais absolument qu'elle quitte Gerald et que nous nous mariions. Et j'aurais aimé Julia comme si elle avait été de moi...

Il s'arrêta le temps de vider son verre et de le replacer sur le plateau.

— ... C'était du rêve, naturellement. Caro commençait une carrière prometteuse, elle était confortablement installée à Badger's End, jouissant des avantages que lui procuraient le prestige et les moyens financiers d'Asherton. Moi, qu'avais-je à lui offrir en échange ? Et, de toute façon, il y avait Gerald, quelqu'un qui ne s'est jamais mal comporté depuis que je le connais...

Il sourit à Gemma.

— ... Alors, on s'arrange comme on peut : j'en suis arrivé à la conclusion que les pires drames sont causés par des gens qui n'osent pas prendre les décisions convenables au moment voulu. Et la vie a suivi son cours normal. Ma qualité d'« oncle Tommy » me donnait le droit de voir Matty grandir. Personne ne savait la vérité à part Caro et moi. Et puis Matty est mort...

Kincaid reposa aussi son verre vide sur le plateau. Le léger tintement qu'il provoqua retentit comme un coup de feu dans cette pièce au silence feutré. Gemma lui lança un regard ébahi : elle s'était si totalement absorbée dans le récit de Godwin qu'elle en avait oublié la présence de son supérieur. Ni l'un ni l'autre ne prononcèrent un mot et Tommy reprit :

— Soudain, je me suis retrouvé exclu. Ils se sont repliés sur eux-mêmes, sur leur chagrin. Caro et Gerald ne voulaient le partager avec personne. Il va sans dire que j'aimais Matty, mais c'était un petit garçon comme tant d'autres, avec tous les défauts et tous les charmes de son âge. Ses dons exceptionnels, c'était comme s'il avait eu un doigt de plus à chaque main ou le don inné du calcul mental. Mais pour Caro et Gerald c'était bien autre chose. Vous voyez ce que je veux dire ? Matty était l'incarnation de tous leurs rêves, comme si Dieu leur avait envoyé un être à modeler à leur propre image.

— Mais comment Kenneth s'est-il trouvé mêlé à tout ça ? s'enquit Gemma.

— Ma sœur n'est pas quelqu'un de mal. Cependant tout le monde a sa croix à porter et, pour elle, c'est Kenneth. Nous avons perdu notre mère quand ma sœur allait encore à l'école. Moi, j'arrivais à peine à joindre les deux bouts et je ne pouvais pas faire grand-chose pour elle. Je crois qu'elle a épousé le père de Kenneth en désespoir de cause. Mais son mari est resté avec elle le temps d'engendrer Kenneth et il a déguerpi, la laissant se débrouiller seule avec le bébé.

Cela rappelait sa propre histoire à Gemma et elle tressaillit à la pensée que, en dépit de ses efforts, son petit Toby pourrait un jour devenir une espèce de Kenneth Hicks. Une pensée insoutenable. Elle avala le reste de son sherry d'une seule lampée. La chaleur de l'alcool se diffusa immédiatement en elle et lui monta aux joues. Elle se souvint tout à coup qu'elle n'avait pas pris de petit déjeuner.

Godwin remua dans son fauteuil et passa la main sur sa robe de chambre à hauteur de l'abdomen. Le siamois prit cela pour une invitation. Il bondit sur les genoux de son maître et s'y pelotonna. Le costumier caressa de ses doigts effilés le pelage chocolat au lait de l'animal. Gemma n'arrivait pas à imaginer que ces mains si délicates aient pu serrer le cou de Swann pour l'étrangler. Elle le regarda droit dans les yeux tandis qu'il reprenait.

— Après la mort de Matty, je suis allé voir ma sœur et je lui ai tout raconté. Je n'avais personne d'autre à qui parler...

Il toussota pour s'éclaircir la voix, saisit le flacon et se versa encore un peu de sherry.

— ... J'ai du mal à me souvenir clairement de cette époque... C'est seulement ces jours derniers que j'ai reconstitué ce qui s'est passé. Kenneth n'avait pas plus de huit, neuf ans, à ce moment-là. C'était un enfant sournois, très possessif vis-à-vis de sa mère et qui passait son temps à espionner les conversations des adultes. Je ne savais même pas qu'il se trouvait dans la maison ce jour-là. Vous pouvez vous figurer mon effarement quand Connor m'a communiqué ce qu'il savait et par qui il l'avait appris.

— Pour quelle raison Connor vous a-t-il parlé de ça ? Pour vous soutirer de l'argent ?

— J'ai le sentiment qu'il ne le savait pas lui-même. Il devait s'imaginer que Julia aurait pu l'aimer s'il n'y avait pas eu la mort de Matty et que, si elle avait appris la vérité sur son petit frère, ça aurait tout changé entre eux. Je dois dire qu'il n'était pas très clair. Il n'arrêtait pas de répéter : « Tous des menteurs, ces salauds ! Une bande d'hypocrites, voilà ce que c'est ! » Il avait certainement adopté la famille Asherton sans restriction et la déception avait dû lui être insupportable. À moins qu'il n'ait voulu s'en prendre finalement à quelqu'un d'autre de ses propres échecs. Ou bien il estimait que cette famille l'avait lésé, mais qu'il n'avait rien pu y faire, qu'il n'avait jamais pu pénétrer leur armure. Si bien que Kenneth lui avait placé entre les mains l'arme dont il avait besoin.

— Mais vous, auriez-vous été capable de l'en empêcher ?

Tommy sourit, nullement abusé par le ton détaché sur lequel Gemma avait prononcé ces mots.

— Sûrement pas de la façon que vous croyez. Non : je l'ai supplié de ne rien dire pour ne pas nuire à Gerald et Caro, ni à Julia non plus, mais ça l'a rendu encore plus furibond. À la fin, je me suis même empoigné avec lui, et j'en ai honte.

« Quand je suis reparti, j'ai pris une décision : la tricherie durait depuis trop longtemps et Connor n'avait pas entièrement tort. Tous ces mensonges nous avaient gâté l'existence à tous, consciemment ou pas.

— Ce que je ne parviens pas à comprendre, intervint Kincaid, c'est pourquoi vous pensiez que la mort de Connor y aurait mis un terme ?

— Mais je ne l'ai pas tué, monsieur le superintendant, rétorqua froidement Godwin, avec une moue amère. Non, la décision dont je parle a été de mettre Gerald au courant.

15

Gemma fit démarrer le moteur et attendit que Kincaid eût bouclé sa ceinture de sécurité. Elle n'avait pas prononcé un mot entre l'appartement de Godwin et la voiture. Kincaid était stupéfait d'un tel comportement. Il pensait aux excellents rapports professionnels qui avaient de tout temps existé entre eux ; il n'oubliait pas non plus l'autre soir chez elle, ce moment de grande cordialité. Il avait toujours constaté, sans jamais se l'expliquer, avec quelle facilité elle se liait ; elle l'avait laissé entrer dans son intimité chaleureuse, il s'y était senti à son aise. Puis il avait observé le comportement de Gemma à l'égard de Godwin et en avait éprouvé une soudaine jalousie, il s'était senti comme un enfant abandonné par une nuit d'hiver.

Elle aplatit une mèche qui s'était échappée de sa natte puis se tourna vers lui :

— Et maintenant, chef ? dit-elle d'un ton neutre.

Il ne souhaitait qu'une chose : recoller les morceaux entre eux. Comment s'y prendre ? Il l'ignorait. Et il avait tant d'autres problèmes à régler en ce moment.

— Attends une seconde, marmonna-t-il.

Il composa le numéro de Scotland Yard sur le téléphone mobile, posa une question à son correspondant et raccrocha.

— Selon les gens du labo, l'appartement et la voiture de Godwin sont absolument impeccables...

Il hésita.

— J'ai peut-être été un peu hâtif en ce qui concerne Godwin. Plutôt ton genre, ça, n'est-ce pas ?

Elle ne releva pas l'allusion et continua à le fixer, sans rien révéler de ce qu'elle pensait. Il exhala un gros soupir et reprit, en se grattant la joue :

— Eh bien, il va falloir rendre visite à sir Gerald, une fois de plus. On va d'abord manger un morceau et faire le point.

Pendant qu'ils roulaient, Kincaid se demandait comment il allait s'y prendre pour reconquérir la confiance de Gemma.

Et aussi, pourquoi il n'était pas encore arrivé à élucider cette affaire.

Ils déjeunèrent rapidement dans un café de Golders Green, assez tard, parce qu'il avait fallu téléphoner à Badger's End et convenir d'un rendez-vous avec le chef d'orchestre.

Il constata avec déplaisir que Gemma dévorait un plantureux sandwich au thon, sans chipoter comme elle l'avait fait au petit déjeuner. Lui-même en mangea un, au jambon et fromage, et but un café tandis que Gemma liquidait le contenu d'un sachet de chips. Finalement, quand il la vit se lécher les doigts, il reprit :

— Je n'y comprends rien. Ce ne peut pas être à sir Gerald que Connor a téléphoné, de l'appartement ce soir-là. Parce que, d'après Sharon, il a appelé vers dix heures et demie et, à cette heure-là, Asherton était au pupitre à l'opéra.

— Et s'il avait laissé un message ? suggéra Gemma en s'essuyant les mains à une serviette en papier.

— Soit, mais à qui ? Le gardien à qui tu as parlé

s'en serait sûrement souvenu et aussi Alison Machin-chose.

— C'est juste.

Gemma goûta à son café et fit une affreuse grimace.

— Pouah ! Il a refroidi...

Elle repoussa la tasse et croisa les bras sur la table.

— ... Le plus logique, ce serait que sir Gerald ait lui-même appelé Connor après sa conversation avec Tommy.

Selon le récit de ce dernier, sir Gerald n'avait paru ni stupéfait, ni outré des révélations du costumier, il lui avait même offert un verre, comme si de rien n'était. Puis, il avait dit, comme pour lui-même : « Aux petites causes les grands effets, n'est-ce pas ? »

Godwin l'avait laissé effondré dans son fauteuil devant la table de maquillage, un verre à la main.

— Et si le coup de téléphone dont a parlé Sharon n'avait rien à voir avec la mort de Connor ? articula Kincaid, pensivement. Rien ne le prouve, au fond...

Il traçait des cercles sur la table avec sa petite cuiller encore humide de café.

— ... Et d'abord, rien ne prouve que Connor ait quitté l'appartement tout de suite après Sharon. Il ne lui a pas dit qu'il avait l'intention de partir aussitôt.

— Ce que tu penses, c'est que sir Gerald aurait très bien pu appeler Connor après le départ de Tommy ? Et ils auraient pris rendez-vous à l'écluse ? raisonna Gemma, soudain plus intéressée.

— Seulement nous n'en avons pas la preuve non plus, dit Kincaid. Nous n'avons la preuve de rien du tout. On patauge : dès qu'on croit avoir attrapé un bout de quelque chose, crac, ça fout le camp.

Gemma éclata de rire. Kincaid ne pouvait que se réjouir du plus infime symptôme de réconciliation entre eux.

327

Lorsqu'ils atteignirent Badger's End, le crachin s'était transformé en une pluie continue. Ils restèrent un moment dans la voiture à écouter le battement des gouttes sur le toit et le capot. On avait déjà allumé les lampes à l'intérieur de la maison et ils crurent voir bouger un rideau à la fenêtre du salon.

— Il ne va pas tarder à faire nuit, dit Gemma.

Au moment où Kincaid posait la main sur la poignée, Gemma lui effleura le bras :

— ... Mais, patron, si c'est Asherton qui a assassiné Connor, pourquoi a-t-il usé de son influence pour nous faire intervenir au lieu du C.I.D. du Val-de-Tamise ?

Kincaid la dévisagea :

— C'est peut-être Dame Caroline qui a insisté ? Ou si c'était son copain, le directeur-adjoint, qui l'avait proposé et que Gerald n'ait pas osé refuser...

Comprenant le malaise qu'elle devait éprouver, il lui toucha la main :

— ... Je n'aime pas beaucoup ce que nous allons devoir faire, mais c'est notre métier !

Ils gagnèrent la porte de la demeure au pas de course, à l'abri d'un seul parapluie. Un double tintement bref à l'intérieur quand Kincaid appuya sur la sonnette ; il n'avait pas encore retiré sa main du bouton que la porte s'ouvrait, démasquant sir Gerald.

— Entrez, entrez, dit-il, oh ! vous êtes trempés, venez vite vous sécher. Quel temps de cochon ! Et ça risque de durer.

Il les emmena dans le salon. Le feu pétillait dans l'âtre. Kincaid se demanda si ce n'était pas une sorte de flamme éternelle.

— Vous allez prendre quelque chose pour vous réchauffer, proposa leur hôte quand ils furent assis le dos à la cheminée. Plummy va nous préparer du thé.

— Sir Gerald, commença Kincaid, pour couper court à ces mondanités, nous avons à vous parler.

— Je suis navré que Caro ne soit pas là, dit sir Gerald, toujours aussi aimable, comme si ce prélude n'avait rien d'insolite. Elle est avec Julia à s'occuper des obsèques.

— Julia s'occupe des obsèques maintenant ? fit Kincaid, suffisamment surpris pour lever les yeux de son bloc-notes.

Le chef d'orchestre passa une main dans sa chevelure clairsemée et s'assit sur le canapé, à sa place de prédilection selon toute apparence ; car les creux dans le rembourrage correspondaient exactement à sa carrure. Comme la couche d'un chien familier. Son pull olive était semblable à celui, un peu mangé aux mites il est vrai, qu'il portait à leur première rencontre. Le pantalon de velours côtelé était le même, toujours aussi déformé.

— Oui, expliqua-t-il tranquillement, avec un sourire amical, elle a changé d'attitude. Je ne sais pas très bien pourquoi, mais j'en suis trop heureux pour chercher à connaître la raison. Toujours est-il qu'elle est arrivée ici, dans tous ses états, pour nous dire qu'elle avait pris une décision et elle n'a pas cessé de nous bousculer depuis lors.

À croire qu'elle avait fait la paix avec le fantôme de Connor. En tout cas, Kincaid la chassa de son esprit et se concentra sur les questions qu'il voulait poser.

— Peu importe, car c'est avec vous que nous voulions nous entretenir, sir Gerald.

— Vous avez découvert quelque chose ?...

Il se pencha vers eux, les fixant anxieusement :

— ... Dites-moi quoi, je vous en prie. Je ne voudrais pas que Caro et Julia apprennent trop brutalement...

— Nous venons de voir Thomas Godwin. Nous savons qu'il est venu vous trouver dans votre loge le soir de la mort de Swann et pour quelle raison.

Kincaid le vit s'enfoncer dans le canapé, le visage soudain fermé. Se souvenant de ce que sir Gerald avait répondu à Godwin ce soir-là, il ajouta :

— Vous aviez toujours su que Tommy était le vrai père de Matty, n'est-ce pas, sir Gerald ?

Asherton ferma les yeux, le visage impassible et aussi lointain que celui d'un prophète biblique.

— Oui, monsieur Kincaid, je me suis parfois comporté comme un imbécile, mais je ne suis pas aveugle. Vous ne pouvez imaginer la beauté de ces deux êtres, je veux dire Caro et Tommy...

Il rouvrit les yeux.

— ... La grâce, l'élégance, le talent : on les aurait crus faits l'un pour l'autre. Moi, je vivais dans la terreur qu'elle ne me quitte. Je me demandais ce que je serais devenu sans elle. Quand leurs rapports ont paru se modifier après la conception de Matty, j'ai remercié le Ciel de m'avoir rendu ma femme. Le reste ne comptait pas. Et Matty... eh bien, Matty était tout ce que nous pouvions souhaiter, l'un et l'autre.

— Et vous n'avez jamais dit à Dame Caroline que vous étiez au courant ? intervint Gemma, avec un accent d'incrédulité.

— Comment aurions-nous pu continuer de vivre ensemble si je le lui avais dit ?

Ainsi, songea Kincaid, tout avait commencé, sinon par un mensonge absolu, du moins par un refus de la vérité. Et ce refus était entré dans le tissu de leur existence.

— Et Connor a menacé de tout remettre en cause, c'est bien cela, sir Gerald ? Quel soulagement pour vous le lendemain, quand vous avez appris qu'il avait trouvé la mort !

Le superintendant croisa le regard surpris de Gemma qui se leva. Elle marcha silencieusement vers le piano, pour examiner les photographies dans les cadres en argent. Lui-même abandonna sa place devant le feu et s'assit dans un fauteuil en face de sir Gerald.

— Oui, je dois dire que ça été comme un soulagement. Même si j'en ai tout de suite eu honte. Et cela m'a déterminé à tout faire pour savoir ce qu'il y avait derrière cette histoire. Connor était mon gendre et, malgré certaines bizarreries de son comportement, je l'aimais beaucoup...

Il se pencha en avant, joignant les mains.

— ... Je vous en supplie, monsieur le superintendant, tout ce déballage ne profiterait pas au souvenir de ce pauvre garçon. Ne pouvons-nous l'épargner à Caroline ?

— Sir Gerald... reprit Kincaid au moment où la porte s'ouvrit pour laisser entrer Dame Caroline, avec Julia dans son sillage.

— Quelle horrible journée !... s'exclama la soprano en secouant les perles de pluie parsemant ses cheveux bruns.

— ... Bonjour, monsieur le superintendant, bonjour, inspecteur. Plummy arrive tout de suite avec le thé, ça fera du bien à tout le monde, j'en suis certaine.

Elle ôta sa veste de cuir et la jeta à l'envers sur le dossier du canapé. Puis elle prit place à côté de son mari. La soie rouge de la doublure luisait comme une flaque de sang sous les reflets du feu.

Les yeux de Julia exprimaient autant de bien-être que de lassitude, observa Kincaid. C'était la première fois qu'il la voyait en compagnie de sa mère. Que de différences mais aussi de ressemblances entre elles ! C'était comme si Julia avait été une Caroline agrandie, refondue, aux angles plus aigus, plus gracieux. Avec en plus l'inimitable sourire du père. Et, en dépit de ses façons un peu brusques, les expressions de son visage étaient faciles à interpréter, autant que celles de sir Gerald. Quelle différence avec sa mère si hermétique, si impénétrable !

331

Julia s'adressa directement à Kincaid, comme s'il n'y avait eu personne d'autre dans la pièce :

— Nous sommes passées à l'église de Fingest. La maman de Connor aurait certainement voulu une cérémonie catholique, avec tout le tralala, mais Connor s'en fichait. Alors, j'ai fait ce que j'ai jugé bon.

Elle traversa la pièce pour aller à la cheminée, s'y réchauffer un peu les mains. Elle était habillée pour la campagne, chandail en grosse laine écrue encore imprégnée de pluie. Elle avait le visage légèrement rosi par le froid.

— J'ai fait le tour du cimetière avec le pasteur et j'ai réservé un emplacement pas loin de la tombe de Matty. J'espère qu'ils vont bien s'entendre !...

— Voyons, Julia, un peu de respect ! coupa sèchement Dame Caroline.

Puis elle s'adressa à Kincaid :

— Monsieur le superintendant, qu'est-ce qui nous vaut le plaisir de votre visite ?

La porte du salon s'ouvrit à nouveau et Plummy entra, chargée du plateau du thé. Julia l'aida à disposer les divers éléments sur la table basse devant la cheminée.

— Bonsoir, monsieur le superintendant... inspecteur, dit Plummy avec un sourire aimable à Gemma, comme ravie de la revoir.

— ... J'ai prévu de quoi grignoter, pour le cas où vous n'auriez pas fait un vrai déjeuner.

Elle s'occupa de verser le thé.

Kincaid ne se laissa pas tenter par la tranche de pain grillé qu'on lui proposait, mais il accepta tout de même une tasse de thé. Il regarda sir Gerald droit dans les yeux :

— Je suis désolé, sir, mais il faut que nous poursuivions...

— Poursuivre quoi, monsieur le superintendant ? dit alors Dame Caroline qui, sa tasse à la main, était

332

allée se jucher sur le bras du canapé, semblant vouloir ainsi protéger de son corps gracile la solide carrure de son mari.

Kincaid humecta ses lèvres d'un peu de thé avant de reprendre :

— Voilà : le soir du décès de Connor Swann, Thomas Godwin a rendu visite à votre époux dans sa loge au Coliseum et il l'a mis au courant d'une conversation très déplaisante qu'il venait d'avoir avec votre gendre. Connor était un peu éméché et ses propos n'étaient peut-être pas tout à fait intelligibles, mais il a dit à Godwin avoir appris la vérité sur la naissance de Matthew et il a menacé d'ébruiter la chose, avec toutes les conséquences qu'on imagine...

Il marqua une pause en guettant les réactions de ses interlocuteurs.

— ... Parce qu'il avait découvert que Matthew n'était pas le fils de sir Gerald, mais que son vrai père était Thomas Godwin.

Sir Gerald s'était une nouvelle fois tassé sur le canapé, les yeux clos, tenant sa tasse sur un genou, en équilibre précaire.

— Comment ? s'exclama Julia. Tommy et Mummy ? Mais alors, Matthew ?...

Elle renonça à poursuivre. Avec ses yeux démesurément écarquillés, elle paraissait si frappée que Kincaid regrettait de ne pas être en mesure de la consoler aussi bien qu'il l'avait fait la veille.

Vivian Plumley observait tout le monde, avec l'attention de quelqu'un qui, quoique proche d'un cercle familial, n'en connaît pas les secrets les plus intimes. Elle esquissa un hochement de tête, en pinçant les lèvres. Désarroi ou contentement, Kincaid fut incapable d'en juger.

— Qu'est-ce que vous racontez ? explosa Caroline Stowe, en touchant légèrement l'épaule de son mari.

Franchement, vous allez trop loin ! Non seulement vous vous comportez comme un mufle, mais...

— Je suis désolé, Dame Caroline, mais il est de mon devoir d'insister. Sir Gerald, pouvez-vous me dire exactement ce que vous avez fait après le départ de Tommy Godwin, ce soir-là ?

Sir Gerald caressa la main de sa femme.

— Allons Caro, calme-toi. Ce n'est pas tellement dramatique.

Il se redressa, et vida sa tasse avant de poursuivre :

— En réalité, il n'y a pas grand-chose à raconter. J'avais déjà pas mal bu en compagnie de Tommy et je dois avouer que j'ai continué après son départ. Quand j'ai quitté le théâtre, j'étais quasiment ivre et je n'aurais jamais dû me mettre au volant. Mais il ne m'est rien arrivé, en fin de compte...

Son sourire révéla des gencives saines et roses.

— ... Enfin rien, j'ai quand même tamponné la voiture de Caro en me garant devant la maison. J'ai mal estimé la distance à trente centimètres près et j'ai raclé la peinture de mon côté. En tout cas, il devait être autour d'une heure du matin. J'ai réussi tant bien que mal à gagner mon lit ; Caro dormait ; et je savais que Julia n'était pas encore rentrée puisque je n'avais pas vu sa voiture dans l'allée. Mais, majeure et vaccinée, elle fait ce qu'elle veut.

Il lança un coup d'œil affectueux à sa fille.

— Moi, je croyais que tu étais rentrée vers minuit... dit alors Plummy à Sir Gerald.

Elle secoua la tête.

— ... J'ai ouvert un œil et j'ai regardé mon réveil, j'ai dû me tromper.

Caroline abandonna le bras du canapé et alla se camper devant la cheminée, le dos au feu.

— Je ne vois pas où vous voulez en venir, monsieur le superintendant. Ce n'est pas parce que ce pauvre Connor perdait la tête que nous devons main-

334

tenant nous soumettre à un interrogatoire digne d'un régime totalitaire. D'ailleurs, nous avons déjà répondu à toutes les questions et ça devrait suffire. Inutile de préciser que, en haut lieu, on entendra parler de votre comportement inadmissible.

Les mains derrière le dos, les pieds à peine écartés, pull à col roulé noir, culotte ajustée dans des bottes d'équitation, elle avait l'air de jouer un rôle de travesti dans un opéra ; avec ses cheveux noirs coupés très court, elle pouvait aisément passer pour un adolescent. Son teint légèrement enflammé aurait parfaitement convenu à un personnage de héros travesti, se trouvant dans une situation difficile. Elle gardait le parfait contrôle de sa voix.

— Dame Caroline, répliqua Kincaid, Connor n'était peut-être pas dans son état normal, pourtant, ce qu'il disait était la vérité. Tommy m'a tout raconté, sir Gerald l'a confirmé, et le moment est venu de...

Quelque chose détourna son attention : la veste de Dame Caroline avait glissé du dossier sur les coussins du canapé, avec un froissement du cuir noir aussi fluide qu'une eau courante.

Ce fut soudain comme s'il avait marché à reculons dans un tunnel, en proie à une série d'hallucinations optiques et auditives. Il cligna des paupières. Cette fois, certains éléments du puzzle s'étaient mis en place, l'ensemble prenait une autre valeur, sous un jour nouveau. Tout devenait net et limpide. Comment n'avait-il pas tout compris dès le début ?

Les divers personnages l'épiaient, chacun à sa manière. Il eut un sourire pour Gemma, immobile, la tasse en l'air. Il posa la sienne sur la soucoupe et reprit :

— Madame Plumley, ce n'est pas la sonnette de la porte que vous avez entendue, mais le téléphone. Et ce n'est pas la voiture de sir Gerald que vous avez entendue peu après minuit, mais celle de Dame Caroline. En fait, Connor a appelé depuis son appartement peu avant onze heures. À mon avis, c'est à Julia qu'il voulait parler, mais il est tombé sur Dame Caroline...

Kincaid se leva et alla s'accoter au piano, de manière à faire face à la cantatrice.

— ... Alors, il n'a pas résisté à la tentation de vous harceler, n'est-ce pas ? Après tout, à ses yeux, vous étiez responsable d'un mensonge qui avait ruiné son existence.

« Vous avez tenté de le calmer, de le raisonner. Et, en désespoir de cause, vous lui avez donné rendez-vous. Toutefois, vous ne souhaitiez pas risquer un esclandre dans un lieu public. En quête d'un endroit discret, vous avez tout naturellement pensé à votre promenade favorite, du côté de l'écluse d'Hambleden.

« Vous vous êtes habillée rapidement, en mettant des vêtements du même genre de ceux que vous portez aujourd'hui, pantalon et blouson de cuir : la nuit était humide et l'aire de stationnement se trouve à une petite distance du quai. Vous êtes sortie de la maison sans faire de bruit, pour ne pas réveiller Plummy. Une fois à l'écluse, vous avez attendu Connor à l'entrée du barrage...

Il changea de position et mit les mains dans ses poches. Médusés, les autres épiaient chacun de ses mouvements, comme ceux d'un prestidigitateur qui va faire surgir un lapin d'un haut-de-forme. Julia avait le regard figé, incapable de réagir à ce nouveau choc, si tôt après la première révélation, celle de la bâtardise de Matty.

— ... Que s'est-il passé alors ? questionna Kincaid en fermant les yeux, comme pour reconstituer la scène dans sa tête. Vous avez marché côte à côte le long du bief et vous vous êtes disputés : vous avez essayé de raisonner Connor, mais il ne voulait rien entendre. À un moment donné, vous avez atteint le barrage et vous avez traversé le fleuve au-dessus du barrage, à l'endroit où le pavé fait place à un sentier de terre...

Il rouvrit les yeux pour scruter le visage impassible de Caroline.

— ... Alors vous vous êtes arrêtée avec Connor sur le petit tablier en béton juste en amont des vannes. Avez-vous proposé de revenir sur vos pas, à ce moment-là ? Toujours est-il que Connor ne se contrôlait plus et que la discussion s'est transformée en...

— Là, monsieur le superintendant, vous exagérez ! lança sir Gerald. Comment croire que Caro puisse assassiner qui que ce soit ? Elle en est physiquement incapable, regardez-la ! Connor mesurait un bon mètre quatre-vingt-deux, et c'était un solide gaillard...

— Oui, mais elle a une formation d'actrice, on lui a appris à se servir de son corps sur une scène. Elle n'a peut-être rien fait d'autre qu'esquiver quand il se jetait sur elle. Nous ne saurons sans doute jamais ce qui a causé la mort de votre gendre. En me fiant aux rapports d'autopsie, il pourrait s'agir d'un spasme du larynx, c'est-à-dire que sa gorge s'est bloquée au moment où il est tombé à l'eau et qu'il s'est asphyxié, sans qu'une seule goutte d'eau pénètre dans les poumons.

Kincaid s'adressa de nouveau à Dame Caroline :

— Mais nous savons aussi qu'il était possible d'appeler à l'aide : le poste de l'éclusier est à moins de cinquante mètres, l'homme est équipé de tout le matériel nécessaire et sait très bien s'en servir. En outre, il y a plusieurs maisons de l'autre côté.

« Peu importe : que Connor soit tombé à l'eau accidentellement, que vous ayez agi en état de légitime défense, ou que vous ayez commis un acte de violence délibéré, vous êtes coupable, Dame Caroline. Ne serait-ce que de non-assistance à personne en danger de mort. Avez-vous attendu de le voir refaire surface ? En tout cas, quand il n'a pas réapparu, vous vous êtes éloignée, vous avez regagné votre voiture et vous êtes allée tranquillement vous recoucher. Et quand votre mari est rentré de l'opéra, vous dormiez. Néanmoins, comme vous n'étiez pas entièrement dans votre assiette en arrivant à la maison, vous n'avez pas pensé à vous mettre à l'emplacement habituel, d'où l'erreur d'appréciation de sir Gerald quand il s'est garé à son tour.

Caroline Stowe eut un sourire.

— Vous avez beaucoup d'imagination, mon cher superintendant. Je suis persuadée que le directeur de votre service et son adjoint seront impressionnés par vos dons de romancier. Mais vous ne disposez d'aucune preuve matérielle à l'appui de toute cette fiction.

— Soit. Toutefois je dois vous prévenir que la brigade scientifique va passer votre voiture et vos vêtements au peigne fin. Et puis il y a aussi cette dame qui a témoigné avoir remarqué un homme en compagnie de ce qu'elle a pris pour un jeune garçon en blouson de cuir sur la passerelle du barrage ; elle pourrait très bien vous reconnaître dans un défilé de suspects.

« Que nous soyons ou non en mesure de présenter un dossier assez solide au parquet avec les éléments dont nous disposons, vous tous ici allez connaître la vérité.

— La vérité ?... éclata Caroline.

C'était la première fois depuis le début de l'entretien qu'elle élevait ainsi le ton.

— ... Mais la vérité, monsieur Kincaid, vous ne la reconnaîtriez pas si vous la rencontriez dans la rue. La seule vérité, c'est que notre famille restera unie, comme elle l'a été dans les pires circonstances, et quoi que vous fassiez. Vous êtes un imbécile de croire que...

— Assez ! s'écria soudain Julia en bondissant de son siège, tremblante, les poings serrés, le visage pâle de colère. Taisez-vous, tous ! Il y a trop longtemps

que ça dure. Toi, maman, tu es un monstre d'hypocri-
sie, Connor a eu raison de le dire. Le malheureux qui
avait pris toutes tes histoires pour argent comptant.
Et moi aussi, j'en ai été la victime...

Elle reprit sa respiration, puis, plus pondérément :

— ... Oui, moi qui me suis détestée toute ma vie
parce que je n'ai jamais trouvé ma place dans le
cercle magique ; j'aurais tant voulu être différente,
meilleure pour mériter ton amour. Et derrière tout ça,
qu'y avait-il ? Une énorme duperie. Cette belle
famille si unie n'était qu'un mensonge, un mensonge
qui a faussé ma vie, comme elle aurait faussé celle
de Matty s'il avait vécu.

— Julia, tu n'as pas le droit de dire cela ! intervint
alors sir Gerald, en y mettant plus d'ardeur que pour
défendre sa femme. Je t'interdis de profaner la
mémoire de Matty.

— Ne viens pas me parler de la mémoire de
Matty, parce que je suis la seule à avoir vraiment
souffert de sa mort. Ce petit garçon qui pouvait se
montrer méchant et faire des sottises, mais qui parfois
dormait la lumière allumée parce qu'il redoutait ses
cauchemars. Ce que vous avez perdu, c'est seulement
l'ambition que vous aviez placée en lui !...

Elle regarda Plummy, assise tout au bord de sa
chaise, droite comme un piquet.

— ... Excuse-moi, Plummy, je ne dis pas ça pour
toi. Toi, tu l'aimais... Tu nous aimais sincèrement
tous les deux.

« Quant à Tommy, eh bien, je me souviens que,
quand j'étais très malade, il venait à la maison, et je
comprends maintenant pourquoi il restait à mon chevet, il essayait de me réconforter en dépit de l'état où
il était lui-même. Mais toi, maman, toi qui aurais été
la seule à pouvoir le consoler, tu refusais de le voir,
trop occupée à jouer le grand rôle de la mère éplorée.
Tommy méritait mieux...

Dame Caroline franchit en un clin d'œil les deux pas qui la séparaient de Julia et la gifla violemment.

— Je t'interdis de me parler ainsi ! rugit-elle. Tu n'as idée de rien et tu devrais avoir honte de faire une scène pareille. Tu nous déshonores et je ne tolérerai pas ça chez moi.

Julia ne réagit pas. Sauf que ses yeux s'emplirent de larmes. Elle resta silencieuse, ne leva même pas la main vers l'empreinte qu'avait laissée la gifle sur sa joue.

Vivian Plumley accourut près d'elle, lui entourant les épaules de son bras :

— Oui, il est temps que quelqu'un dise la vérité, Caro. Que de malheurs auraient été évités depuis longtemps !

Caroline Stowe recula.

— Julia, je n'ai jamais eu qu'un but, te protéger. Et toi aussi, Gerald, ajouta-t-elle en se tournant vers son mari.

— C'est surtout toi que tu as voulu protéger, depuis le début, murmura Julia, d'une voix lasse.

— Mais tout allait si bien, gémit Dame Caroline. Il ne fallait rien changer.

— Trop tard, maman... répliqua Julia.

Kincaid fut frappé du ton apitoyé sur lequel elle avait prononcé ces mots.

— ... Il faut que tu le saches.

Caroline eut un geste de supplication vers son mari :

— Gerald, fais quelque chose, implora-t-elle.

Le chef d'orchestre regarda ailleurs.

Un silence s'ensuivit, tandis qu'une rafale de pluie s'abattait sur les vitres. Les flammes se cabrèrent sous le souffle du vent. Kincaid fit un léger signe à Gemma et elle s'approcha de lui.

— Dame Caroline, dit-il alors, je suis navré de vous le demander, mais il va falloir que vous veniez avec nous au commissariat d'High Wycombe, pour faire une déposition dans les formes. Sir Gerald, si vous voulez, vous pouvez accompagner votre femme et l'attendre dans votre voiture.

Julia dévisagea ses parents l'un après l'autre. Kincaid se demandait comment elle allait les juger, maintenant que leurs manquements, leurs faiblesses lui avaient été révélés.

Pour la première fois depuis la gifle de sa mère, elle porta la main à sa joue et elle alla effleurer le bras de son père.

— Je t'attends ici, papa.

Puis elle quitta la pièce. Sans un regard pour sa mère.

Quand ils eurent téléphoné à High Wycombe et pris les dispositions nécessaires, Kincaid demanda la permission de s'absenter et sortit du salon. Il dut reprendre son souffle en atteignant le palier du dernier étage. Il toqua discrètement à la porte de l'atelier et l'ouvrit.

Julia se tenait au milieu de la pièce, un coffret ouvert entre les mains, et regardait autour d'elle.

— Comme vous voyez, Plummy a fait le ménage, dit-elle quand elle le vit entrer.

En effet, l'atelier était propre, net et bien rangé. Sans le fouillis caractéristique de Julia, la vie s'en était comme retirée.

— Que suis-je venue faire ici ? Je devais avoir envie de dire adieu à tout ça.

Elle eut un mouvement de tête. La marque de la gifle se voyait très nettement sur sa joue pâle.

— Je ne reviendrai plus ici. Car ça ne sera jamais plus comme le nid de mon enfance.

— Oui... murmura Kincaid.

Oui, elle allait enfin se créer une existence bien à elle.

— ... Vous allez très bien vous en sortir.

341

— Oui, je sais.

Ils se regardèrent et il comprit que lui aussi la voyait pour la dernière fois. Que leur rencontre se situait dans un certain cadre, pour un certain résultat. Il reprendrait le cours de sa vie, lui aussi. Il suivrait l'exemple de Gemma. Elle avait souffert, comme lui, mais elle avait tout rejeté dans le passé, avec un sens pratique admirable.

Après un silence, Julia reprit :

— Que va-t-il arriver à ma mère ?

— Je n'en sais rien : tout dépendra des preuves matérielles, mais en admettant qu'on en trouve, je ne pense pas qu'on puisse aller au-delà d'une inculpation pour homicide involontaire, et encore.

Elle hocha la tête.

On entendait la pluie frapper violemment le toit. Et la bourrasque secouait les fenêtres, à l'instar d'une bête sauvage déchaînée.

— Julia, je suis désolé... dit alors le policier.

— Il n'y a aucune raison que vous le soyez. Après tout, vous n'avez fait que votre devoir. Vous n'aviez pas le droit d'y faillir pour moi ou pour protéger ma famille.

Elle ajouta, avec l'ombre d'un sourire :

— Déplorez-vous aussi ce qui s'est passé entre nous ?

La question se posait : dix années durant, il avait tenu ses émotions sous le boisseau, au point d'oublier qu'on peut être amené à s'ouvrir à autrui. Or, Julia lui avait forcé la main. Parce qu'elle l'avait contraint à se regarder dans le miroir de leur commune solitude. Ce qu'il avait vu l'avait épouvanté. Mais de cette frayeur était née une liberté nouvelle, inattendue. Et une dose d'espoir.

Il rendit son sourire à la jeune femme :

— Non.

16

— Nous aurions dû prendre la Midget, ronchonna Kincaid, tandis que Gemma garait l'Escort devant l'immeuble de Carlingford Road.

— Tu sais bien que cette foutue guimbarde prend l'eau dès qu'il pleut, rétorqua-t-elle en le foudroyant du regard.

Elle se sentait aussi démoralisée qu'un chat qu'on aurait plongé dans une baignoire : il ne lui manquait plus que les commentaires de Kincaid ! Elle constata qu'il avait les cheveux mouillés et de l'eau lui coulait sur le front.

Il s'essuya du revers de la main et éclata de rire.

— Non, mais regarde dans quel état nous sommes. Tu es vraiment butée quand tu t'y mets, Gemma !

Après d'interminables formalités au commissariat de High Wycombe, ils avaient repris le chemin de Londres par la A40. Ils avaient crevé juste avant d'atteindre le périphérique nord. Gemma s'était arrêtée sur la voie d'arrêt d'urgence et était descendue de la voiture sous les trombes d'eau. Elle avait opiniâtrement refusé l'aide de Kincaid qui était resté debout sous la pluie, à lui prodiguer des conseils pendant qu'elle s'escrimait. Si bien que, lorsque le pneu fut enfin remplacé, ils étaient aussi trempés l'un que l'autre.

— Trop tard pour aller chercher Toby, déclara-t-il. Allons, viens te changer, avant d'attraper la crève. Et puis tu vas manger quelque chose. S'il te plaît !

Un silence. Puis :

— D'accord, finit-elle par dire, mais sur un ton acide, fort éloigné de la gratitude qu'il aurait souhaitée.

Elle ne réussissait pas à tempérer sa mauvaise humeur, à rompre le cycle de ses ressentiments.

Ils ne prirent même pas de parapluie pour traverser la chaussée jusqu'à l'immeuble de Kincaid : de toute façon, on ne pouvait être plus mouillé qu'ils ne l'étaient.

Une fois dans l'appartement, Kincaid courut à la cuisine, en laissant une traînée de gouttes sur la moquette derrière lui. Il tira du réfrigérateur une bouteille de vin blanc, déjà débouchée, et remplit deux verres. Il en tendit un à Gemma en disant :

— Bois, ça te réchauffera un peu. Je regrette de ne rien avoir de plus costaud. Et maintenant, je vais essayer de te trouver des vêtements secs.

Il la laissa seule dans le salon, un verre à la main. Elle était trop mouillée pour s'asseoir, trop exténuée pour mettre de l'ordre dans ses pensées. Et, surtout, pour se demander si elle lui en voulait toujours autant à cause de Julia. N'avait-elle pas discerné une sorte de complicité entre Kincaid et elle, complicité dont elle s'était sentie exclue ? Et la vigueur de sa propre réaction la surprenait.

Elle goûta au vin, avala d'un trait la moitié de son verre. Le liquide, si frais au palais, se diffusa en une douce chaleur à travers tout son corps.

N'était-ce pas plutôt que, contrariée de s'être laissé abuser par le personnage de Dame Caroline Stowe, dès le début, elle s'en prenait au premier venu, Kincaid en l'occurrence ?

Ou alors n'aspirait-elle pas, plus simplement, à se libérer des miasmes de cette lamentable affaire ?

Sid s'éveilla à l'improviste. Il déroula son corps souple, quitta précautionneusement son panier, s'étira, puis vint se frotter contre les chevilles de la jeune femme. Elle se pencha pour caresser le chat qui ne tarda pas à vibrer de ronronnements voluptueux.

— Salut, Sid, dit-elle, c'est toi le plus malin de rester bien au chaud, bien au sec. Tout le monde n'a pas cette chance, tu sais, mon vieux !

Elle inspecta du regard le décor autour d'elle, familier, confortable. Les lampes que Kincaid avait allumées éclairaient les affiches publicitaires aux couleurs éclatantes collées aux murs. Sur la table basse, des livres amoncelés au petit bonheur, une tasse vide ; à même le sofa, un tapis afghan passablement fripé. Soudain, une onde de nostalgie envahit Gemma. Elle aurait tellement aimé vivre là, à l'abri de tant de choses.

— Je n'ai pas trouvé de sous-vêtements qui t'aillent, mais j'ai fait ce que j'ai pu... annonça Kincaid en revenant de la chambre à coucher.

Il portait des vêtements pliés et, au-dessus de la petite pile, une serviette de toilette pelucheuse.

— ... Tu te débrouilleras avec ça...

Il déposa des jeans et un tee-shirt sur le sofa, puis lui mit la serviette autour des épaules.

— ... Oh, les chaussettes ! J'ai oublié.

Gemma commença par s'essuyer le visage. Puis, elle tenta de démêler ses cheveux dégoulinant de pluie et de se repeigner avec les doigts. Mais ceux-ci étaient trop gourds pour être efficaces et des larmes d'exaspération lui venaient aux yeux.

— Laisse-moi faire... murmura-t-il affectueusement.

La plaçant de dos, il entreprit de lisser ses mèches.

— Et maintenant...

345

Il la fit se retourner face à lui et lui frotta la tête avec la serviette-éponge. Il était lui-même encore ébouriffé de s'être essuyé et sa peau dégageait une tiédeur humide.

La pression de ses mains sur sa tête fit s'écrouler les défenses de Gemma. Elle ferma de nouveau les yeux pour se ressaisir. *C'est ce vin que j'ai bu trop vite !* Mais l'étourdissement ne passait pas. Elle leva alors une main pour toucher celle de Kincaid ; un flux quasi électrique la traversa au contact de leurs épidermes.

Il cessa de la frictionner et la fixa, inquiet :

— Excuse-moi, fit-il. Je frotte trop fort, peut-être ?

Elle secoua la tête. Il laissa la serviette retomber sur ses épaules avant de lui masser délicatement le cou et la nuque. Elle songea confusément à Rob, lequel n'avait jamais montré autant de sollicitude pour elle. Ni personne, d'ailleurs. La tendresse, c'était bon pour les autres.

La main qui lui palpait le cou la fit avancer d'un pas, tout contre Kincaid. Elle ne fut pas loin de suffoquer lorsqu'elle sentit le thorax de l'homme se plaquer contre ses vêtements mouillés. Elle eut alors un geste parfaitement délibéré : nouant les mains sur la nuque de Kincaid, elle attira sa bouche vers la sienne.

Encore ensommeillée, Gemma s'appuya sur un coude et contempla Kincaid : elle se souvint que c'était la première fois qu'elle le voyait dormir. Son visage, détendu, semblait plus jeune, plus amène, ses cils noirs adoucissant ses orbites. Un instant, ses paupières frémirent, comme s'il rêvait, et les commissures de ses lèvres esquissèrent un sourire.

Elle tendit la main pour caresser la masse désordonnée de cheveux bruns qui lui couvrait le front. Mais elle suspendit ce geste intime, réalisant tout à coup l'énormité, l'absurdité de ce qui venait d'arriver.

Elle retira vivement sa main, comme piquée par une guêpe. Mon Dieu, qu'avait-elle fait ? Comment cela allait-il se passer au bureau le lendemain matin ? Lui dirait-elle : « Salut, patron... Non, chef... Tout de suite, boss ! » comme d'habitude ? Comme si de rien n'était ?

Le cœur battant, elle se laissa doucement glisser hors du lit. Le tapis était jonché de leurs vêtements encore humides. En extrayant les siens de cette pagaille, elle sentit les larmes lui monter aux yeux et pesta à part soi : *Idiote ! Pauvre idiote !* Jamais elle n'avait pleuré pour des raisons de ce genre, pas même lorsque Rob l'avait plaquée. Tremblante de froid, elle enfila ses collants humides, puis son pull toujours imprégné de pluie.

Exactement l'erreur qu'elle s'était promis de ne jamais commettre. Elle avait travaillé dur pour mériter son poste, être traitée en égale, sur le même pied que ses collègues masculins, et voilà qu'elle se comportait comme une de ces salopes qui obtiennent de l'avancement en se faisant sauter. Une sorte de vertige s'empara d'elle lorsqu'elle mit sa robe et elle vacilla.

Que faire maintenant ? Demander sa mutation ? Tout le monde devinerait de quoi il s'agissait. Mieux vaudrait prendre franchement son parti de la chose, couper court aux spéculations. Ou alors, démissionner ? Renoncer à ses rêves ? Laisser tomber en poussière des années de labeur acharné ? Comment l'aurait-elle supporté ? Non qu'elle n'eût trouvé des oreilles bienveillantes : après tout, elle avait des excuses, on aurait reconnu que cet emploi était trop astreignant pour une mère célibataire, qu'elle allait pouvoir passer plus de temps avec son petit garçon, etc. Mais, pour elle-même, quel sentiment d'échec !

Kincaid remua et se retourna, en dégageant l'un de ses bras de sous les couvertures. Gemma essaya de se souvenir de la courbure de son épaule, de l'angle de sa mâchoire et son effort fit renaître le désir. Elle s'écarta, inquiète de sa vulnérabilité. Dans le salon, elle se chaussa, saisit sa veste et son sac. Les jeans et le tee-shirt secs qu'il lui avait prêtés étaient restés bien pliés sur le sofa, la serviette-éponge dont il s'était servi pour la frictionner en boule par terre. Elle la ramassa et la pressa contre sa joue ; elle crut respirer une légère odeur de savon à barbe. Elle plia la serviette avec un soin excessif et la posa à côté des vêtements qu'elle n'avait pas endossés. Puis elle s'esquiva sans bruit.

Quand elle entrouvrit la porte sur la rue, elle constata que, loin d'avoir cessé, la pluie tombait toujours à torrents. Elle s'immobilisa sur le seuil, tentée de remonter les escaliers quatre à quatre et se remettre au lit.

Mais, elle s'aventura dehors et traversa la rue, sans même se protéger des trombes d'eau. Elle reconnut la silhouette familière de son Escort dans la pénombre et en fut réconfortée. Elle tâtonna à l'aveuglette, finit par mettre la main sur la poignée, ouvrit la portière et s'affala à demi sur le siège du conducteur. Elle s'essuya le visage du revers de la main et mit le contact.

La radio se déchaîna. Pour échapper à un concert rock assourdissant, elle enfonça une cassette au hasard. La voix de Caroline Stowe occupa alors toute la voiture : c'était l'aria finale de *La Traviata*, Violetta implorant pour garder la vie, l'amour, une force physique égale à son indomptable volonté.

Gemma posa le front sur le volant et fondit en larmes.

Un long moment passa ainsi. Puis, elle se tamponna le visage avec des kleenex, engagea une vitesse et démarra.

Kincaid eut vaguement conscience d'un cliquetis de porte se refermant et il tâcha d'émerger du sommeil. Rien à faire, il était sans cesse attiré vers des abîmes ouatés. Son corps s'amollissait dans une suave léthargie, ses paupières toujours alourdies. Il parvint quand même à réintroduire son bras sous les couvertures et le contact du drap froid à côté de lui le stimula. Il cligna des paupières : *Gemma !* Elle était aux toilettes, certainement : les femmes n'arrêtent pas d'y aller, c'est bien connu. Ou bien dans la cuisine, à boire un verre d'eau.

Il ne put s'empêcher de sourire de sa propre sottise : comment n'avait-il pas compris depuis longtemps que ce qu'il souhaitait, ce qu'il lui fallait, se trouvait sous son nez ? Maintenant, c'était comme si un cycle venait de se terminer. Il ne restait plus qu'à se représenter ce que serait dorénavant leur vie. Le boulot, puis la maison et, la nuit venue, le sanctuaire, le refuge. Se perdre dans la masse d'une chevelure aux reflets cuivrés.

Il étendit le bras sur l'oreiller de Gemma. Prêt à l'enlacer dès qu'elle reviendrait. La pluie frappait violemment les vitres, en contrepoint à la tiède sérénité qui régnait dans la chambre. Kincaid exhala un soupir d'aise et sombra de nouveau dans le sommeil.

Composition réalisée par NORD COMPO

IMPRIMÉ EN ALLEMAGNE PAR ELSNERDRUCK
Dépôt légal Édit. : 21334-04/2002
LIBRAIRIE GÉNÉRALE FRANÇAISE - 43, quai de Grenelle - 75015 Paris
ISBN : 2-253-18211-7

♦ 31/8211/0